Também de Ava Dellaira:

Cartas de amor aos mortos

AVA DELLAIRA

aos dezessete anos

Tradução

LÍGIA AZEVEDO

1ª reimpressão

SEGUINTE
O selo jovem da Companhia das Letras

Copyright © 2018 by Ava Dellaira

Publicado mediante acordo com Farrar Straus Giroux Books for Young Readers, um selo do Macmillan Publishing Group, LLC. Todos os direitos reservados.

O selo Seguinte pertence à Editora Schwarcz S.A.

Grafia atualizada segundo o Acordo Ortográfico da Língua Portuguesa de 1990, que entrou em vigor no Brasil em 2009.

TÍTULO ORIGINAL In Search of Us

CAPA Tereza Bettinardi

IMAGENS DE CAPA (GAROTA) Westend61/ Getty Images; (PÁSSARO) Paul Tessier/ Shutterstock

PREPARAÇÃO Julia Barreto

REVISÃO Renato Potenza Rodrigues e Érica Borges Correa

Dados Internacionais de Catalogação na Publicação (CIP)
(Câmara Brasileira do Livro, SP, Brasil)

Dellaira, Ava
     Aos dezessete anos / Ava Dellaira ; tradução Lígia Azevedo. —
1ª ed. — São Paulo : Seguinte, 2018.

     Título original: In Search of Us.
     ISBN 978-85-5534-067-3

     1. Amor — Ficção 2. Mães e Filhos — Ficção 3. Ficção norte-
-americana I. Título.

18-12597	CDD-813

Índice para catálogo sistemático:
1. Ficção : Literatura norte-americana 813

[2022]
Todos os direitos desta edição reservados à
EDITORA SCHWARCZ S.A.
Rua Bandeira Paulista, 702, cj. 32
04532-002 — São Paulo — SP
Telefone: (11) 3707-3500
www.seguinte.com.br
contato@seguinte.com.br

/editoraseguinte
@editoraseguinte
Editora Seguinte
editoraseguinteoficial

Para o meu marido, Doug Hall

PRÓLOGO

*Por trás de cada homem vivo há hoje trinta fantas-
mas, já que é nessa proporção que os mortos supe-
ram os vivos.*
Arthur C. Clarke, *2001: Uma odisseia no espaço*

Os vivos estão alcançando os mortos. Quando Arthur C. Clarke escreveu a respeito, em 1968, eles nos superavam numa proporção de trinta para um. Mas nos multiplicamos tão rápido que agora só há quinze fantasmas para cada um de nós. Angie sabe a estatística: há mais de sete bilhões de pessoas na Terra, enquanto outras cento e sete bilhões já passaram por ela.

O pai de Angie é um dos mortos, ou pelo menos era o que ela achava. Com frequência o havia imaginado ao seu lado, liderando sua pequena tribo de fantasmas, todos os quinze. Imaginava-o como na fotografia com sua mãe. Na imagem, ele parece ter a mesma idade de Angie: dezessete. O sorriso amplo e reluzente, a pele escura e os dentes brancos, o corpo alto e musculoso. Ele usa um boné virado para trás, como um nerd dos anos 90, Angie pensa. Na foto, o pai e a mãe, Marilyn, estão no calçadão da praia. A mãe está usando um macacão jeans por cima do biquíni, os brincos de argola cintilando, o cabelo dourado comprido caindo sobre o rosto pálido. Ela se apoia nele como se aquele fosse seu lugar, a cabeça jogada para trás numa risada, o braço dele envolvendo seus ombros. Toda aquela água azul no fundo, estendendo-se até encontrar o céu.

Faz um ano que Angie descobriu a foto, enquanto se arrumava para o jantar de aniversário de dezesseis anos de Sam Stone. Revirava as gavetas da mãe, que estava no trabalho, em busca de um batom, e em algum momento a busca evoluiu para outro nível. Ela se viu à procura, embora não soubesse exatamente do quê. Então, no fundo da gaveta de calcinhas, encontrou uma caixa de madeira. Dentro havia um envelope de papel pardo cheio e lacrado. Embaixo, a foto.

Angie olhou para o garoto negro sorridente que a encarava. Embora nunca o tivesse visto antes, soube instantaneamente que era seu pai. Por uma fração de segundo, se perguntou com quem ele estava. Então se deu conta de que a garota era sua mãe, claro. Marilyn parecia tão despreocupada. Jovem. Com um mundo de possibilidades à frente. Feliz.

De repente Angie sentiu um aperto no peito. Queria arrancar o garoto da foto. Fazer com que se tornasse um homem, seu pai. Que fizesse sua mãe sorrir daquele jeito de novo.

Em vez disso, ela tentou se incluir na foto — imaginar como seria estar lá com eles, qual seria a sensação do sol, o cheiro do mar. E, embora nunca tivesse ido à praia, quase podia ouvir o som distante das ondas sob as risadas felizes.

★

Angie tem mais um ano de ensino médio pela frente, depois vem o Futuro. Não tem ideia do que quer "fazer da vida", de qual é seu lugar ou de como vai compensar todo o sacrifício que sua mãe fez por ela. Quando tem dificuldade para respirar, com o peito apertado, a ansiedade inominável e incerta, Angie pensa nos sete bilhões de pessoas (e contando) que vivem na Terra. O número descomunal alivia o pânico, e ela se sente mais leve, com aquela tontura de quem riu demais, ficou acordado até tarde, ou ambos. Ela é menor que uma gota no oceano. Que importância tem o que uma garota — Angela Miller — faz com a própria vida?

Ela se considera mediana, discreta: gosta de história e ciências (principalmente biologia), correr, sanduíche de queijo com as bordas queimadas, futebol, café com chantili de leite de soja, LPs, escutar hip-hop no último volume na privacidade de seus fones de ouvido. Anda armada com listas como essa, que serão usadas sempre que necessário, com a intenção de dar uma descrição predefinida e tênue de "si mesma", quem quer que seja. Angie aprendeu diligentemente a controlar o sentimento que espreita dentro dela, ameaçando vir à tona. Mas hoje tudo vai mudar.

Agora Angie segura a foto dos pais enquanto ouve Janet Jackson cantar "I Get Lonely" em um walkman que encontrou num brechó por dois dólares e noventa e nove. É uma fita gravada, com a inscrição PARA A SRTA. MARI MACK, COM AMOR, JAMES em caneta azul desbotada. O sol da manhã já está ficando forte demais, penetrante, obrigando Angie a ir para a parte sombreada da varanda. Fios de algodão flutuam no ar quente, acumulando-se nas calhas como uma neve de verão. À frente dela há uma mala com camisetas, meias, calcinhas, sutiãs e seus dois vestidos favoritos, cuidadosamente dobrados, assim como o envelope que achou na gaveta da mãe e os contatos de todos os Justin Bell entre os vinte e quatro e os trinta e cinco anos, ou de idade desconhecida, e que moram em Los Angeles. Faz quase uma hora que Marilyn saiu para trabalhar. Quando voltar, vai descobrir que a filha foi embora.

Angie mora nessa casa desde o dia em que a mãe a pegou na escola, quando estava no quinto ano, e disse que tinha uma surpresa.

— O que é? — Angie perguntou quando Marilyn não entregou nenhum dos presentinhos recorrentes: chocolate, balas, um livro ou uma nova caixa de lápis de cor.

— Você vai ver — a mãe respondeu. — É a melhor surpresa de todas.

Ela pegou a estrada e dirigiu até o centro velho de Albuquerque, uma parte da cidade que só tinham visitado quando Angie quis ir no museu de história natural. Iriam lá de novo? Não, Marilyn continuou dirigindo pelas ruas com choupos enormes e casas cobertas de hera. Então, quando chegaram aos limites do bairro e as casas começaram a ficar menores — de adobe com jardins bem cuidados —, ela estacionou numa garagem. A casa em questão era baixa e larga, com telhado azul.

Angie virou para a mãe.

—Vem! — Marilyn encorajou, animada como uma criança.

Angie seguiu a mãe, que se atrapalhava com as chaves, até a porta da frente. De quem era aquela casa?

Quando a fechadura abriu, Marilyn olhou para a filha e disse:

—Vai, entra! É nossa.

Angie só tinha dez anos, mas compreendeu que sua mãe estava lhe dando algo que ela própria nunca havia tido: uma casa onde crescer. As duas a pintaram juntas: azul na sala, amarelo na cozinha, verde-água no quarto de Angie.

Ela sempre amou as paredes grossas que mantinham o frescor dos cômodos nas manhãs de verão, as arcadas, o velho sofá estampado onde ficavam vendo comédias românticas até tarde no fim de semana, comendo pipoca com parmesão ou chupando picolés.

Quando pequena, Angie acreditava que tinha o tipo de mãe que as outras crianças deveriam invejar — Marilyn mandava os melhores lanches, com sanduíches cuidadosamente cortados em triângulos, e fazia os melhores brownies para as feiras da escola. Nas manhãs em que Angie não queria sair da cama, Marilyn colocava "Dancing in the Street" no último volume e as duas corriam pela casa de pijama, rindo. A mãe decorava a casa para qualquer feriado, incluindo Ano-Novo e Halloween. No Quatro de Julho, fazia cachorros-quentes e cupcakes com as cores da bandeira americana, comprava estrelinhas e, quando ficava escuro, as duas as acendiam no jardim e escreviam seus nomes no ar. Na época, Angie não achava estranho que fossem só as duas. Que não fossem convidadas para churrascos. Que quando Marilyn a deixava na casa de outras crianças nunca entrava para socializar com as mães, que às vezes falavam com ela num tom condescendente. Que nas reuniões de pais da escola Montezuma Marilyn era de longe a mais nova e, embora Angie notasse que alguns pais tentavam se aproximar, sua mãe sempre se afastava para procurá-la. Quando Marilyn terminou com Manny — o primeiro (e único) homem a ir jantar na casa delas —, Angie aprendeu a aceitar a perda.

Desde que Angie era pequena, Marilyn dizia que a filha era seu amor, sua luz, sua razão de viver. Seu anjinho precioso. Mas, às vezes, quando achava que Angie estava distraída com um livro de colorir ou com a televisão, a menina a via olhando pela janela, com lágrimas escorrendo pelo rosto.

O jipe de Sam vira a esquina e estaciona. Angie desliga o walkman e tira os fones dos ouvidos. Pensa na mãe voltando à noite e encontrando a casa vazia e quase dá meia-volta. Mas então pega a mala e vai até o carro.

Sam usa uma camiseta branca amarrotada, bermuda de moletom e óculos escuros espelhados estilo aviador. É alto e magro, e seu cabelo está bagunçado como sempre.

— Oi — Angie diz, desejando que pudesse ver os olhos dele.

Sam assente de leve em cumprimento, pega a mala e joga no banco de trás. Angie entra no carro, que cheira vagamente a maconha e parece acumular embalagens de comida de inúmeras semanas. A Cherokee dos anos 90 que Sam chama de Mabel solta um ruído desanimador quando ele dá a partida.

Sam aumenta o volume do rádio e dirige em silêncio. Angie olha de relance para sua casa desaparecendo à distância, depois baixa os olhos para a garota na foto com seu pai. A que devia ter acelerado pela noite com as janelas abertas e a música alta, sentindo o cheiro do mar, a que devia conhecer a sensação de liberdade, do ar entrando nos pulmões, da vida, uma nova vida, prestes a começar. A que devia saber como se apaixonar nos aproxima do mundo, como se tudo estivesse ao nosso alcance. Ou pelo menos é o que Angie imagina.

18 ANOS ANTES

Marilyn faz dezessete anos hoje. Ela encara seus próprios olhos refletidos na janela do carro, sobrepostos ao homem na esquina vestindo uma placa de compro ouro e uma mulher empurrando um carrinho de compras cheio de garrafas tinindo. Elas passam por um posto, de onde um bando de garotos com boné para trás sai, carregando cigarros e refrigerantes. Suas coxas grudam no assento, e Marilyn sente o suor escorrendo pela nuca. A típica onda de calor do fim do verão de Los Angeles chegou. Deve estar pelo menos trinta e sete graus, e o Buick anos 80 lotado de caixas está com o ar-condicionado quebrado.

— É temporário — sua mãe, Sylvie, diz. — Até o próximo trabalho. Sua reunião com a agência é daqui a algumas semanas.

Marilyn assente, sem virar para a mãe.

Seu último teste (em que devia ser a filha de uma família

querendo comprar uma televisão) tinha sido um desastre completo. Ela sabia o que estava em jogo e, a manhã toda, sentada na sala de espera com as outras garotas, sentira-se enjoada, com o peito apertado. Tentara se concentrar no livro que tinha levado — *O álbum branco*, de Joan Didion —, mas emperrara no primeiro parágrafo, incapaz de focar, relendo a frase de abertura: "Contamos histórias a nós mesmos para viver". Quando ficou diante da câmera, mal conseguia respirar.

A mãe foi buscá-la e Marilyn não mencionou o pânico, a tontura ou a assistente que lhe levara um copo de água e lançara um olhar de "ai meu Deus" ao diretor do outro lado da sala. Marilyn suportou o olhar de profunda decepção de Sylvie, com as sobrancelhas arqueadas em tensão, quando, uma semana depois, o jantar (comida congelada) foi interrompido pela notícia de que, mais uma vez, ela não tinha passado. Sylvie desligou o telefone e olhou pela janela, para a piscina e suas espreguiçadeiras de plástico. Marilyn empurrou um pedaço de brócolis murcho com o garfo.

Depois de um longo silêncio, Sylvie se serviu de uma terceira taça de vinho branco e virou para a filha.

— Este lugar é péssimo. Andei pensando em mudar para mais perto de Hollywood, onde tudo acontece — ela disse, animada. — Quem sabe? Você pode encontrar um diretor de elenco no supermercado.

Como se não estivessem fugindo do apartamento cujo aluguel não pagavam fazia meses.

Marilyn sabe que a mãe deixaria que estampassem sua

bunda numa foto (como a da garota na propaganda de jeans no outdoor da estrada) se isso significasse dinheiro para se instalarem numa casa nova e resplandecente nas colinas no alto da cidade, acima de tudo, onde Sylvie acredita que deveriam estar. A mãe parece achar que há uma vida nova e melhor logo depois da esquina, a porta giratória para um futuro a um passo de distância.

Quando pequena, talvez Marilyn acreditasse nos sonhos de Sylvie, mas agora ela desistiu de embarcar em suas fantasias. Agarra-se firme ao pensamento de que só falta um ano para fazer dezoito, ir para a faculdade e ter vida própria. Ela vê o futuro como um diamante no fim do túnel. Aprendeu a focar nele, lutar para alcançá-lo, mantê-lo em mente.

Um carro buzina para Sylvie. Ela está segurando o trânsito para virar à esquerda no Washington Boulevard. Marilyn absorve as ruas queimadas pelo sol, o cheiro de carne da barraquinha de tacos misturado ao leve cheiro de mar, as flores coloridas crescendo pela cerca.

Sylvie ignora a buzina e entra com o Buick na South Gramercy Place. Marilyn reconhece vagamente a rua residencial cheia de prédios em ruínas. PREÇO NEGOCIÁVEL, anuncia uma placa. Ela nota uma floreira vermelha em uma janela, um varal com as roupas balançando como bandeiras. Um homem está recostado no prédio abaixo, fumando.

— Olha, Marilyn. Dá pra ver o letreiro daqui.

O carro sai da pista enquanto Sylvie vira para apontar para

as letras brancas na montanha ao longe, H-O-L-L-Y-W-O-O-D, imponentes através da névoa que vem com o calor do verão.

— Hum-hum.

Marilyn faz o melhor que pode para ignorar o terror crescendo no peito enquanto avançam pela rua e param no número 1814 — um prédio de esquina de dois andares, com o reboco rosa se desfazendo e um jardim malcuidado, onde algumas laranjeiras sobrevivem bravamente.

A voz de Lauryn Hill ressoa do rádio no apartamento de baixo: "*How you gonna win...*". Sylvie pega a chave debaixo do tapetinho, os cachos de seu cabelo tingido de loiro soltos apesar do calor, grudando nas bochechas pálidas. Quando entram, o cheiro familiar faz Marilyn voltar no tempo — uma estranha mistura de cigarro, desinfetante e carne cozida.

Móveis estão espalhados aleatoriamente pela sala — o sofá quase encostando na parede, a mesinha de centro torta em relação a ele, com um pote de balas em cima cheio de embalagens vazias. O sol de fim de tarde entra pelas janelas gradeadas, criando padrões no tapete.

Por um momento, as duas só ficam ali em pé.

— Bom, poderia ser pior — Sylvie diz, com uma animação forçada. Marilyn queria que, de alguma maneira, tivesse se saído melhor. Que tivesse conseguido só mais um comercial, só mais um sucesso, para não terem que ficar ali.

No quartinho que é dela novamente, Marilyn abre as janelas, deixando o ar quente entrar. Já passa das cinco, mas o calor não diminui. Ela olha para as palmeiras delgadas à distância, oscilando com o vento. Acha que parecem soldados dispersos, os últimos ainda em pé no campo de batalha, e levanta as duas mãos em L à frente dos olhos, enquadrando a vista. Quando pisca — ativando seu obturador imaginário —, captura a imagem em sua mente.

—Você é tão linda.

A voz de Sylvie a assusta. Marilyn vira e vê a mãe a observando da porta. O rádio no andar de baixo transmite um comercial, com uma voz anunciando *prazer em dobro, diversão em dobro*. Marilyn quer se jogar no chão, de repente exausta.

Enquanto Sylvie a abraça, Marilyn lembra do dia — quase dez anos antes — em que foram embora da casa de Woody e mudaram para o então novo apartamento que haviam acabado de deixar em Orange County. Sylvie amava a piscina e o carpete novo, mas a parte preferida de Marilyn era que o lugar não cheirava a nada. Marilyn estava no quarto guardando suas roupas com cuidado numa cômoda rosa nova quando ouviu a mãe gritar seu nome.

Ela correu para a sala e encontrou Sylvie chorando, com o rosto colado na tv. A Marilyn da tela encontrava uma pulseira imitando joias no seu Meu Querido Pônei e exclamava "Tem uma surpresa pra mim!" antes de beijar a cabeça do pônei roxo. Ver a si mesma foi estranho — aquela não era ela, era? Na verdade, não. Não era. Marilyn teve vontade de se afastar dali, mas não pôde deixar de desfrutar do orgulho da mãe quando a puxou para si e disse, num sussurro admirado:

—Você é linda, querida. E está na tv!

Agora, Marilyn está nos braços de Sylvie, envolvida por seu perfume — Eternity, da Calvin Klein? O cheiro da mãe é um caleidoscópio de amostras do balcão da Macy's, onde ela passa o dia tentando convencer as clientes de que um vidro de Chanel ou Burberry é uma poção poderosa o suficiente para transformá-las na mulher que querem ser.

—Vai dar tudo certo. Você vai ver — Sylvie diz, quase que para si mesma.

Ela encerra o abraço tão de repente quanto o começou.

— Agora vamos descarregar. Ainda temos seu jantar de aniversário.

Marilyn sabe que a mãe está se esforçando ainda mais do que ela para não desmoronar.

— Tá — a garota responde, dando um beijo em sua bochecha.

O transporte das caixas é lento por causa da escada. Quando o sol se põe e o dia vai embora, um terço das coisas ainda está no Buick e as duas estão todas suadas, tentando carregar uma das caixas mais pesadas, com os livros de Marilyn.

Conforme ela sobe os degraus, com os músculos do braço queimando, vê um homem — alto, com ombros largos, pele escura e cabeça baixa — atravessar a rua em sua direção. Ela sopra uma mecha de cabelo do rosto e lamenta que suas mãos estejam ocupadas, porque gostaria de enquadrá-lo e tirar uma foto mental dele passando debaixo de um jacarandá, pelas pétalas roxas na sarjeta.

Quando se aproxima rápido da calçada em que elas estão, Marilyn nota que ele deve ter mais ou menos sua idade: embora pareça um homem-feito fisicamente, ainda tem os olhos travessos de um garoto. Está com um calção de ginástica, tênis e uma camiseta branca, ensopada de suor na frente. Seu braço esquerdo é coberto de tatuagens.

— Marilyn! Anda! Estamos carregando seus tijolos, não é hora de pensar na morte da bezerra! — Sylvie reclama.

Talvez porque a tenha ouvido, o garoto vira e percebe Marilyn encarando. Ela não desvia o olhar enquanto tenta subir os degraus de costas, segurando a caixa pesada.

Ele vira o rosto, mas um instante depois vai na direção delas.

— Precisam de ajuda?

A voz é diferente do que Marilyn esperava. Mais suave, tímida. Parece combinar com o azul delicado do céu no fim do dia.

— Sim, por favor! Que amor. Alguém deve ter mandado um anjo.

A mãe, que nunca recusa a bondade alheia, larga a caixa imediatamente.

— Meu nome é Sylvie e esta é minha filha Marilyn. Ela faz aniversário hoje.

Marilyn fica contente por todo o esforço que fez com a caixa, porque assim tem uma desculpa para ficar corada.

— Parabéns — o garoto diz apenas. Marilyn parece sentir o calor irradiando do corpo dele.

— Obrigada.

Ela levanta os olhos para as gaivotas voando alto contra as nuvens rosadas. Tenta não olhar para a camiseta grudada no peito musculoso.

— E o seu? — Sylvie pergunta.

— James.

— James. É bom saber que temos um jovem forte no prédio.

— Vocês estão mudando pra cá?

— Sim, sim. Ficamos no andar de cima. Minha filha é atriz, então achamos que seria melhor se ficasse mais perto de Hollywood.

Marilyn sabe o quão tolo isso deve parecer — é óbvio que não é uma atriz de verdade, ou não estariam mudando para aquele lugar. Mas James só assente e levanta a caixa, com o corpo tão próximo de Marilyn que por um breve momento ela pôde sentir seu cheiro. Embora dê para notar sua respiração pesada, seu rosto não indica nenhum esforço enquanto carrega os livros até o apartamento.

— Temos mais algumas no carro, se não se importar — Sylvie diz, sem esperar resposta. Marilyn se encolhe de vergonha.

— Tudo bem — James fala, mas ela não sabe dizer se está irritado.

Sylvie fica no apartamento, tentando parecer muito ocupada ao desempacotar as coisas. Marilyn acompanha James no sobe e desce, determinada a fazer sua parte carregando as caixas mais leves. Ele é mais rápido e não faz muito contato visual.

Quando terminam, Sylvie agradece James de novo e Marilyn o segue escada abaixo para trancar o carro. O céu começa a ficar escuro, e o calor do dia de repente deu espaço ao frio da noite no deserto. Ela sente um arrepio, com as roupas molhadas de suor.

No fim da escada, James vira para ela.

— Então, quantos anos?

Por um momento, Marilyn fica confusa, até lembrar que é seu aniversário.

— Dezessete.

Ele assente.

— Eu também.

Ela olha para a calçada cheia de lixo — uma garrafa de coca, uma lata de cerveja amassada, um saco de comida do Carl's Jr. O último comercial que ela fez foi para essa rede de fast-food, cinco anos antes. Os cheques dos direitos de imagem uma hora iam ter que acabar.

— De onde vocês estão vindo?

— Orange County. Vamos ficar com meu tio de novo. Moramos aqui quando viemos para Los Angeles pela primeira vez.

— Então você é atriz?

— Na verdade, não. Minha mãe queria que eu fosse. Fiz uns comerciais há um século... É coisa dela, mas faz tanto tempo que deixo rolar que acabou virando rotina.

— É, te entendo. Quer dizer, você tem que ser quem as pessoas que ama esperam que você seja. E nem sempre é *você mesmo*, infelizmente.

Marilyn assente. Consegue sentir o cheiro de alguém fazendo o jantar e ouvir uma sirene ao longe.

— Obrigada de novo pela ajuda.

— Não foi nada.

Ela sorri para James e, pela primeira vez, ele parece olhar para Marilyn de verdade.

— Até mais — James diz.

Marilyn o observa entrar no apartamento debaixo do seu e sua pele se arrepia, seus sentidos estranhamente aguçados. O número 1814 da South Gramercy de repente parece lindo.

★★★

O tio não parece feliz em vê-las quando chega uma hora depois e encontra Marilyn desembalando os pratos e Sylvie pedindo pizza. Woody é um homem pequeno, com cabelo grisalho comprido preso num rabo de cavalo e uma barriguinha.

— Oi — ele diz, seco. — Bem-vindas de volta.

Sylvie desliga o telefone e vira para ele.

— Obrigada por receber a gente — ela diz, sua voz no tom mais agradável possível.

— Você era mulher do meu irmão — ele diz, sem dar muita importância.

Sylvie disfarça bem seu incômodo, mas não consegue enganar Marilyn. Para dar a Woody algum crédito, ele tinha cedido seu quarto a Sylvie e se disposto a dormir no sofá. O quartinho de Marilyn aparentemente servia como depósito, e as caixas tiradas de lá agora lotavam o corredor.

— Como falei — Sylvie acrescenta depressa —, é por pouco tempo. E, enquanto isso, seremos ótima companhia.

Vamos deixar este lugar brilhando. Você não vai precisar se preocupar com nada.

— Bom, eu adoro seu purê gratinado — Woody comenta.

—Vou fazer amanhã. Mas pedi pizza hoje. É o aniversário de dezessete anos da sua sobrinha.

Woody olha bem para Marilyn, avaliando seu tamanho. Desde que se mudaram, ela o viu poucas vezes, a última há dois Natais, quando ele chegou em Orange County com um fardo de cerveja e desmaiou no sofá.

—Você realmente cresceu desde a última vez que esteve aqui — ele diz. — E desde a última vez que a gente se viu. Pode me pegar uma cerveja, gracinha?

Marilyn pega uma cerveja barata na geladeira, encostando brevemente a garrafa gelada na bochecha. Sente-se um pouco febril. Embora tenha esfriado lá fora, o apartamento de Woody parece manter o calor do dia.

— Pode pegar uma pra você também. Afinal, é seu aniversário — ele diz.

Marilyn não pega.

Quando a pizza chega, Sylvie insiste em colocar velinhas em cima, que conseguiu encontrar em uma das caixas. Marilyn se inclina sobre as chamas e nota que gotas de cera rosa começam a cair no queijo. *Desejo que no ano que vem eu esteja longe daqui, estudando em Nova York, começando minha própria vida.* Mas quando ela fecha os olhos para assoprar, é James que vê, e sua imagem a envolve como a ressaca do mar.

Deitada na cama de solteiro que range, debaixo do lençol com estampa do Meu Querido Pônei que a mãe comprou anos antes, Marilyn ouve vozes abafadas chegando pela janela. Parece James, mas há outra também, de criança. Ela se esforça para ouvir o que estão dizendo, mas as vozes são suaves, e Marilyn só distingue algumas palavras. *Vovó... sapato... escola... prometo...* Uma risadinha.

Então as vozes se silenciam, e ela fica sozinha no vazio do quarto onde passou suas primeiras noites sem dormir na cidade. Olha para os padrões familiares no teto enquanto um helicóptero sobrevoa. Momentos depois, escuta uma música. Marilyn acha que reconhece a melodia e a voz doce que chega da noite. "*Try me, try me...*" Imagina James na cama ouvindo, e o som se torna uma ponte invisível entre os dois. Ela finalmente dorme, compartilhando aquela música.

MARILYN ACORDA SUADA com a luz da manhã entrando pela janela. Ouve a música de um caminhão de sorvete do lado de fora, de novo e de novo. Vasculha as caixas à sua volta, com o peito apertado. Respira fundo e estica as mãos para enquadrar os detritos de sua vida. Então pisca e tira uma foto.

Descobriu que amava fotografia quando ajudou a produzir o anuário da escola, só para ter uma atividade extracurricular para incluir nas inscrições para a faculdade. Mas, em vez de só fotografar os colegas, ela se viu usando a câmera da escola sempre que podia — fotografando uma criança tentando escapar do pai, uma garota colocando uma flor branca atrás da orelha, o rastro deixado por um avião no céu azul-claro, Sylvie na espreguiçadeira de plástico perto da piscina, inclinando-se para pintar as unhas dos pés. Quando olhava através da lente, seu entorno se tornava mais digno de nota. Digno de ser guardado. Ela começou a ir à biblioteca dar uma olhada nos livros de fotografia, e estudou o trabalho de Robert Frank, Carrie Mae Weems, Sally Mann, Gordon Parks. Descobriu que, se fizesse o clique no momento exato, poderia transformar qualquer coisa em arte. Mas é claro que teve que devolver a câmera da escola no fim do ano. Então começou a tirar fotos mentais, num esforço de resguardar a conexão com o mundo à sua volta de que precisava desesperadamente.

Quando Marilyn sai do quarto, encontra Woody sem camisa, fumando charuto diante de um velho computador com o logo de um site de pôquer na tela, acima de uma mesa de carteado verde com alguns participantes virtuais.

— Bom dia — ela diz.

Ele tosse.

— Querida — Woody responde, parecendo irritado —, você vai ter que ser discreta quando eu estiver trabalhando. Não posso perder a concentração.

— Sem prob… — ela começa a dizer, mas a expressão no rosto do tio sugere que o silêncio é a melhor saída.

Woody ganha dinheiro jogando desde que Marilyn o conhece, mas agora parece que sua atividade se estendeu à internet. Sylvie havia explicado que, ao se mudar para Los Angeles, ele conseguiu um trabalho na fábrica da Ford, mas quando ela fechou o tio passou a se dedicar integralmente às cartas, esperando se tornar o próximo Amarillo Slim, um homem que havia ganhado o campeonato mundial de pôquer uma vez e desde então aparecia em todos os talk shows, encantando o país com seu sotaque do Texas.

Marilyn guarda a nota de vinte que Sylvie tinha passado por baixo de sua porta com uma lista de compras para o jantar. Ela sai, desfrutando da mais leve brisa contra a pele. O ar quente cheira a fumaça e flores morrendo. Não tem ideia de onde fica o mercado mais próximo, então perambula até encontrar uma mercearia, onde, além dos ingredientes pedidos, compra uma coca e uma banana — seu café da manhã. Quando Marilyn volta ao apartamento, uma hora depois, está suada e grudenta. Ao cruzar a rua, ela vê James na varanda sem camisa, carregando um bebedouro para beija-flores. Ele o coloca perto da janela, e ela nota uma tatuagem de silhueta de pássaro na parte de trás do seu ombro esquerdo. Sem pensar, Marilyn põe as sacolas pesadas no chão e levanta as mãos, enquadrando suas costas largas, a silhueta de pássaro no ombro e um beija-flor de verdade pairando incerto sobre ele. No momento em que ele começa a virar, exatamente quando seus olhos ficam visíveis, ela pisca e tira a foto imaginária.

Marilyn leva uma fração de segundo para voltar à realidade e perceber o quão estranha deve parecer, parada na entrada olhando para James com as mãos em L. Ela as abaixa rápido e acena. Ele franze a testa, mas acena também. Seu olhar sobre ela faz com que se sinta nua, como se com um passar de olhos ele pudesse derrubar todas as suas barreiras.

Conforme ele vira e entra, o beija-flor que pairava por ali vai até o bebedouro, suas asinhas frágeis tremulando.

★

Marilyn passa por Woody na ponta dos pés, que está exatamente como o deixou. Ela passa o resto do dia limpando e desempacotando suas coisas. Ainda com a foto de James na cabeça, ela varre as camadas de pó das soleiras e esfrega o chão encardido. Lava o banheiro com cândida e fica satisfeita que o cheiro do produto químico apague o da casa, como se criasse uma página em branco. Marilyn guarda as roupas da mãe nas gavetas e então termina de guardar as suas. Organiza os livros em fileiras únicas encostadas na parede e prende com durex nas paredes as cópias de suas fotos preferidas, feitas na máquina de xerox da biblioteca.

Do fundo da última caixa, tira um leãozinho de pelúcia com a juba toda emaranhada segurando um coração vermelho e quase se desfazendo. Embora não se lembre de tê-lo ganhado, sabe que Coração Valente (nome que lhe deu muito tempo atrás) foi um presente do pai. Marilyn tenta recordar o rosto dele, como faz às vezes, e sente a vertigem de sempre. Não consegue vê-lo de fato, é como um caleidoscópio, um barco se afastando no mar. Suas memórias mais antigas são todas assim — vagas e fugazes, como se lembrasse de uma infância que não é sua.

Quando pensa na morte do pai, é o grito de Sylvie que escuta. Ele teve um ataque cardíaco no trabalho. Nas semanas seguintes — ou meses, Marilyn não sabia —, os sons baixos da tv e o cheiro dos cigarros de Sylvie foram tomando conta da pequena casa, as coisas delas foram negociadas em vendas de garagem e vizinhos com um sorriso tenso no rosto passavam para se despedir. Um pavor silencioso se arrastou até o peito de Marilyn e se alojou ali enquanto ela olhava pela janela do carro em movimento para a vasta paisagem desértica tomada pelo sol, uma terra sem fronteiras. No segundo dia de viagem, ela pegou no sono ao lado das caixas e acordou à noite, com o carro subindo por uma estrada escura, revelando um mar de luzinhas espalhadas à distância. Por um momento, mal desperta, achou que estivesse vendo as estrelas. Estavam de cabeça para baixo? O céu tinha caído no chão? Então sentiu a mão da mãe apertando a sua.

— Olha, querida. Chegamos. A Cidade dos Anjos.

★★★

Sylvie está começando a fazer o jantar — o purê gratinado de que Woody tanto gosta — quando vira para Marilyn, que está à mesa descascando batatas.

—Você esqueceu o leite!

— Não estava na lista — a garota diz, segura, porque tinha batido as compras com os rabiscos da mãe duas vezes.

— Claro que estava. E agora? Woody vai chegar a qualquer minuto...

— Vou buscar — Marilyn oferece, embora se ressinta de levar a culpa.

— Não dá tempo. Vai levar pelo menos meia hora. Vai pedir àquele garoto, o que nos ajudou com as caixas.

A ideia de bater na porta de James e pedir um pouco de leite a deixa com vergonha, mas Marilyn sabe que a mãe está preocupada que Woody tenha bebido demais durante seu "turno" no cassino, e espera manter tudo sob controle com o jantar prometido.

Ela sai do apartamento superior para o pôr do sol grudento e desce as escadas correndo. Ao bater na porta próxima ao bebedouro para beija-flores, Marilyn se surpreende com a intensidade com que seu coração bate no peito.

Pouco depois, um garoto atende. Deve ter onze anos, beirando a adolescência sem ter cruzado a fronteira ainda. É uma cópia quase perfeita de James, só que sem a cautela comedida e com uma camada de gordura infantil.

— E aí?

— Oi. Meu nome é Marilyn. Acabei de mudar pro apartamento de cima.

— Eu sei, meu irmão falou.

— Ah.

O coração dela acelera ainda mais. O que James tinha dito? Pelo menos o bastante para que o irmão a reconhecesse.

— Você está morando com o velho esquisitão.

— Ah, sim. Ele é meu tio.

— Justin? Quem está aí? — pergunta uma voz masculina profunda de dentro do apartamento.

— A menina! — Justin diz, e simplesmente pega a mão dela e a puxa para dentro.

Um homem saindo dos sessenta está sentado no sofá assistindo a um programa de perguntas e respostas. Ele é alto e careca, tem ombros largos e um sorriso simpático. Deve ser o avô, Marilyn imagina.

— Oi, hum, meu nome é Marilyn. Acabei de mudar para o andar de cima? — ela diz, como se fosse uma pergunta.

Ele assente.

— Alan Bell.

— James! A menina está aqui! — Justin chama. Ele solta a mão de Marilyn, deixando-a sozinha no meio da sala, envolvida pelo cheiro do jantar. A mobília colorida é gasta, mas de um jeito bom, como se tivesse história. As paredes irregulares, tão gritantes no apartamento de Woody, mal são notadas por baixo das fotos de família, das marcas de mãos de crianças na argila e dos quadros cuidadosamente dispostos.

Alan olha para Marilyn em expectativa.

— Você veio ver o James?

— Não, eu... eu só... Bom, esqueci de comprar leite hoje, e minha mãe precisa de um pouco para uma receita que está fazendo, uma xícara e meia só. Não sei se você teria... para emprestar.

— Claro — Alan diz, no mesmo instante em que James aparece. Ele a olha de um jeito que a faz se sentir uma intrusa.

— James, vá pegar um copo de leite para ela — o avô pede.

Uma mulher de chinelos felpudos rosa e roupão combinando chega da cozinha, com rugas de expressão e as mãos cobertas de farinha.

— E quem é essa? — ela pergunta. Marilyn fica surpresa com sua voz suave e alta, como a de uma jovenzinha.

— Marilyn. Ela só veio pegar um pouco de leite — James diz.

—Você é bonita. Não deixe que ele dê em cima de você. — A mulher sorri enquanto James vai para a cozinha. Se ouviu seu comentário, não teve nenhuma reação. — Meu nome é Rose — ela diz, então grita para Justin arrumar a mesa.

— Gim! — Alan exclama para a televisão.

Marilyn vira para ver a pergunta na tela: "Que bebida você pode tomar enquanto disputa um jogo de mesmo nome?". Quando um participante de óculos acerta com a mesma resposta, Alan dá uma batidinha no próprio joelho.

Marilyn sente um desejo ardente subir pelo peito. Desejo de uma família como essa, que ri, grita e arruma a mesa para jantar junta, uma família que mora numa casa com um cheiro bom, que parece um lar de verdade. Seus olhos perpassam automaticamente as fotos nas paredes. Há uma de James e Justin pequenos, com uma mulher com um vestido vermelho e um sorriso radiante.

James chega com o leite e a flagra perdida na foto.

— Aqui.

— Obrigada.

Suas mãos se tocam de leve, e Marilyn sente uma faísca. Mas ele desvia o olhar para a TV: "Que criatura o pescador de *As mil e uma noites* enganou de modo que acabasse presa?".

Alan fica mudo.

— Um gênio — James diz, baixo. Marilyn estuda seu rosto. — Até mais.

—Tchau! — Justin grita.

— Foi um prazer conhecer vocês — Marilyn diz para a sala, mas James já está abrindo a porta para que vá embora.

O SOL DA MANHÃ SALPICA A CALÇADA, o cheiro de fumaça se misturando ao doce aroma da loja de donuts do outro lado da rua. Marilyn olha para o trânsito na Washington, procurando esperançosa pelo ônibus que está para chegar, e prende atrás da orelha o cabelo que acabou de secar. Usa jeans e uma camiseta branca, All Star preto e nenhuma maquiagem — um visual cuidadosamente planejado para parecer normal o bastante para que ninguém faça perguntas, e comum o suficiente para não despertar muito interesse.

Depois de uma semana na casa de Woody, ela começou a esperar ansiosa pelo início das aulas, por mais assustador que isso fosse. Qualquer coisa seria melhor do que ficar enclausurada naquele apartamento. Tinha passado a maior parte do tempo no quarto, com a porta fechada, lendo e relendo *O álbum branco*. Depois do desastre que havia sido seu último teste, não fora capaz de reunir forças para devolver o livro à biblioteca pública de Orange County, e o enfiou no fundo da mala.

No ensaio que dá nome ao livro, Joan Didion descreve uma época em que sentia que estava apenas passando pela vida — com uma "atuação adequada", mas "sem o roteiro", incapaz de entender a trama. Marilyn compreende — ela estuda para os exames de admissão na faculdade, faz compras, lava roupa no estabelecimento um pouco adiante na rua, mas sente como se o fio invisível que a liga ao mundo tivesse se rompido, se é que já existiu.

Quando entra no campus do Colégio Los Angeles, vê uma onda infinita de jovens seguindo para o prédio, pontuando o gramado, seus gritos e risadas ecoando no ar. A escola deve ter o dobro do tamanho daquela que frequentava em Orange County. Melhor ainda, ela pensa. Em meio a dois mil alunos, vai ser fácil passar despercebida.

E é verdade. No momento em que passa pelas portas, Marilyn se torna só uma das muitas pessoas no corredor lotado. Enquadra fotos imaginárias de garotas rindo, usando blusa curta, calça larga ou short, donas do lugar, de seu corpo e do que estão se tornando. Ela sente uma pontada de inveja ao ver sua animação, mas não há sentido em tentar fazer amigos. Só vai ficar aqui por um ano.

Mesmo em sua antiga escola, com frequência tinha a sensação de que estava atrás de uma parede invisível, separando-a do seu entorno. Mas pelo menos tinha um grupo com o qual ficar, uma mesa onde sentar no almoço, convites para ir ao cinema ou luaus na praia. Tiffany Lu era sua colega mais próxima; a obsessão de ambas em entrar numa boa faculdade as unia. Mas enquanto Tiffany passava os fins de semana se alternando entre competições do clube de debate e aulas de violino, o tempo de Marilyn era tomado por uma onda de testes fracassados.

Só mais um ano, Marilyn repete para si mesma enquanto passa pelo refeitório apinhado. Está interessada em apenas uma pessoa: James, ainda que não o tenha visto toda a manhã. Parte dela quer simplesmente pular o almoço, mas Sylvie anda fazendo *shakes* emagrecedores para prepará-la para a reunião na nova agência de talentos, e ultimamente observa cada garfada da filha com ceticismo até que finalmente diz "Já chega", levando o prato embora. Por isso, Marilyn tem estado sempre com fome, e decide aproveitar a oportunidade para comer tudo o que pode sem ser observada. Ela compra um saco de Cheetos e um de Ruffles, um refrigerante, dois pedaços de pizza e uma maçã. Carrega tudo pelo refeitório e entra no prédio principal, abrindo a porta de salas vazias. O orçamento de artes foi cortado, assim como as aulas de fotografia (ela perguntou quando fez a matrícula, na semana anterior), mas ainda há uma pequena câmara escura, que Marilyn descobre no fim de um longo corredor vazio. Ela inala o cheiro dos produtos químicos pairando no ar, se apoia contra a parede e espalha a comida à sua frente, encarando o brilho da lâmpada vermelha.

Enquanto come, Marilyn pensa nas fotos dos prédios enormes da Universidade Columbia do folheto promocional que guarda com todo o cuidado entre as páginas de um dicionário — alunos debruçados sobre livros no gramado, as folhas caindo sobre calçadas de tijolos, os arranha-céus da cidade. Imagina as pessoas com quem vai conversar nos restaurantes nova-iorquinos — artistas, donos de galerias, editores de revistas — e se reconforta com a ideia de que este momento em sua vida, sentada sozinha na câmara escura abandonada do Colégio Los Angeles, e tudo o que viveu até então, vai desaparecer num passado remoto. Ela não será mais a menina que brincava com pôneis de brinquedo no comercial, nem a pré-adolescente sorrindo para uma caixa de hambúrguer do Carl's Jr. Tampouco a garota que morava num apartamento em Orange County, ou a que está voltando para o lugar mofado que divide com a mãe e o tio alcoólatra. Nem a menina que ficou presa com um agente de talentos para supostamente "aprender a fazer testes", nem uma aspirante a modelo, nem a filha de sua mãe. Marilyn visualiza algo forte e brilhante dentro de si, esperando pacientemente para ser revelado quando chegar ao futuro.

★★★

Ainda assim, precisa sobreviver a mais um ano, e James, do apartamento de baixo, se torna seu bote salva-vidas. Ela o vê voltando para casa à tarde, usando calça azul-marinho e uma polo clara — claramente um uniforme —, e conclui que estuda numa escola particular. Mas seus dias — borrões envolvendo aulas, paradas de ônibus, calor sufocante, lição de casa na cama — são pontuados pelos sons dele. Marilyn aprende a distinguir seus passos, as luzes, o barulho que faz ao chegar; o chacoalhar característico de suas chaves enquanto abre a porta de casa; sua voz profunda ao chamar alguém; os murmúrios suaves de quando conversa, com frequência acompanhados pela risada leve de Justin.

Às vezes ele aparece pela manhã, tirando e arrumando o bebedouro dos beija-flores, o que Marilyn acha incrivelmente charmoso. Com frequência sai no fim do dia, de tênis e bermuda, e volta uma hora depois, com a camiseta ensopada de suor, enquanto a claridade se transforma num brilho pálido. Tornou-se rotina ela ficar olhando pela janela, observando-o atravessar a rua, seu corpo único ao crepúsculo, a música-tema do programa de perguntas e respostas escapando conforme abre a porta do apartamento. Mas sua parte favorita é logo antes de dormir, quando a música dele entra pela janela com o ar da noite. Marilyn se permite imaginar que ele quer que ela ouça, que as vozes de Erykah Badu, 2Pac, Wyclef e Prince são sua maneira de se comunicar.

Duas semanas se passam antes que Marilyn crie coragem de orquestrar um novo encontro. Finalmente, tonta por causa da dieta severa que Sylvie impôs, com a música da noite anterior ainda tocando em sua cabeça de novo e de novo, decide fazer alguma coisa. Espera que o sol caia e o céu comece a escurecer; quando por fim o vê saindo (mais tarde que o normal), sai também. Quando chega na calçada, ele já está na esquina, correndo. Ela não pode persegui-lo, pode? Então vai até a mercearia e compra uma coca, precisando desesperadamente de açúcar no sangue. Marilyn toma devagar, acalmando-se com o prazer do gosto efervescente ao crepúsculo. É na volta para casa, quando passa pelo parque, que vê James dando tiros de corrida em uma pista, seu corpo cortando o ar. Ele se apoia nos joelhos para recuperar o fôlego. Meu Deus, ele é lindo. Marilyn para e fica só olhando.

Enfim, ela o chama:

— James!

Ele levanta a mão e acena. Num impulso, Marilyn vai até ele.

— Está com sede?

Ela ouve sua respiração cansada, sente o calor de seu corpo tão próximo. Oferece a coca.

James aceita.

— Valeu.

Joga a cabeça para trás. Bebe. Marilyn observa seu pomo de adão subindo e descendo na garganta.

Ele devolve a garrafa e olha para o relógio, então volta a correr.

MARILYN E SYLVIE ESTÃO SENTADAS NUMA SALA DE ESPERA gigantesca, com poltronas de couro imponentes que parecem engoli-las e janelas que vão do teto ao chão com vista para o Sunset Boulevard. Sylvie folheia uma revista com Drew Barrymore na capa, fotografada de modo que pareça estar sem blusa, e a manchete "Como sobreviver a Hollywood". Drew Barrymore é uma das atrizes que Marilyn mais admira — desde que apareceu em *E. T.*, ainda uma menininha —, mas poderia passar sem os comentários da mãe: "Você sabia que ela usa batom nas bochechas em vez de blush? Achei que eu tivesse inventado esse truque!". Marilyn sabe exatamente por que estão aqui, mas parte dela sente que é tudo uma perda de tempo, que não há motivo para estarem sentadas naquelas poltronas, naquela sala de espera, naquela cidade, naquele planeta. Quando vê seu reflexo no vidro, não se reconhece — os olhos azul-claros com sombra esfumaçada, o batom vermelho profundo que faz sua boca parecer um talho no rosto.

Sylvie esfrega a amostra de perfume da revista nos punhos e Marilyn luta para respirar apesar do peito apertado quando uma menina com saia-lápis e lábios carnudos chama seu nome. A garota as acompanha até o elevador, dá um copo de água para cada uma e as acomoda em um sofá de couro menos ostensivo, num escritório cheio de orquídeas — cinco, especificamente.

— É bem chique — Sylvie comenta quando ficam sozinhas na sala. — Adoro essa flor. Podíamos comprar uma, não acha, Mari?

Parece uma pergunta retórica, e Marilyn só assente em resposta.

Sem dúvida o lugar é diferente da agência de talentos de Orange County, a que conseguiu seu primeiro comercial, a que começou a perder interesse em Marilyn quando saiu da infância, a que Sylvie por fim dispensou depois do último teste não ter dado em nada. O agente era um homem baixo e gordo, que sempre usava um terno de três peças, com um escritório com painéis de madeira na parede estilo anos 70 e um sofá amarelo estampado em que Marilyn nunca tinha a menor vontade de sentar por causa das manchas suspeitas. Ela ainda se lembra do cheiro pungente e cáustico do homem, que quando pequena a fazia pensar em um porco-espinho; ainda se lembra do medo de entrar naquele escritório, a sensação de aranhas subindo por suas pernas, o modo como desejava se enrolar numa bola para se proteger, como os tatuzinhos com que brincava no jardim de casa.

Depois de algum tempo, uma mulher pequena com um terninho parecendo caro, cabelo bem curto e nenhuma maquiagem no rosto aparece de repente, como se tivesse derrubado a porta.

— Olá, olá. Espero que não tenha deixado vocês esperando muito tempo. Sou Ellen, claro.

Ela fala rápido e as palavras se misturam, como se "claro" fosse seu sobrenome.

Marilyn seca as mãos suadas na saia e levanta para cumprimentar Ellen Claro. Sylvie inicia imediatamente um solilóquio desesperado sobre as virtudes e os méritos da filha, mas Ellen Claro a interrompe depressa e dirige sua atenção à garota.

— Fale sobre *suas* aspirações, querida. Está a fim de trabalhar duro?

Marilyn pensa em acordar com o cheiro dos cigarros de Woody, em seus olhos a seguindo pela cozinha, em sua voz ao mandar que Sylvie limpe o banheiro. Respira fundo, tentando focar. De repente, é como se pairasse sobre o próprio corpo, vendo a si mesma representar seu papel (o que é possível mesmo que esqueça suas falas, mesmo que improvise, como vem descobrindo).

— Estou disposta a fazer o necessário — Marilyn se ouve dizendo. — Quanto às minhas aspirações, quero ganhar dinheiro.

Ellen Claro ri, uma risada abrupta que para tão de repente quanto começou. Ela estuda Marilyn, deixando o silêncio se estender por um momento antes de dizer:

— Bom, você é sincera. Gosto disso. Vi seu vídeo, claro. Bem fofo. Você claramente superou aquela coisa infantil. — Ela faz um gesto circular na direção do rosto de Marilyn. — Não tem nada de Disney aí, nem pensar. Mas é um visual interessante. Loira, mas não muito. Posso trabalhar com isso. E você tem uma *vibe*, um *je ne sais quoi*. Vai ter que perder cinco quilos, mas não mais do que isso, ou vai perder seu frescor. Então podemos colocar você em alguns testes de modelo.

— Ótimo! — Sylvie diz.

Ellen só assente em sua direção, indicando que estão liberadas.

— Exatamente como Marilyn Monroe! — Sylvie grita assim que saem do prédio. — Ela…

— Começou como modelo, você falou.

— Está acontecendo, querida! — Sylvie aperta a mão de Marilyn, que retribui com um sorriso fraco.

— Não sei, mãe.

— *Como assim?*

— Vou tentar, claro. Sei que precisamos do dinheiro, mas não… Só não quero que crie expectativas…

— Ah, Marilyn, onde está seu otimismo? Pensamento positivo é metade do trabalho. Tem que acreditar para que se torne real. Deveríamos estar comemorando!

Quando chegam ao velho Buick, Marilyn tira a propaganda de uma loja da BMW do limpador de para-brisa. Não é algo

50

incomum folhetos como aquele serem deixados em carros velhos e empoeirados estacionados nas proximidades de hotéis refinados, apartamentos decorados e agências de talentos — a ideia parece ser de que, em Los Angeles, sua vida pode mudar da noite para o dia. Talvez ontem você estivesse quebrada, vivendo no apartamento precário do tio, mas amanhã pode ser "alguém", alguém pronto para comprar um carro que se enquadre em seu novo status. Ela amassa o folheto e o joga na lixeira mais próxima.

Ela e a mãe costumam comemorar tomando sorvete no Dairy Queen, mas, com a recomendação de perda de peso, isso é impossível. E tudo bem, porque Marilyn tem vontade de vomitar. Sylvie sugere que elas comemorem olhando algumas casas.

Sem disposição para discordar, Marilyn fica sentada em silêncio enquanto percorrem as ruas estreitas de Hollywood Hills. Sylvie dirige devagar, descuidada, inclinando-se para fora da janela e fazendo comentários sobre cada uma das propriedades. Uma BMW buzina e passa correndo por ela. Sylvie finge não notar. Quando encontra uma casa com uma placa de VENDE-SE, estaciona. Há pequenas estátuas brancas — réplicas em miniatura do *Davi* de Michelangelo — dispostas a intervalos regulares numa fileira no gramado.

— Ai meu Deus, elas são tão fofas! — Sylvie exclama, depois pede para Marilyn descer e pegar um dos folhetos embaixo da foto do sorridente corretor, Rod Peeler. A garota obedece o mais rápido possível, torcendo para que isso signifique que já podem voltar para casa.

Mas Sylvie enrola, estudando o folheto, que indica o preço de oitocentos mil dólares. No domingo seguinte, a casa vai abrir para visitação. Sylvie declara, satisfeita, que elas têm que ir. Só para "conhecer", de modo que tenham "mais informações" quando estiverem "prontas para comprar". Marilyn fecha os olhos, lembrando que precisa focar em uma única coisa: o diamante no fim do túnel. O ano seguinte. A faculdade. Dar o fora daquele lugar.

No sábado de manhã, Marilyn dorme tanto quanto consegue, acordando ao som incansável do caminhão de sorvete, que sempre estaciona na frente do apartamento. Sylvie já está no trabalho e Woody foi para o cassino. Ela liga para Tiffany, que conta as novidades de seu antigo grupo de amigos — quem está saindo com quem, quem ficou com quem na praia, quem foi suspenso porque tinha maconha no armário. A participação de Marilyn na conversa consiste basicamente em "hum-hum", "legal" e "sério?". A fragilidade de sua conexão com aquele mundo revela-se gritante. Agora que está deitada em sua cama de solteiro no quarto atulhado de coisas na casa do tio, nada daquilo parece importar.

Ela desliga o telefone e procura alguns trocados no fundo da bolsa, disposta a ceder ao chamado do caminhão de sorvete. Quando sai na rua, encontra Justin sentado nos degraus lendo uma revista em quadrinhos. Quando ele a vê, seu rosto redondo se ilumina num sorriso.

— Tá um calor dos infernos — ele diz, soltando uma risadinha.

— É — Marilyn concorda e aponta para o caminhão de sorvete. — Alguma recomendação?

— Pantera Cor-de-Rosa. É o melhor.

Marilyn compra o sorvete e dá para Justin.

— Obrigado — ele diz, devorando voraz as orelhas da pantera.

— Em que ano você está? — Marilyn pergunta, sentando ao lado dele.

— Sexto.

— E gosta da escola?

Justin dá de ombros.

— Acho que sim.

— Não é meio assustador?

Ele pensa um pouco.

— Não. — Então vira para ela e pergunta de boca cheia: —Você vai beijar meu irmão?

Marilyn ri.

— Hum, acho que não.

— Mas você quer. Eu sei.

— Ah, é? Como?

—Você estava toda nervosa naquela noite que foi em casa.

Marilyn sente as bochechas ficarem vermelhas.

— Ele beija muitas meninas — Justin diz. — Uma vez fiz com que me falasse todos os nomes. Contei vinte e nove.

— Nossa. É bastante mesmo.

Marilyn sabe que não deveria estar surpresa. Afinal, James é lindo, ainda que reservado. Mas depois de tanto tempo ouvindo sua presença no andar de baixo, tinha passado a pensar nele como só seu.

— Ele beijaria você também se você quiser.

— E como você sabe disso? E se seu irmão não achar que seria bom me beijar?

— Eu perguntei pra ele.

— Ah.

Ela fica vermelha de novo, seu coração pulando como um carro passando rápido por uma lombada.

— Logo vou começar a beijar também. James começou mais ou menos na minha idade.

— Ah, legal. Mas você não tem que beijar tantas meninas quanto ele. Talvez, se esperar, vai encontrar alguém de quem realmente gosta.

Justin dá de ombros, não parecendo muito convencido.

— A gente vai pra praia.

— Que gostoso.

Marilyn imagina as ondas, o cheiro do mar atravessando o calor sufocante.

— Quer vir?

Ela quer, e muito, mas se lembra do rosto de James quando entrou no apartamento sem ser convidada e não quer se intrometer de novo.

Como se aquela fosse sua deixa, James sai pela porta, carregando duas toalhas e uma prancha de bodyboard. Ele para ao se deparar com Marilyn e a olha de soslaio.

— E aí?

Antes que Marilyn possa responder, Justin se adianta:

— Ela pode ir com a gente?

Marilyn abre um sorriso nervoso. James ergue as sobrancelhas e vira para encará-la.

—Vamos agora. Está pronta?

— Só um segundo.

Ela sobe os degraus correndo e vai direto para o quarto, revirando depressa a cômoda até encontrar seu único biquíni — preto e velho, com o elástico esgarçado. Marilyn o veste e joga um macacão por cima, pegando a toalha no banheiro ao passar.

O olhar de James a acompanha conforme ela desce apressada os degraus, mas sua expressão é uma porta fechada, e ela não tem ideia do que o garoto está pensando. Marilyn segue os dois irmãos até um velho Dodge vermelho, com a lateral amassada. Justin corre para pegar o assento da frente, mas James o impede.

— Seja educado. Deixa ela ir na frente.

Justin faz uma careta.

—Tudo bem… — Marilyn começa a dizer, mas o menino entra no banco de trás e James abre a porta para ela.

Marilyn se vira no banco para sorrir para Justin, torcendo para que ele não tenha se arrependido do convite. Ele dá um soquinho leve em seu braço.

— Fusca azul — ele explica, apontando para o carro estacionado na rua.

James liga o rádio e "California Love" toca alto, eliminando a necessidade de conversa. Eles pegam a estrada com os vidros abertos. O cabelo de Marilyn voa descontrolado, suas pernas suam. James dirige de um jeito sexy, ela pensa. É rápido e costura, mas não rápido demais; tem foco, está no controle. Marilyn tenta não encará-lo. Em vez disso, vasculha a estrada, e quando finalmente acha outro fusca vira e dá um tapinha no ombro de Justin.

— Fusca azul — ela grita por cima da música.

Conforme se aproximam do mar, o céu fica branco, com uma camada de nuvens bloqueando o sol. Quando estacionam, uma névoa parece vir da água. Corpos se movimentam como fantasmas à distância. Justin sai do carro e corre para a areia, desaparecendo na neblina. Os dois o seguem, esticando as toalhas na praia lotada. Pouco depois, Justin reaparece pingando.

— Não vai entrar? — ele pergunta a Marilyn, sem esperar sua resposta ao pegar sua mão e puxá-la para o mar. Ela ri enquanto tira o macacão, abandonando-o na areia.

Uma onda de felicidade toma conta dela quando pega jacaré numa onda com Justin ao seu lado. Eles fazem isso de novo e de novo, até que Marilyn está exausta e tremendo, o calor opressivo dos últimos dias completamente esquecido.

Quando voltam para perto de James, ele está deitado sobre a toalha de olhos fechados. Justin pula em cima dele, e os irmãos lutam até que James o tenha dominado, soltando em seguida. Justin pega o bodyboard e volta para a água. Marilyn fica ao lado de James, enrolada na toalha, as mechas de cabelo molhado grudando no rosto.

— Ele é muito fofo — Marilyn diz, então acha que seu comentário soa idiota. "Fofo" é uma definição rasa demais. O encanto inocente de Justin é muito mais que isso.

— Ele gosta de você — James diz. — Não é assim com todo mundo.

Marilyn sorri. Por um momento os dois ficam em silêncio, James olhando para a frente, mal parecendo notar sua presença, enquanto o corpo dele ao seu lado faz uma onda de calor percorrer a pele arrepiada dela.

Eventualmente, ele vira e diz:

— Me fala de você.

— Hum. Sei lá. Tipo o quê?

— Qualquer coisa.

— Nasci em Amarillo, mas mal me lembro de lá. Viemos pra cá quando eu tinha seis anos. Meu nome completo é Marilyn Mack Miller.

James inclina a cabeça.

— Eu sei, é estranho. Aparentemente, meu pai estava esperando um menino. Ele tinha tanta certeza que já tinha escolhido o nome. Mack é meio estranho até para um homem, mas era o nome do meu bisavô. Quando eu nasci, minha mãe deixou que fosse meu nome do meio, como um prêmio de consolação. E ela conseguiu o que queria e me batizou de Marilyn por causa da Marilyn Monroe, por quem era… bom, por quem é obcecada. Ela ignora a parte da morte trágica e usa Marilyn como prova de que qualquer um, de qualquer lugar, pode ser lindo e famoso.

Ela para, preocupada que tenha falado muito, mas James continua a observando, como se esperasse por mais.

— Bom, como os comerciais não estão mais rolando, minha mãe quer que eu vire modelo. Fica toda tipo "*Marilyn* começou como modelo, foi assim que a descobriram". Ela não é das mais sensatas. Acredita em contos de fadas.

Marilyn percebe que faz bastante tempo que não fala com alguém assim. Mesmo com Tiffany, mal mencionava sua família.

— E você? Qual é seu nome completo?

— James Alan Bell. Alan é o nome do meu avô. E James vem de James Brown, que minha mãe amava.

Marilyn pensa na foto dos irmãos com a linda mulher de vermelho pendurada na parede.

— Então nós dois recebemos o nome de gente famosa. Mas o seu é mais legal — ela diz.

James responde com um meio sorriso. Marilyn pensa na voz que flutuou até sua janela em sua primeira noite na casa do tio, e percebe que era de James Brown. "*Try me, try me...*"

Ela quer tocar James. Em vez disso, estuda os padrões das tatuagens em seus braços — flores se emaranhando, chamas se transformando em ondas, o beija-flor no ombro, "Angela" escrito no bíceps e rodeado de estrelas.

Enquanto considera perguntar quem é Angela, Justin volta correndo com a prancha debaixo do braço. Sem pensar, Marilyn levanta as mãos para enquadrá-lo, pisca e tira uma foto mental do garoto sorridente emergindo na neblina. James vira para ela mas logo Justin se joga em cima dele de novo.

— Anda! Quero ver você ganhar de mim na corrida! — Justin diz, tentando levantar o irmão. James prende seu braço atrás das costas de brincadeira, e o irmão se solta rápido. — Ele tem medo de água — Justin diz para Marilyn, regozijando-se.

— Não tenho medo.

— Não sabe nadar. Não tão bem quanto eu.

James desiste.

— É verdade. Não como você.

Justin sorri e sai correndo.

— O que é aquilo que você faz? — James pergunta a Marilyn. — Com as mãos.

Ela sente o rosto queimar.

— Hum, é tipo como se eu tirasse uma foto mental… É idiota, eu sei. Adoro fotografia, mas não tenho câmera. Por isso treino enquadrar um momento e clicar no segundo perfeito…

O olhar de James está fixo nela daquele jeito impossível de ler. Marilyn nunca contou a ninguém sobre suas fotos imaginárias, e começa a se perguntar se não teria sido melhor continuar assim.

Então ele sorri. Marilyn percebe que é a primeira vez que ele sorri para ela — sorri mesmo, mostrando os dentes. É uma das coisas mais lindas que já viu. Seu rosto inteiro se ilumina, brilhante o bastante para afastar a névoa.

— Isso é muito legal — ele diz. — Admiro isso.

Marilyn percebe que sua aprovação a deixa radiante.

— Quem quer ser bom em algo tem que treinar mesmo — James conclui.

— É. Sempre estive na frente das câmeras, em comerciais, testes ou sei lá o quê, e sentia como se... Não sei. Como se não estivesse lá de verdade. Quando comecei a tirar minhas fotos, era como se estivesse recuperando pedacinhos de mim.

— Porque é você quem está olhando, em vez de ser olhada. Porque está no controle.

— É.

Marilyn não tinha conseguido explicar de maneira tão simples, mas era exatamente isso.

Quando eles voltam ao apartamento, horas depois, o cheiro de sal ainda está em seu cabelo e suas coxas estão sujas de areia. Tons de rosa cruzam o céu. Marilyn não quer sair do carro. Não quer que o dia acabe, não quer entrar e voltar à realidade.

— Onde você esteve? — a mãe pergunta quando ela abre a porta.

— Na praia, com os vizinhos.

Sylvie franze a testa.

— O garoto que ajudou a gente, lembra? — Marilyn explica.

— Claro. — Sylvie faz uma pausa. — Não sabia que estavam se falando.

— Bom, acho que agora estamos.

Sylvie fica em silêncio. Woody ainda está no cassino, então elas não cozinham e comem sobras.

Marilyn não toma banho antes de ir para a cama. Não quer lavar o oceano do corpo, a prova silenciosa de que, pelo menos pela tarde, pertenceu a algum lugar.

No domingo à tarde, Sylvie leva Marilyn até Hollywood Hills novamente. Elas se perdem, e Marilyn tem que se virar com o mapa no banco do passageiro para que achem a casa com os Davis em miniatura.

— Ali está nosso amigo! — Sylvie diz enquanto estaciona o velho Buick na entrada. O corretor, Rod Peeler, abre um sorriso que revela seus dentes brancos.

— Olá, pessoal — Rod diz, com um sotaque sulista que Marilyn acha que é falso. — Entrem. Já têm corretor?

— Não, estamos começando a procurar agora — Sylvie diz. — Minha filha é modelo e acabou de conseguir um trabalho importante, então estamos pensando em nos mudar.

Marilyn acha que Rod Peeler sabe que é mentira, mas ele continua sorrindo e as conduz até a sala com uma parede de vidro com vista para a cidade. Rod diz que é especializado naquela região e entrega seu cartão, pedindo que se sintam em casa. Sylvie faz questão de escrutinar os cômodos onde outras pessoas perambulam — um jovem casal com moletons caros e cortes de cabelo caros, um homem na faixa dos cinquenta com uma criança emburrada logo atrás.

A cozinha é preenchida por aquele tipo de luz dourada da Califórnia que parece purificadora. Há cookies e limonada numa bandeja de prata sobre a mesa de carvalho. Sylvie serve dois copos, mas lança um olhar de aviso a Marilyn quando esta pega um cookie com gotas de chocolate e mordisca. Elas atravessam as portas duplas de vidro que levam para o quintal, quase todo tomado por uma pequena piscina de água cristalina, um retângulo aberto no concreto e cercado por plantas bem cuidadas.

Sylvie aperta a mão de Marilyn e sussurra:

— Imagina, querida. Uma piscina só nossa.

Marilyn assente e come o resto do cookie, aguardando até que Sylvie finalmente se despede de Rod, dizendo o quanto gostou da casa e que vai entrar em contato.

Ele dá uma piscadinha.

— Estarei esperando.

Quando estão de volta ao carro, descendo a colina, Sylvie vira para a filha e pergunta:

— O que achou?

— Por que você faz isso? — Marilyn responde.

— O quê?

— Mente desse jeito. Dizendo que consegui um trabalho ou sei lá o quê.

— Não é mentira — Sylvie responde. — É o poder do pensamento positivo.

— Mãe...

— Esse é o seu problema. Você é tão pessimista. Às vezes é preciso acreditar em alguma coisa, agir como se fosse verdade, para que de fato seja.

Marilyn suspira e olha pela janela.

— Tenta. Experimenta, Marilyn. "Sou uma atriz de sucesso. Moro numa casa linda e mereço isso."

— Não consigo dizer isso, mãe. Não é verdade.

— Diz, Marilyn! Anda. É importante.

— Não! — a garota dispara.

Sylvie para o carro abruptamente no Hollywood Boulevard, fazendo o carro atrás dela buzinar.

— Não vamos a lugar nenhum enquanto você não disser — ela declara, a voz tremulando como uma chama.

— Vou andando.

Marilyn abre a porta tão abruptamente quanto Sylvie parou o carro e sai. Ela avança pela calçada sem olhar para trás.

Um homem de boina entrega a ela uma fita com o rosto dele impresso na capa.

— Meu primeiro álbum — ele diz.

— Obrigada — Marilyn agradece e pega a fita, seguindo em frente apressada.

Ele vai atrás dela.

— São dez dólares. Vai apoiar um artista?

— Ah, desculpa, não tenho dinheiro. — Ela tenta devolver a gravação.

— Quer saber? Pode ficar. Se gostar, conta pros seus amigos.

— Tá — Marilyn diz, oferecendo um sorriso breve antes de seguir em frente. Ela para e espera para atravessar sem se permitir olhar para trás para ver se Sylvie ainda está estacionada. Uma mulher no ponto de ônibus segura um bebê chorando. Um caminhão vira à esquerda, quase batendo numa Range Rover que acelerou no farol amarelo. Marilyn anda mais três quarteirões, chegando à Calçada da Fama, seus passos duros sobre as estrelas sujas. Está passando pela de Liza Minnelli quando Sylvie estaciona no meio-fio à sua frente. O vidro do passageiro baixa, revelando o rosto da mãe coberto de lágrimas. Marilyn respira fundo. Entra no carro.

— Diz, por favor. É muito importante.

Marilyn engole em seco, fecha os olhos. Sai do próprio corpo, focando na promessa do ano seguinte, quando estará na faculdade, vivendo sua própria vida. Então sussurra:

— Sou uma atriz de sucesso. Moro numa casa linda.

Sylvie a observa por um momento, depois enxuga os olhos.

— Viu? Não foi tão difícil assim.

★★★

Quando elas voltam, encontram Woody bêbado. Marilyn sabe disso pelo modo que a olha ao entrar. E pelas inúmeras garrafas de cerveja à sua volta. Ele está jogado no sofá, limpando as unhas com o canivete.

— Ondecêstavam?

Sylvie ignora a fala enrolada.

— Tínhamos um compromisso.

— Que tipo de compromisso?

Marilyn sabe que a mãe não vai falar da casa para ele.

— Sua sobrinha teve uma ótima reunião em uma das maiores agências de talentos da cidade na semana passada — Sylvie diz. — Está a poucos passos de se tornar uma modelo fotográfica famosa. Estaremos fora do seu caminho antes que perceba.

Woody ergue as sobrancelhas.

— É mesmo? — ele pergunta enquanto Sylvie recolhe as garrafas vazias. — Pega mais uma pra mim?

Marilyn vai para o quarto e fecha a porta. Acostumou-se depressa a ler os sinais de Woody: quando está assim, é porque perdeu dinheiro no jogo.

Momentos depois, a gritaria começa.

— O ralo está entupido, merda! É por causa da porra do cabelo dela!

Marilyn sai do quarto, porque não quer deixar a mãe sozinha para lidar com a bagunça do banheiro e especialmente com Woody. Mas no momento em que a vê, Sylvie a dispensa.

Marilyn pega o walkman pra ouvir, numa tentativa de não escutar os passos pesados do tio, tentando não antecipar seu próximo surto. Ela coloca a fita que ganhou do cara na rua. *"Can't afford to lose myself"*, ele canta num belo falsete, e ela se esforça ao máximo para focar no livro de história. Lê sobre um navio holandês que chegou à costa da Virgínia e vendeu os primeiros escravos à colônia em 1619. Quando um parlamento foi estabelecido na região, o governo representativo nasceu "no mesmo berço que a escravidão, e no mesmo ano". O livro menciona isso com um distanciamento frio que a deixa furiosa. Marilyn tenta avançar pelas frases curtas, mas até as dez horas só conseguiu ler vinte páginas do capítulo de quarenta. Quando vai virar a fita, ouve a porta abrindo e fechando lá embaixo. Os passos característicos e o chacoalhar das chaves de James. Marilyn dá uma olhada na sala e vê Woody dormindo no sofá e a porta do quarto da mãe fechada. Torce para que ela também esteja dormindo e, antes que possa se segurar, corre para a rua.

— James!

Ele já está no meio do quarteirão, abrindo a porta do Dodge vermelho amassado. Quando vira para olhá-la, Marilyn se sente tola de repente. Ela acena de um jeito que lhe parece idiota, só agora percebendo que está de moletom.

James fica olhando para Marilyn, como se tentasse descobrir o que ela vai fazer.

Finalmente, vai até ele.

— Aonde você vai? — ela pergunta.

— No mercado.

— Posso ir junto?

Ele dá de ombros e vai destrancar a porta do passageiro para ela.

O silêncio recai sobre eles enquanto James dá a partida. Marilyn olha pela janela enquanto avançam pelo quarteirão e pegam a Washington em direção à Vermont. O rádio toca Soul for Real, "You Are On My Mind". James muda a estação, passando por fragmentos inquietos de música que entram e saem de frequência.

— Desculpa. Eu precisava sair de casa — Marilyn diz finalmente.

— Tudo bem — James responde. — Seu tio parece um cara difícil de conviver — acrescenta um tempo depois.

— É.

James estaciona no Vons, o supermercado mais próximo.

— Enfim, eu entendo essa necessidade de sair. Às vezes o apartamento parece tão pequeno que literalmente me falta ar.

Como se eu não conseguisse encher os pulmões, não importa quão profundamente inspire, Marilyn pensa, mas não diz em voz alta.

— Esse carro é seu? — ela pergunta.

— É. Bom, na verdade era da minha mãe. Minha avó usou por um tempo, mas parou de dirigir. Então acho que é meu agora.

— É ridículo, mas não sei dirigir ainda — Marilyn diz. — Quer dizer, tive aulas no ano passado, fiz aquela coisa toda de desviar dos cones. Mas a única vez que peguei o carro com a minha mãe foi um desastre. Acho que ela nem quer que eu tente. Prefere me levar pra lá e pra cá em todas essas reuniões idiotas.

James estaciona.

— E você? — ele pergunta. — Quer aprender?

Marilyn dá de ombros.

— Quero. Mas vou para a faculdade no ano que vem, então não importa muito.

— Onde?

— Meu sonho é Nova York, Columbia. Mas é quase impossível. A NYU não oferece muitas bolsas ou financiamento estudantil, e preciso disso. Talvez tente Barnard ou Sarah Lawrence, mas quero algo grande o bastante para que não me sinta vigiada. Também consigo me ver na Universidade de Chicago, na Universidade de Boston, na Emerson...

— Então você é inteligente.

Marilyn dá de ombros.

— E pesquisou bastante.

— Meio que decorei o guia de universidades.

— Você tem um?

— Usei o da biblioteca perto da minha antiga casa. — Marilyn faz uma pausa. — A gente podia ir um dia, se quiser. Quer dizer, a uma biblioteca por aqui.

— Topo — ele diz, e os dois entram no mercado gelado graças ao ar-condicionado. James pega uma cesta e vai para a seção de hortifrúti, onde pega três maçãs.

— Você nem conferiu — Marilyn diz.

— Oi?

— Você precisa testar antes.

Marilyn pega uma maçã, coloca perto do ouvido e pressiona gentilmente a casca com o dedão.

— Se ouvir um estalo, é porque está crocante. Se parecer mais um ruído surdo, vai estar uma droga.

Ele ri, mas aperta também.

Marilyn levanta as mãos para tirar uma foto de James ouvindo a maçã no corredor de hortifrúti. Ela pisca no exato momento em que ele vira em sua direção.

— Acho que esta está boa — James diz. Então acrescenta:
—Você é bizarra pra caramba, mas eu gosto.

Marilyn sorri.

Na volta, James coloca uma fita. Otis Redding está no meio de uma música: *"burning, from wanting you…"*. Quando ele para no farol, joga a cabeça para trás, o rosto suavizando, como se para permitir que a música entrasse. Depois de tantas noites ouvindo o que ele ouvia flutuar até ela, vê-lo assim desarma Marilyn completamente.

— Não quero ir para casa ainda — ela diz baixo, enquanto estacionam em frente ao prédio.

James hesita por um momento, então sai do carro. Marilyn também sai, mas percebe que ele ainda está segurando a porta do motorista aberta.

—Vamos ver como você se sai — ele diz.

— Sério?

— Entra!

Marilyn dá uma olhada no apartamento de Woody e nota que a luz do quarto da mãe felizmente continua apagada. Entra no carro e puxa o assento para a frente, ajustando os retrovisores como aprendeu na aula. Ela olha para James, que a observa parecendo achar graça. Ele a lembra de onde colocar o pé — na embreagem e no freio —, e Marilyn sai com o carro, devagar e titubeando um pouco a princípio. Ela para muitos metros antes da placa PARE. James ri. Mas depois de algumas voltas no quarteirão, parece pegar o jeito e precisa se segurar para não pisar no acelerador até o fim, porque quer voar.

Depois que estaciona com cuidado no meio-fio e desliga o motor, ela vira para James. E de repente as mãos dele estão no cabelo de Marilyn, seus olhos escuros queimando. Ela sente o coração batendo na garganta quando ele prende seu longo cabelo num rabo de cavalo, que puxa gentilmente para trazer seu rosto mais perto. Agora a boca dele está na dela, e não é um beijo seguro, educado. É um beijo voraz, cheio de uma necessidade profunda.

James a solta de repente e passa os dedos no rosto dela.

— Merda.

Marilyn respira afobada, desejando que volte a tocá-la.

—Você é minha vizinha... — ele diz. — Não é uma boa ideia.

Sem pensar, Marilyn se inclina para a frente, encostando sua boca na dele, apoiando a mão em seu peito. James segura sua cintura e a puxa para mais perto. Ele a vira para que suas costas fiquem apoiadas no assento, pressionando-a com seu corpo.

—Você tem gosto de mar — James diz.

Marilyn sorri.

— De sal?

— Não exatamente. Tem o gosto da aparência do mar.

Ela o encara. Ele se afasta, apoiando-se contra o próprio assento.

— Não estou atrás de nada sério, tá? Preciso focar no que tenho que fazer, manter as notas altas, fazer as inscrições pra faculdade e tal.

Marilyn ignora a parte dela que parece estar se afogando e precisa se segurar desesperadamente em James.

— É, eu também — ela diz. — Estou contando os dias para ir embora.

Ele desce e abre a porta para ela antes de pegar as compras. Os dois andam em silêncio até os degraus que levam para o apartamento de Woody.

— Boa noite, srta. Mari Mack — ele diz, e o estômago dela se revira.

Marilyn vai para a cama com o corpo ainda dormente. Fica esperando que James ligue a música, e eventualmente ouve os primeiros acordes de "Ready or Not", dos Fugees. Imagina que ele colocou a música só para ela, que ele pode visualizar seu cabelo esparramado pelo travesseiro enquanto olha para a noite lá fora, ainda queimando com seu toque. Um helicóptero circula por ali. Ela levanta para conferir se a porta do quarto está trancada.

Enquanto Lauryn Hill canta *make you want me*, ela volta para debaixo dos lençóis e deixa a mão escorregar pelo elástico do short, sentindo o algodão macio da calcinha. James parecia tão seguro de seus movimentos, como se pudesse ler seu desejo e realizá-lo à perfeição. Marilyn ainda sente sua boca, suas mãos… Mas, acima de tudo, sente a coisa que acordou dentro dela, seu corpo vivo, fora de controle, inegavelmente *seu*. Como se Marilyn estivesse de fato lá, consciente pela primeira vez de sua própria presença. Conforme as últimas notas da música tocam, ela arqueja de prazer e, aos poucos, volta ao mundo real — ouve o som de um cachorro latindo, o barulho do helicóptero sobrevoando, sente o calor do dia abrandado pela noite, entrando pela janela e tocando sua pele.

MARILYN ACORDA NA MANHÃ DE SÁBADO ao som de batidas na porta da frente. Ela rola na cama e pega o short jogado ao seu lado no chão, tirando o cabelo suado do rosto.

— Ah! — ela exclama, quando abre a porta e vê James à sua frente.

— Então você é dorminhoca? — ele pergunta, com um sorriso.

Marilyn dá uma olhada no relógio e vê que já são onze horas.

— Estou com inveja. Acordei às sete. Quer ir à biblioteca?

Ela olha para ele, distraída com a proximidade de seus corpos.

— À biblioteca? Claro.

— A gente ia dar uma pesquisada em faculdades, lembra?

— Ah, é! Vou só… me deixa só botar uma roupa.

— Tá. Te espero lá embaixo.

Marilyn mal havia notado Woody, plantado em frente ao

computador, mas, quando fecha a porta e vira, percebe que a está observando, com a testa franzida.

— Desculpa — ela diz baixo, lembrando sua advertência para não atrapalhar. Como sua mãe já está no trabalho, Marilyn se arruma e sai.

Assim que entram na biblioteca central — três andares amplos, repletos do que parece ser um número infinito de livros —, Marilyn se sente em casa, tranquilizada pela ordem, pela ideia de que qualquer informação necessária está disponível e catalogada.

No passado, ela passou muitas noites no refúgio da biblioteca pública de Orange County, bem menor que aquela. Tinha até seu lugar preferido, perto de uma janela que dava para o pátio, onde gaivotas disputavam restos de maçã e de outros alimentos deixados para trás. Foi lá que ela leu o guia de universidades todo — "campus encantador, com caminhos ladeados de árvores e colinas verdejantes"; "os alunos são aplicados e se orgulham disso, discutindo até Max Weber nas festas". Havia fechado os olhos e se imaginado nesses lugares em seu possível futuro.

— Onde você está pensando em estudar? — Marilyn pergunta enquanto sobem de escada rolante até o último andar. — O que você procura numa faculdade?

— Não sei — James responde. — Queria entrar na UCLA.

— O que você fez de atividades extracurriculares e coisas do tipo?

— Está dando uma de orientadora escolar? — ele brinca.

Marilyn fica vermelha. É verdade, ela está querendo mostrar todo o conhecimento que adquiriu para ajudá-lo a encontrar a faculdade perfeita.

— Desculpa — diz, seguindo-o até uma mesa no canto.

— Está tudo bem. Eu corro. Minha especialidade são provas rápidas. Fiquei entre os melhores do estado no ano passado, mas meu tempo não é suficiente para uma bolsa. Provavelmente conseguiria competir por uma faculdade da terceira divisão, mas elas não dão bolsas para atletas. Só corro porque amo mesmo. Mantém minha sanidade. Quando estou correndo, não preciso pensar em mais nada. — Ele parece distraído. — E, ao contrário de todo o resto, a corrida tem um objetivo muito claro.

— Bom, mesmo se não tentar uma bolsa, isso fica bom no currículo. E suas notas? — Marilyn pergunta, abraçando seu papel de orientadora.

James franze a testa e deixa uma meia risada escapar.

— Minhas notas? Isso não é meio pessoal?

— Bom, só queria saber onde mais ou menos você está…

— Minhas notas são boas.

— Muito boas?

— Só tiro nota máxima desde pequeno… Minha mãe era influente na escola. Ela descobria quem eram os melhores professores e infernizava o diretor até que me pusesse em suas aulas.

Marilyn sorri.

— Então talvez você consiga até mais que a UCLA. Poderia sair do estado, se quisesse.

Ela sente a tensão crescer no corpo dele conforme as palavras deixam sua boca.

— Olha, vou ser o primeiro da minha família a entrar na faculdade. A UCLA já seria incrível. Um sucesso.

— Eu não… não quis dizer…

— E os preços para quem mora na cidade são sempre melhores, como você deve saber. Eu não tenho dinheiro. Meus avós se matam pra me mandar pra uma escola particular, mesmo com o apoio financeiro que eu recebo. Não posso aceitar mais nada deles a partir do ano que vem.

— Mas tem bolsas de estudos, empréstimos estudantis… Você não quer sair de Los Angeles?

James dá de ombros.

— Vivemos numa versão de Los Angeles completamente diferente daquela onde fica a UCLA. Você sabe disso tão bem quanto eu.

Faz-se um longo momento de silêncio.

— Eu também — Marilyn diz. — Também vou ser a primeira da minha família a fazer faculdade.

James assente.

— Ainda não falei com a minha mãe a respeito — ela confessa. — Acho que, se dependesse dela, ficaríamos juntas para sempre. Ainda que concorde com uma faculdade, tenho certeza de que vai querer algum lugar por aqui, e que eu faça artes cênicas. Mas eu quero… *preciso* sair daqui.

James a encara.

— Bom, você não precisa da permissão dela. Já vai ter dezoito anos — ele acaba dizendo.

— Sei disso — Marilyn diz. — Mas vai partir o coração dela. Minha mãe ainda acha que vou ser uma atriz famosa e comprar uma mansão pra ela... Quer dizer, talvez eu até possa ajudar depois, quando estiver formada e conseguir um emprego... Não teria a fama e a fortuna com que ela sonha, mas seria alguma coisa.

— O que você quer estudar?

— História da arte, acho... Quero ser fotógrafa.

É a primeira vez que Marilyn diz isso em voz alta. Talvez seja algo tão improvável de se realizar quanto o sonho da mãe de que ela se torne uma atriz famosa, ela percebe.

Mas James sorri.

—Verdade. As fotos mentais.

— É bobo, eu sei — ela diz. — Mas eu poderia trabalhar num museu, numa galeria ou coisa do tipo, se não desse certo.

— Se você sabe o que quer, tem que tentar. Você tem sorte. Ainda não faço ideia do que quero.

— Qual é sua matéria favorita?

— No momento? História. É algo que a gente leva conosco de qualquer maneira, e acho legal saber o que carregamos nas costas.

— Talvez você pudesse ser professor de história ou coisa do tipo.

— Parece chato. — James ri. — Não consigo me imaginar pra sempre numa sala de aula. Gosto de história porque me ajuda a entender o mundo em que a gente vive. Acho que é nisso que estou interessado.

— Talvez você devesse ser jornalista. Ou escritor. Já leu Joan Didion?

— Quem?

— Joan Didion. Ela é meio que uma jornalista. Escreve ensaios de não ficção e tal. São incríveis. Tenho um livro dela, se quiser pegar emprestado. Aliás, queria pegar outro, já que estamos aqui.

— Legal.

— Você está na turma avançada de história? — Marilyn pergunta.

— Estou.

— Eu também.

— A gente devia estudar juntos — James diz. — Provavelmente temos que ler as mesmas coisas. Seu livro é o *American Pageant*?

— É! — Marilyn sorri.

— Já fez os exames de qualificação? — James pergunta. — Vou fazer o meu em vinte e quatro de outubro.

— Ah. Legal. Eu também. Bom, na verdade ainda não me inscrevi, mas logo vou fazer isso.

Marilyn fica ansiosa ao pensar a respeito. Precisa de cinquenta dólares para se inscrever, mas, depois do fracasso do último teste e do retorno para o apartamento de Woody, não conseguiu reunir coragem para pedir o dinheiro à mãe.

— Talvez a gente possa estudar para os exames juntos também — ela sugere.

— Eu topo.

E é isso que eles fazem. Marilyn pega as fichas de vocabulário que fez e os dois se revezam testando um ao outro. Ela fica impressionada com James — já foram vinte fichas, e ele não errou nenhuma palavra.

— Talismã?

— Amuleto da sorte — ele responde sem hesitar.

— Lacônico?

— Breve, direto ao ponto.

— Dissimulação?

— Fingimento.

— Abstruso?

Uma pausa.

— Difícil de entender — ele diz por fim. — Tipo, "o funcionamento da mente dela é abstruso".

Marilyn sorri.

— Como você sabe tudo isso?

James sorri de volta, fingindo presunção.

— Estudei o verão inteiro.

— Eu também, mas mesmo assim...

Eles passam para gramática, e Marilyn se permite exibir todos os truques que aprendeu no curso vespertino grátis que fez com Tiffany na sua antiga escola.

Eventualmente, ela vai procurar *Slouching Towards Bethlehem*, de Joan Didion, nas prateleiras. James pede que leia o primeiro ensaio em voz alta, "Some Dreamers of the Golden Dream". Marilyn se perde na história, mal percebendo o tempo passar, até que fecha o livro e nota o céu escurecendo lá fora, as nuvens dispersas ficando rosadas, as gaivotas que chegam com a noite.

— Ela é bem boa — James diz, e Marilyn sente que ele foi impactado muito além do que pode ou vai expressar no momento.

Depois que ela pega o livro emprestado, oferece para ele levar, mas James diz:

— Não, vamos ler juntos.

Eles voltam para casa ouvindo música — os Roots cantando "You Got Me" —, com o vento quente entrando pelas janelas, a cidade emoldurada pelo céu do poente. Passam por lojas de bebidas, padarias, manicures, jovens andando de bicicleta, crianças de mãos dadas com a mãe, homens com chapéu de caubói fumando, mulheres com brinco de argola e salto alto saindo com cuidado do carro.

— Ela é cortante — James diz de repente. — O jeito como escreve. Essa é a palavra certa.

— Exato! — Marilyn concorda. — É esse tipo de foto que quero tirar, a mesma imagem das pessoas que ela cria com as palavras. Nada exagerado ou bonito demais. Quero que minhas fotos capturem o modo como algo é bonito porque é humano, mesmo que esteja tudo uma bagunça.

James para no farol e olha para Marilyn.

— Ela consegue manter a frieza mesmo no ardor do momento. É como se a gente estivesse em boas mãos. Como se pudesse confiar nela.

Marilyn sente a ponta dos dedos formigando — literalmente — de desejo de tocá-lo. Ela enfia as mãos debaixo das coxas, para evitar a tentação, enquanto James estaciona na Gramercy Place. Ele para o carro na frente do 1814, mas não desliga o motor.

— Acho que fiquei com a UCLA na cabeça porque minha mãe me levou para visitar o campus quando eu estava no primeiro ano — ele acaba dizendo. — Ela disse que eu iria para a faculdade quando ficasse mais velho e poderia ser o que quisesse... É esquisito que finalmente tenha chegado a hora. Me faz querer que ela estivesse aqui para ver.

Marilyn sente o peso das palavras, o jeito como mudam o clima.

— Quando me olhava, parecia que ela via algo incrível. Às vezes sinto que ainda me agarro à imagem que ela tinha de mim, mas é tudo tão confuso agora. Quanto mais distante minha mãe fica, mais longe fica essa imagem, e eu mesmo.

Ele vira, olhando pela janela para a árvore com flores roxas do outro lado da rua.

— Lembro de uma vez que me meti numa confusão na escola. Ela me disse: "Você não pode cometer erros, James. Algumas pessoas herdam um futuro, mas você vai ter que fazer o seu". Mesmo na época, ainda pequeno, eu sabia o que queria dizer... Por isso tento ser bom e fazer tudo certo, para que, se de alguma forma minha mãe estiver me vendo, possa ficar orgulhosa.

— Ela está muito orgulhosa, James. Tem que estar.

Ele assente, e é como se estivesse botando para dentro a onda de emoções que deixou escapar. Ele abre a porta para sair do carro, então vira de novo para Marilyn.

— Obrigado — ele diz. — Por ouvir.

Aos ouvidos dela, aquilo é música.

— Vamos estudar juntos de novo no próximo fim de semana? — ele pergunta.

— Claro. — Ela sorri, torcendo para que o próximo sábado chegue logo.

Quando Marilyn entra, ela encontra a mãe no sofá, assistindo a um programa de mistérios não resolvidos com uma taça de vinho branco na mão e a garrafa pela metade ao seu lado.

— Onde você estava? — Sylvie pergunta.

— Na biblioteca.

— Sabe, Mari, seu tio não... Ele não gosta muito dos vizinhos. Eu não sabia disso quando pedi a ajuda de James na mudança.

Marilyn fica tão chocada que não consegue dizer nada.

— Por que não? — ela finalmente balbucia.

— Não sei. Woody nem sempre é um homem razoável, claro, mas logo estaremos fora daqui. Até lá, é melhor que não veja você com eles. James não pode entrar aqui ou bater na porta. Somos convidadas, e não quero problemas. Além disso, você tem outras coisas em que pensar. Temos outra reunião com Ellen esta semana. Com sorte, ela vai providenciar fotos novas.

Marilyn tensiona o maxilar. James é o único ponto positivo da mudança, de qualquer aspecto da sua vida atual. Ela não vai desistir dele. Não vai deixar que seu tio atrapalhe. Então se força a engolir em seco. Inspira fundo e transforma toda a sua raiva em uma bolinha.

— Preciso de cinquenta dólares... para os exames de admissão — Marilyn solta.

— Cinquenta dólares por uma prova? Pra quê?

— Me inscrever na faculdade.

— Bom, no ano que vem você já vai estar no caminho para se tornar a próxima Marilyn. Não acho que precise ir para a faculdade.

Sylvie sempre acha que tudo vai acontecer *bem a tempo*. Pensou que Marilyn ia conseguir um papel *bem a tempo* de pagar o aluguel. Agora acredita que a filha vai ficar famosa *bem a tempo* de não ir para a faculdade, permanecendo em sua órbita.

— Mãe — Marilyn diz, mais baixo —, quero ir para a faculdade. É muito importante para mim.

O rosto de Sylvie congela na máscara que usa quando está brava.

— Meg Ryan estudou na NYU — Marilyn tenta. — Claire Danes faz Yale.

Ela se odeia por escolher essa abordagem. Embora goste das duas, não pretende imitá-las. Mas está desesperada para conseguir o consentimento da mãe o mais rápido possível.

— Bom — Sylvie finalmente diz —, acho que você devia focar em alguma faculdade na cidade. Na sua carreira, Los Angeles é o melhor lugar para se estar, afinal.

Marilyn só assente. Quando a mãe se serve de mais vinho, ela aproveita para se fechar no quarto.

Na manhã seguinte, quando encontra uma nota de cinquenta dólares passada por debaixo da porta, fecha os olhos num agradecimento silencioso.

OS DIAS PASSAM NA ESCOLA, e Marilyn foca nas aulas, optando por almoçar sozinha com seus livros na câmara escura abandonada, conjurando imagens de James como uma estratégia secreta de sobrevivência enquanto navega pelos corredores lotados. Na turma avançada de história, ela ouve sua voz, suas respostas durante as discussões. Marilyn faz a lição de casa, observa James pela janela do quarto, espera ansiosamente o próximo sábado.

Quando chega, ela acorda faltando seis para as oito, antes de o alarme tocar. A luz do sol entrando pela janela parece deliciosamente convidativa, em vez de sufocante. Ou talvez seja só o humor dela — o calor do verão se estende incansável pelos primeiros dias de outubro, e no sábado não é diferente. Marilyn escolhe um vestido de algodão, prende o cabelo num coque, passa batom e coloca os brincos de argola que botou no carrinho quando foi com Sylvie à loja de noventa e nove centavos naquela semana. Gosta do brilho do metal barato, de como realça o dourado em seu cabelo. Marilyn nunca quis ser "sexy", nunca tentou; se produzir a lembrava dos testes, da ansiedade. Mas agora sente algo dentro de si começando a mudar: quer ficar bonita para passar o dia com James; mais do que isso, quer expressar por fora como a presença dele faz com que se sinta por dentro — ao mesmo tempo tranquila e voraz.

Ao sair do quarto, encontra Woody dormindo no sofá e Sylvie pronta para trabalhar, comendo um iogurte de framboesa e olhando pela janela gradeada, para onde o sol se anuncia.

— Bom dia — Marilyn sussurra, dando um beijo na mãe.

—Você está bonita — Sylvie diz. — Aonde vai?

— Estudar com uma amiga — Marilyn diz, uma mentira calculada. Ela inventou algumas garotas para tranquilizar a mãe, inspirando-se naquelas que vê na biblioteca da escola nos intervalos entre as aulas. É melhor não revelar à mãe que vai passar o dia com James, embora acredite que ela deva pelo menos suspeitar.

Depois de uma pausa, Sylvie diz:

— É bom que você tenha começado a... se interessar pela sua aparência.

Marilyn sorri para a mãe, desejando por dentro que vá embora logo.

— Quer uma carona? — Sylvie pergunta, olhando-a de soslaio.

— Não precisa. Vou de ônibus.

Marilyn faz café. Quando a mãe finalmente vai trabalhar, ela o serve em duas canecas e acrescenta creme.

Ela arruma a mochila e sai para esperar na parte sombreada dos degraus, tomando o café enquanto James não aparece — evitando assim que ele bata na porta e corra o risco de acordar Woody. Quando ele sai de casa, meia hora depois, ela já está suada. O olhar de James gruda nela como velcro, e por um momento os dois ficam só se encarando.

— E aí? — ele pergunta. — Por que está aqui fora?

Marilyn considera contar o que a mãe disse sobre Woody, mas fica com vergonha.

— Só queria sair de casa. Trouxe um café.

Ela oferece a caneca. Ele abre aquele sorriso que Marilyn adora e prova. Os dois entram no Dodge e vão até a livraria com as janelas abertas, o ar quente soltando mechas de seu coque. Marilyn queria que a mão de James que está apoiada na marcha fosse para sua perna.

E é assim que eles passam os próximos três sábados: juntos na biblioteca, estudando para as provas, comparando anotações das aulas de história americana, revirando o guia de universidades. Desde a noite do beijo, nunca mais se tocaram. *Por que não?*, ela se pergunta. Durante uma das sessões de estudo, James comentou sobre uma ida ao shopping com os amigos para ver garotas.

— Eles estão desesperados — ele brincou. — É uma escola só de garotos.

E por que *ela* não toma a iniciativa? Marilyn não sabe; talvez tenha medo de se apegar. A vida toda, só se permitiu um desejo: seu futuro distante. Mas agora sua visão está embaçada; ela quer James.

O mais enlouquecedor é a percepção ocasional de seu cheiro persistente. Com que compará-lo? Para Marilyn, lembra a temperatura amena do outono que tanto almeja, açúcar queimado, uma moeda numa fonte — cobre e água ao mesmo tempo. Mesmo assim, ela fica tão preocupada em se sair bem nas fichas de vocabulário, tão perdida na conversa sobre história colonial ou numa discussão sobre o último texto que leram de *Slouching Towards Bethlehem*, que quase esquece o doloroso desejo dentro de si. Eles leem em voz alta um ensaio por semana; quando a tarde evolui para noite, compram café na lanchonete do andar de baixo e vão para o pátio, acomodando-se num banco sob as folhas largas de uma palmeira. A voz de Marilyn os conduz durante uma hora mágica. Com frequência, no caminho de volta, apenas com um resquício de luz no céu, James estaciona quando chegam ao bairro e deixa que ela dirija o resto do caminho. Marilyn ama a sensação do volante nas mãos, o acelerador sob o pé. Mais do que tudo, ama o som da voz dele, profunda e calma, ao dar instruções e por fim elogiá-la pelo bom trabalho.

O dia dos exames para a faculdade, 24 de outubro, traz o alívio de uma das primeiras manhãs nubladas da estação. As nuvens baixas e o ar fresco acalmam os nervos enquanto Marilyn e James dirigem para a escola dela, com lápis número dois apontados na mochila, "Can't Nobody Hold Me Down" tocando no rádio para dar ânimo e duas bananas na mão de Marilyn (ela leu que faziam bem para o cérebro). Antes que assumam seus lugares na sala, James aperta a mão dela. Para Marilyn, é como um choque elétrico. Seu corpo ainda está formigando quando encontra sua mesa, agradecida pelo fato de James estar sentado atrás, porque assim ela não corre o risco de se pegar olhando para sua nuca perfeita (ela ama a curva entre sua cabeça e seus ombros, a pele exposta onde o cabelo termina). Em vez disso, Marilyn usa a energia do toque dele, ainda quente dentro dela, para focar; sente-se aguçada.

Quando sai, quatro horas depois, Marilyn encontra James esperando na porta.

— Como foi? — ela pergunta.

— Não sei, meu cérebro derreteu.

Mas, pela expressão dele, Marilyn sabe que está confiante. Ela sorri.

— Quer comer alguma coisa? — James pergunta.

Ela quer. (Iria a qualquer lugar com ele.)

As nuvens se dispersaram enquanto faziam a prova, revelando o céu azul bem californiano e a luz dourada. Quando entram no estacionamento cheio do In-N-Out, Marilyn sente pistas do outono no leve toque do sol em sua pele, no cheiro de folhas misturado à carne grelhada. O lugar está lotado, com gente apinhada nas mesas externas. James vai comprar hambúrgueres enquanto Marilyn guarda os últimos lugares livres. Ela levanta as mãos para tirar uma foto mental de uma mulher num hijab azul com estampa de luas e estrelas segurando uma porção de batata frita, ao lado de um garoto de olhos arregalados olhando para o céu. Grupos de adolescentes sonhadores e suados estão sentados no gramado do parque do outro lado da rua, comendo seus hambúrgueres sob as palmeiras parecidas com as desenhadas em seus copos descartáveis. Marilyn tira outra foto mental, agora de uma garota de trança girando sozinha, envolvida nos próprios braços. Ela pensa consigo mesma que o título da foto poderia ser "Abraçando a si mesmo e aprendendo a dançar".

— Queria poder ver as fotos na sua cabeça, Mari Mack — James diz, aparecendo ao lado dela com a comida.

— Um dia — ela diz, e sorri.

Quando terminam de comer e voltam para o carro, James lhe entrega a chave.

—Você dirige — ele diz.

— Quê? Não consigo. — Ela só havia treinado perto de casa.

— Claro que consegue. Você está ficando boa.

Marilyn quer retribuir sua confiança, então vai para o banco do motorista, acerta os espelhos e dá a partida. Mas quando chega na saída do estacionamento e espera para pegar a rua, seu coração bate alto demais, seu peito parece uma cela cada vez mais apertada. O caminhão atrás dela buzina, impaciente.

James coloca a mão sobre a dela no volante.

— Respira fundo — ele diz. —Você consegue.

Conforme Marilyn solta o ar e pega o Sunset Boulevard, uma calma mágica toma conta dela, que se sente mais focada do que nunca.

É só depois que estaciona na Gramercy que Marilyn deixa a animação tomar conta de si — ela *conseguiu*! Dirigiu de verdade. Nas ruas conturbadas da cidade. Marilyn solta o cinto e vira para James, sorrindo. Então se inclina e, sem parar para pensar, beija seu pescoço. No momento seguinte, os dois estão se devorando. Lábios nos lábios, mãos agarrando, a dela no bíceps dele, em seus ombros, a dele na cintura dela, em seu cabelo, sem fôlego. Toda a tensão sexual reprimida durante aquele mês extravasa em uma série de explosões dentro de si — para Marilyn, é como um show de fogos de artifício. Ela não sabe por quanto tempo ficam assim, em chamas.

Angie

Angie não sabe bem onde a história começa — aquela que a levou a este momento, no jipe de Sam Stone, acelerando na estrada, com toda a sensação de segurança que conhecera até então se desfazendo rápido conforme a cidade se dissolve no deserto. Talvez haja um início em algum lugar, mas se estende a um passado que não consegue divisar, através da vida dos pais, dos avós, gerações de fantasmas invisíveis.

Ela olha para Sam, cujos óculos escuros espelhados refletem as montanhas à distância, seu cabelo bagunçado caindo sobre a testa, seu braço descansando casualmente no volante. Ele ainda não disse nada. *Com certeza quase todas as pessoas no mundo, os sete bilhões, já tiveram seu coração partido, mas quantas delas foram tolas o bastante para fazer isso consigo mesmas?*

Angie e Sam se conheceram há cinco anos, no mesmo dia em que ela aprendeu a se depilar. Era uma das poucas garotas do sexto ano que ainda tinha pelos na perna (por isso só usava calça) e estava determinada a se livrar deles antes que o sétimo ano começasse. Marilyn insistia que a filha era nova demais, que Angie era perfeita daquele jeito mesmo. Mas, depois de semanas sendo infernizada, a mãe finalmente cedeu, e Angie sentou na beirada da banheira com a perna coberta de espuma enquanto a mãe lhe mostrava como passar a lâmina. Ela entregou a gilete a Angie e, depois de um movimento mágico, os pelos tinham sumido. Encantada, Angie virou para a mãe, que estava com os olhos cheios de lágrimas.

— O que foi? — a garota perguntou, sentindo o peito apertado, como sempre acontecia quando a tristeza imprevisível da mãe surgia.

— Nada — Marilyn respondeu depressa, estendendo a mão para tocar o rosto de Angie. Ainda que não soubesse colocar em palavras, a garota entendeu naquele momento que cada passo que dava em direção ao mundo adulto machucava a pessoa que mais amava.

Na segunda vez que passou a lâmina, ela se cortou. Não sentia nada, mas havia muito sangue, e o vermelho brilhante escorria por sua pele. Marilyn parou de chorar e assumiu o papel de mãe de novo, como fazia quando Angie era pequena e esfolava o joelho.

Naquela tarde, Angie usou seu short jeans favorito. Embora ainda se sentisse um pouco culpada, não cansava de passar a mão na pele macia das pernas. Estava no parque com Vivian — uma menina de quem era amiga desde o quarto ano, quando fizeram uma coreografia para "Umbrella", da Rihanna. As duas estavam na grama tomando raspadinhas e vendo uns garotos jogarem futebol.

Quando a bola voou na direção delas, quase acertando o rosto de Angie, Sam se aproximou. Aos treze anos, ele era alto e esguio, com um sorriso enorme, cabelo bagunçado e pele morena.

— Querem jogar? — Sam perguntou.

Vivian não se esforçou muito. Seus peitos (que eram muito maiores que os de Angie) pulavam quando corria atrás da bola aos gritinhos. Mas Angie se deixou levar pelo jogo, totalmente focada na bola, seu corpo indo além dos próprios limites. Ela fez o gol da vitória e se inclinou para recuperar o fôlego. Então se deu conta de Sam olhando para suas pernas. Um momento antes, elas pareciam fortes — inevitáveis e invisíveis —, mas de repente viraram gelatina. Quando ele levantou o olhar e os dois se encararam, Angie pensou nas tempestades de raio no verão que via com a mãe na sacada de casa.

Angie e Vivian passaram a jogar quase todos os dias, até que as aulas começaram no outono e Sam voltou para a casa da mãe. Seus pais tinham se divorciado naquele ano e seu pai mudara para um apartamento de frente para o parque, onde Sam só ficava no verão e em alguns fins de semana. Embora Angie às vezes desse uma passada, só para conferir, ela não o viu de novo até um sábado em novembro, quando, milagrosamente, o encontrou brincando sozinho com a bola no parque. Com as folhas caindo e o céu cinza, algo nele parecia ao mesmo tempo lindo e terrivelmente solitário.

— E aí? — Sam disse, chutando a bola para Angie.

Ela deu de ombros e chutou de volta. Eles ficaram trocando passes até que Angie gritou:

— O gol é entre aquelas duas árvores!

Ela chutou forte, Sam defendeu, e eles jogaram um contra um até caírem exaustos na grama. Angie percebia, com todos os sentidos, o corpo dele respirando ao seu lado. De repente a mão de Sam estava no rosto dela. Seus lábios se encontraram, e Angie se sentiu caindo.

— Sam! — Os dois olharam para o pai dele, o sr. Stone, chamando à distância com uma jaqueta de couro sobre os ombros e a chave do carro na mão. —Vamos!

Angie descobriu depois que o sr. Stone era considerado um professor de inglês "muito gato" no Colégio Albuquerque, reconhecido por suas aulas minuciosas sobre poesia. Ele era alto e tinha pele clara e cabelo escuro bagunçado. Com frequência usava uma camisa de linho amassada. Sam era bastante parecido com o pai, embora sua pele fosse um pouco mais escura por causa da mãe — uma mulher pequena de Oaxaca, no México, que tinha sido fisiculturista quando jovem e passara a administrar uma galeria de arte.

Angie viu que as bochechas de Sam ficaram vermelhas.

—Tenho que ir. Nos vemos depois — ele disse, correndo até o pai e a deixando na grama. Angie ficou daquele jeito até que começasse a escurecer, olhando para as folhas caindo em câmera lenta, os galhos ficando cada vez mais nus contra o céu pálido, enquanto passava a ponta dos dedos sobre os lábios.

Quando Angie finalmente levantou e foi para casa, Marilyn já estava lá, de volta do turno de sábado.

— Onde você estava? — ela perguntou.

— Jogando futebol no parque. Com Sam.

Angie se lembrou do olhar de Marilyn quando depilara as pernas e decidiu não contar sobre o beijo.

Mais tarde, quando Angie estava deitada sobre as cobertas repassando mentalmente os detalhes daquela tarde — o gosto dele, de ar limpo da floresta, seu hálito quente em sua bochecha —, Marilyn bateu na porta, entrou e sentou na cama.

—Você gosta desse Sam? — ela perguntou.

— Gosto.

Angie ficou surpresa, como se de alguma forma a mãe conseguisse enxergar dentro dela.

— E do que você gosta nele?

Ela pensou a respeito.

— Nós combinamos.

Marilyn olhou para ela, com as sobrancelhas erguidas em curiosidade.

—Temos a mesma altura. Somos rápidos —Angie explicou.

Ela sabia que era mais que aquilo, mas não conseguia encontrar as palavras certas. Finalmente, contou para a mãe:

—A gente se beijou. — E depois de uma pausa: — Nossos lábios se encaixam.

Marilyn pareceu arrasada.

— Te amo tanto — ela disse.

Angie ficou com medo de que a mãe chorasse, mas ela abriu um sorriso.

— Temos que comemorar. Seu primeiro beijo!

Angie pulou da cama e as duas foram correndo tomar sorvete, porque estava perto da hora de fechar. Ela pegou uma casquinha com sorvete de chiclete rosa, seu favorito desde pequena, e a mãe escolheu menta com chocolate. Comeram juntas no carro, trocando colheradas. Deixaram o ar ligado e abriram as janelas. Embora fosse outono, o cheiro era de grama fresca. Foi uma noite perfeita.

Com duas horas de viagem, uma onda de ar quente atinge Angie quando Sam abre a janela, levanta os óculos escuros e esfrega os olhos. Ela observa os picos vermelhos que se erguem à distância e lembra que foi procurar Sam no parque depois do primeiro beijo. Eles não tinham o número de telefone um do outro, então Angie passara inúmeros sábados sentada no balanço, com o nariz cada vez mais gelado, esperando que aparecesse.

Semanas depois, ela finalmente o encontrou aninhado atrás de uma árvore com uma garota que parecia mais velha, a julgar pelo corpo desenvolvido visível mesmo por baixo do moletom, com o cabelo macio caindo sobre os ombros. Sam ergueu os olhos; Angie achou que ele a viu do outro lado do campo antes que ela virasse e saísse correndo.

Para, ela disse para si mesma, enxugando as lágrimas. *Para.* E ela parou. Não chorou mais. Aos treze, já era versada na arte do autocontrole, colocando as emoções indesejadas em caixinhas e escondendo-as bem fundo, onde não podia alcançar.

★★★

Sam não reapareceu em sua vida até o inverno do nono ano. Na superfície, a transição de Angie para uma nova escola tinha sido tranquila: ela tinha entrado para o time de futebol e se aproximado de duas outras novatas no time — Mia Padilla, uma morena muito bonita, filha do vice-prefeito, e Lana McPherson, lésbica e destemida (como ela mesma se apresentava, tal qual uma super-heroína), com pele alva e cheia de sardas. Angie fazia festas do pijama com elas aos sábados, terminava a lição de casa nas tardes de domingo e ia para a escola na segunda de manhã com uma roupa cuidadosamente escolhida e um sorriso no rosto. Ela era uma das poucas alunas negras da escola (a população de Albuquerque se dividia entre hispânica e caucasiana), mas se encaixava bem e podia até ser considerada popular. Então não sabia dizer por que sentia o peito apertar e a respiração acelerar com tanta frequência.

Angie e suas amigas tinham conseguido convites para uma festa dos alunos mais velhos na noite de Ano-Novo, organizada por uma das goleiras. Em determinado momento, Lana estava ficando com Sandy Houston no banco de trás do carro (sem que o namorado de Sandy soubesse) e Mia estava brincando de acertar uma bolinha em copos de cerveja. Angie tinha participado do jogo por um tempo, mas não queria acabar bêbada — tinha prometido à mãe que não ia tomar nada, então cada gole a fazia sentir uma pontada de culpa. Meio tonta, ela saiu na noite fria de janeiro, agradecida pelo casaco vermelho quentinho que usava sempre, como uma armadura.

No canto do jardim, havia um choupo antigo. Na infância, Angie era ótima em subir em árvores. Ela se pendurou e foi o mais alto que conseguiu. Ficou observando a própria respiração condensando no ar, as poucas folhas secas e marrons nos galhos, o velho balanço reluzindo ao luar. Ficou pensando nas pessoas que haviam construído aquele lugar — era uma dessas casas históricas de adobe que deviam ter mais de cem anos.

— Ei!

Angie olhou para baixo e encontrou um garoto alto e magro lá embaixo. Ela levantou a mão para acenar, mas ele já estava subindo meio desajeitado até o galho mais baixo.

— Lembra de mim?

Claro que ela lembrava. O rosto que a olhava era de Sam. Uma risada surpresa escapou de seus lábios.

— Quer vir pra cá? — ele perguntou.

— Não.

— Tá. Acho que é agora que eu arrisco minha vida por você então.

Angie ficou só olhando enquanto ele subia até o galho logo abaixo dela.

— O que está fazendo aqui? — ela perguntou.

—A meia-irmã de um amigo está no seu time. Jana.

— Sei... Mas o que está fazendo aqui nesta árvore?

Sam deu de ombros.

—Vim ver você.

— Não está congelando?

Ele estava só com um moletom.

— Estou.

Sam subiu até o último galho, espremendo-se ao lado dela.

— Quer me aquecer?

Angie levantou as sobrancelhas, mas quando ele estendeu a mão ela a pegou, esfregando-a.

—Você ainda joga futebol? — ela perguntou.

— Jogo. No El Dorado.

Angie assentiu. Ficaram em silêncio por um longo momento até que Sam disse:

—Vamos jogar um jogo?

— Hum... tá.

— É o jogo dos opostos. Meu pai faz o tempo todo nas aulas de escrita criativa.

— Certo.

— Diga alguma coisa. Qualquer coisa.

— Sei lá.

— Pode ser algo que esteja vendo.

—A lua.

—Tá, então eu tenho que falar algo que é o contrário da lua. Tipo um pedregulho. Agora você fala o oposto de um pedregulho.

— Uma montanha?

— Isso. E o oposto de uma montanha é uma cratera — Sam diz.

— O oposto de uma cratera é um cometa — Angie continua.

— O oposto de um cometa é… o céu noturno, mas sem as estrelas. Só as partes escuras no meio.

Angie riu.

— Tá. O oposto da parte escura da noite… tem que ser a luz do sol.

— O oposto da luz do sol é… o fundo do oceano.

— Boa. O oposto do fundo do oceano é a sujeira no chão.

— E o oposto da sujeira é chocolate.

— O oposto de chocolate é couve-de-bruxelas — Angie diz.

— O oposto de couve-de-bruxelas é… hum, algo gostoso. — Sam se inclina na direção de Angie, tentando fazer seus lábios se tocarem, então sussurra: — Um beijo.

— O oposto de couve-de-bruxelas não é um beijo. Isso nem faz sentido!

— Tem razão. Eu estava procurando uma desculpa.

Angie sorri.

— Chorei por sua causa, sabia? Quando vi você no parque com aquela garota.

— Eu era um idiota.

— É melhor que não me magoe de novo — ela brincou, afastando-se.

— Não vou magoar.

Ele pareceu tão honesto que ela ficou surpresa, quase perdendo o equilíbrio no galho.

★

Além de seu namorado, Sam se tornou seu melhor amigo. Angie descobriu que todas as perguntas incômodas, logo abaixo da superfície, desapareciam quando estava com ele. Sam dizia que ela era linda, perfeita, e adorava dormir à tarde com as pernas enlaçando o corpo dela e a cabeça em seu pescoço. Tocava os discos do pai para ela, lia trechos de *Na estrada*, poemas de Pablo Neruda e John Ashbery. Contou sobre ver seu pai ler para plateias escassas em saraus, sobre visitar o México com a mãe quando era pequeno, sobre seu primo mais velho e descolado que morava em Los Angeles, sobre como sofreu com o divórcio dos pais.

Quando ele perguntou, no começo do relacionamento, sobre o pai dela, Angie disse a mesma coisa que dizia para todo mundo:

— Não tenho pai. Ele morreu num acidente de carro antes de eu nascer.

— Sinto muito — Sam dissera.

— Tudo bem — ela respondera. E estava. Na maior parte do tempo. Mais ou menos. Talvez.

AGORA ANGIE ESTÁ A 333 QUILÔMETROS DA MÃE, o mais distante que já esteve na vida. E continua seguindo em frente. Mal daria para adivinhar a população enorme da Terra aqui no meio do deserto, com nada além de alguns carros dispersos passando, um outdoor anunciando um posto de comércio indígena, uma extensão de terra tão vasta e plana que parece que você poderia simplesmente cair ao fim do horizonte, interrompido apenas pelas montanhas ao longe, que mais parecem uma miragem.

Sam se inclina sobre Angie, pegando um CD do porta-luvas. Angie sente um friozinho na barriga ao sentir seu cheiro — roupa limpa, desodorante Old Spice e mais alguma coisa indefinível que o caracteriza.

Sam mexe no som. Em seguida, ela reconhece os acordes iniciais de "Maps", dos Yeah Yeah Yeahs. A música a faz voltar no tempo, ao apartamento do pai de Sam, que mais parecia um corredor comprido e apertado, com a tinta branca descascando e lanterninhas de papel. Angie esquentando pizza congelada e revirando a geladeira em busca de ingredientes inusitados; Sam rindo de uma de suas criações fracassadas: framboesa com azeitona. Os dois seminus no sofá sob a manta turquesa vinda do México, assistindo a *Drive*; enrolados no lençol azul-marinho da cama, com a voz de Karen O ao fundo de suas descobertas. Não podia ser coincidência. Ele devia ter feito de propósito. Ou tinha esquecido?

Angie vira para ele quando Karen O grita "*Wait!*", mas Sam continua escondido atrás das lentes, focado na estrada.

A próxima faixa é "Beast of Burden". Outra música deles. Deve ser o CD que ela gravou para o aniversário de dezesseis anos de Sam, no verão passado — quase exatamente um ano atrás. Angie trabalhou dias nele, organizando e reorganizando a ordem das músicas; queria que o aniversário fosse perfeito. Mas, quando estava se arrumando para o jantar, revirando a gaveta da mãe à procura de batom, começara a procurar — ou melhor, xeretar —, e encontrara a foto dos pais na praia. O sorriso de seu pai foi o bastante para derrubar todas as suas defesas: no momento em que viu seu rosto, ele finalmente se tornou alguém. Alguém parecido com ela. Alguém que claramente tinha feito sua mãe feliz. A tristeza pelo garoto bonito olhando de volta a deixou sem ar.

Literalmente. Ela sentiu o peito doer; não conseguia respirar. Tentou se distrair da imagem irrecuperável dos pais imaginando o que havia além do enquadramento. Quem mais tinha estado na praia naquele dia? Imaginou uma mulher com chapéu de palha, inclinando-se para dar um sorvete de casquinha para o filho. Ao lado, dois garotos skatistas, com aquelas correntes dos anos 90 saindo dos bolsos. Um casal andando de mãos dadas, usando óculos escuros estilo aviador combinando, as lentes espelhadas refletindo as palmeiras. Mais adiante, um salva-vidas — um homem mais velho tentando se manter acordado lá no alto, depois de ter passado a noite em claro com uma mulher que lhe ofereceu uma segunda chance no amor.

Ela começou a pensar em todas as outras praias ao longo da costa da Califórnia, e naquelas ainda mais ao sul, no México, e nas do outro lado do país, na Flórida, na Carolina do Norte, no Maine. Praias no Peru, na Espanha, na África do Sul, e todas as pessoas que a tinham frequentado em um único dia, dezessete anos antes... Enquanto ela, seus pais e o mundo eram tragados pela magnitude da vida humana, Angie sentiu que podia respirar de novo. *Há mais de sete bilhões de pessoas no planeta, e mais de cento e sete bilhões já viveram aqui*, ela disse para si mesma.

Angie se lembrou da frase de abertura da introdução de *2001: Uma odisseia no espaço*, que lera na aula de inglês: "Por trás de cada homem vivo há hoje trinta fantasmas". Repassou os números e calculou que, naquele momento, quarenta e sete anos depois da publicação do livro, cada pessoa tinha cerca de quinze. Os fantasmas que sempre sentira que a rodeavam eram anônimos, mas à frente agora conseguia ver seu pai, aos dezessete anos, sorrindo.

Pim.

Angie pegou o celular e viu a mensagem de Sam. *Chegando?* Merda. Ela estava atrasada. Quanto tempo tinha ficado ali? Enfiou a foto de volta e saiu correndo de casa, esquecendo o batom que dera início à busca.

Ela chegou à casa de Sam carregando o CD que tinha gravado para ele e com seu melhor sorriso no rosto. O sr. Stone os levou ao Scalo, onde sentaram a uma mesa no canto e molharam o pão no azeite enquanto a luz das velas parecia dançar pela sala. Ele deixou que experimentassem o vinho de sua taça, tão grande que metade do rosto deles entrava nela. As bochechas de Angie ficaram vermelhas. O mundo pareceu mais leve, fluido e cintilante.

O sr. Stone falou sobre os poetas projetivistas, sobre quem estava ensinando aos alunos, e sobre como as crianças da nova geração não conseguiam entendê-los por causa dos celulares, mas que ao mesmo tempo talvez fossem reinventar a poesia na era digital.

Angie tentou prestar atenção, sentindo Sam passar a mão em suas pernas por baixo da mesa, mas (seria o vinho?) se sentia distante, surpresa que os outros conseguissem sequer ouvir sua voz. Ela olhava para um mundo em que era pequena demais para ser vista. Sentia-se tonta.

— O que você acha? — o sr. Stone perguntou ao filho. Antes que ele respondesse, no entanto, virou para Angie e disse que achava que Sam tinha a alma de um poeta. — É uma bênção e uma maldição. Mas é preciso levar a sério. Precisamos de artistas e escritores agora mais do que nunca.

Sam deu um sorriso cintilante ao pai.

— Não que os tipos práticos não sejam importantes também — o sr. Stone prosseguiu, olhando para Angie. — Como a mãe dele, e a sua. Alguém precisa trabalhar no banco, ou tudo ruiria. Alguém precisa *vender* a arte, pelo menos no mundo em que vivemos.

— Ela era fotógrafa — Angie deixou escapar. — Minha mãe. E era muito boa.

Ela sabia disso por causa de uma única foto de uma praia vazia pendurada no corredor de casa.

Quando Angie era pequena, Marilyn era garçonete, deixando-a numa creche ou se alternando com Gina, que trabalhava no mesmo lugar, para cuidar das crianças. Quando a filha entrou no ensino fundamental, Marilyn tinha se inscrito em uma faculdade comunitária, conciliando uma aula ou outra com o trabalho. Depois de cinco anos ela se formou e foi trabalhar como caixa de banco. Alguns anos depois, começou a gerenciar a agência. Angie sabia que não era o emprego dos sonhos dela; sabia que a mãe havia feito tudo aquilo por ela. Sabia que, mesmo que tivesse aprendido a ser prática e focada, no fundo sua alma era como uma floresta errante, uma estrada no deserto, o mar quebrando. E Angie queria que o sr. Stone e Sam, principalmente Sam, soubessem sobre a garota na foto — aquela que parecia feliz.

Mas antes que Angie pudesse falar mais alguma coisa, a garçonete apareceu com um pedaço de bolo de chocolate com uma única vela e começou uma versão lírica de "Parabéns pra você". O cabelo de Sam, com o mesmo corte do pai, caiu sobre a testa. Suas bochechas estavam rosadas por causa do vinho. Ele olhou para Angie e, por um breve momento, o vazio no peito dela se encheu dele. Angie queria ficar naquele espaço reconfortante, onde o mundo todo parecia feito apenas deles dois, mas agora já não era mais possível. Os bilhões de vidas vividas e perdidas tumultuavam tudo. Ele assoprou a vela. Ela não tinha como ignorar a vertigem.

No dia seguinte, Sam foi visitar o primo em Los Angeles e Angie voltou à gaveta da mãe assim que ela saiu para o trabalho. Notou o envelope pardo fechado de novo, mas não sabia como abri-lo sem ser pega. Ou talvez estivesse com medo do que encontraria ali. Então só pegou a foto e a levou para o quarto. Passou a manhã deitada de bruços, estudando o rosto do pai. Como é possível sentir falta de alguém que nunca conheceu?

Aquela noite, Angie e a mãe sentaram à mesa da cozinha e jantaram comida de café da manhã — sua favorita. Angie estava cortando o waffle em quadradinhos perfeitos quando levantou o rosto e disparou:

— Como meu pai era?

A voz de Marilyn não saiu por um momento, como se tivesse tropeçado na pergunta. Então ela disse, num tom lento e controlado:

— Ele era bondoso... e muito inteligente, como você. E corria também. Gostava de história. Amava o hambúrguer do In-N-Out e comida chinesa. E o mar...

Marilyn só conseguiu ir até ali antes das lágrimas começarem a rolar.

Ela se desculpou e enxugou os olhos, mas não parou de chorar. Pediu licença e foi ao banheiro. Angie tirou a mesa, lavou a louça e esperou, mas sua mãe não voltou.

Angie tinha feito aquela pergunta pela última vez muito tempo antes, quando estava no oitavo ano. Obtivera informações ligeiramente diferentes daquela vez:

— Ele adorava música. Escrevia muito bem. A praia era como um santuário para ele...

Então tinham vindo as lágrimas. Há um bom tempo Angie tinha concluído que falar sobre o pai era doloroso para sua mãe. Não deveria ter tocado no assunto, pensou consigo mesma.

Mas não conseguia parar de se perguntar por que a mãe nunca tinha lhe mostrado a foto. Deitada na cama aquela noite, Angie se lembrou de um dia na pré-escola, depois que Marilyn tinha acompanhado uma viagem a uma fazenda de cabras.

— Você é adotada? Não parece com sua mãe — Jess, uma amiga, perguntara.

Por um momento de pânico, Angie se perguntou se aquilo era verdade. Antes que pudesse responder, Jess prosseguiu:

— De onde você é? Da África? Minha irmã tem uma amiga que veio da Etiópia.

Jess apertou os lábios em seguida, como se sentisse orgulho de saber tudo aquilo. Era uma garota precoce que usava roupas que lembravam os trajes da própria mãe em miniatura.

— Não sou adotada — Angie disse afinal, controlando a vontade de puxar o cabelo comprido de Jess.

Angie correu até a mãe assim que a aula terminou.

— Oi, querida! — Marilyn exclamou enquanto Angie pulava em seus braços, apertando forte.

— Queria ser parecida com você — Angie disse, enquanto a mãe punha o cinto de segurança nela.

Marilyn fez uma pausa antes de finalmente dizer:

— Você é.

Ela pegou um espelho na bolsa e disse à filha que imitasse um dinossauro, fazendo o mesmo. Com a mandíbula inferior para a frente e os olhos esbugalhados, elas pareciam mesmo idênticas. Angie morreu de rir.

— Além de sermos ótimos dinossauros — Marilyn disse em seguida —, temos o mesmo formato dos olhos e o mesmo bico de viúva, esse V na linha do cabelo. Mas você também é parecida com seu pai.

Naquele dia, Marilyn pegou na biblioteca pública os livros *As nossas cores* e *Negro, branco, tanto faz!* para explicar que o pai de Angie era afro-americano, o que significava que ela também era. Era algo lindo e especial, Marilyn disse, de que ela devia se orgulhar. Na semana seguinte, comprou uma Barbie negra para a filha — um presente raro, já que em geral não tinham dinheiro para brinquedos novos.

Mas a pergunta de Jess ainda a deixava insegura. Diferente dos outros medos, sobre os quais podia contar à mãe para que a acalmasse, aquilo era algo que não conseguia botar em palavras — uma ansiedade que aprendeu a guardar nos recantos mais profundos de si. Às vezes, deitada na cama ou olhando pela janela no caminho para a escola, Angie tentava imaginar um pai parecido com ela, mas não conseguia — ele ficava embaçado, entrando em foco apenas quando assumia as feições do pai em seu programa favorito, *As visões da Raven.*

Marilyn nunca falava sobre o assunto. Só dava a mesma explicação, de novo e de novo: ele tinha morrido em um acidente de carro, amava Angie e tinha orgulho dela, porque a observava do céu. (Então a mãe acreditava em céu? Elas não iam à igreja.)

— Ele me deu você, o melhor presente de todos — Marilyn dizia, e Angie aprendeu que aquela afirmação era como um laço num pacote que não podia ser aberto.

Uma vez, Angie tentou falar com o pai, quando estava no primeiro ano do fundamental e fora convidada a dormir na casa de sua amiga Megan, que era viciada num daqueles tabuleiros usados para se comunicar com os mortos.

— Você tem que pensar em alguém que já morreu — Megan explicou. — Fecha os olhos e pergunta alguma coisa.

— Pai? — Angie chamou, ainda que envergonhada diante da amiga. — Você está aí?

Um calafrio percorreu seu corpo, quando a seta começou a se mover, parando sobre o SIM.

— Uau! — Megan exclamou. — Pergunta mais alguma coisa.

Angie não sabia bem o que dizer.

— Hum… Você sente falta da mamãe?

— Não — Megan interrompeu. — Algo tipo… como ele morreu.

Angie franziu a testa, mas obedeceu.

— Como você morreu?

Ela olhou para o tabuleiro, sobre o qual a seta se movia em círculos. Seria só Megan mexendo?

— Nossa! — Megan gritou. — Tem um espírito maligno tentando sair!

— Ele não é maligno — Angie exclamou. — Você está roubando!

Ela saiu correndo do quarto e pediu que a mãe de Megan ligasse para sua casa. Queria ir embora.

Naquela noite, Angie implorou a Marilyn que comprasse um tabuleiro para ela. Ela pediu e pediu, até que ganhou um de aniversário dois meses depois. Então foi sozinha para o quarto, com o corpinho inclinado sobre o tabuleiro.

— Pai? — ela sussurrou. — Você está aí?

Angie esperou em silêncio, mas nada aconteceu.

— Pai? Fala comigo.

Pensando que talvez ele pudesse estar dormindo, Angie

decidiu tentar no dia seguinte. Mas, de novo, seu pai não apareceu. Ela acabou enfiando o tabuleiro no fundo do armário, e se esforçou ao máximo para tirar o pai da cabeça.

Mas por que minha mãe não me mostrou algo assim?, Angie se perguntou de novo, deitada na cama olhando para a foto dos pais na praia. Teria ajudado. Angie parecia de fato filha dos dois.

Ela abriu um relógio populacional na internet e ficou vendo o número de pessoas no planeta crescer mais rápido que os segundos passando: 7 435 678 912… 7 435 678 914… Quando seus olhos começaram a fechar, o número havia aumentado em mais de 10 345 — numa única hora que tinha ficado sob o cobertor no quarto da Los Alamos Avenue.

Na manhã seguinte, Marilyn colocou um prato com ovos mexidos, torrada cortada na diagonal com manteiga e uma fatia de melão solta da casca diante de Angie.

Ela só tinha conseguido dar uma mordida antes que a voz da mãe chegasse aos seus ouvidos, vacilante:

— Desculpe por ontem à noite.

— Tudo bem.

— Eu amava muito seu pai. Ainda amo. Mas, às vezes, é preciso esquecer para conseguir seguir em frente…

Angie viu a expressão em seu rosto e soube que a mãe não tinha esquecido nada, não de verdade.

— É só... difícil pra mim... voltar àquela época. — Marilyn desviou o olhar para a janela. — No dia em que nos conhecemos... — ela começou, mas Angie podia ver as ondas quebrando nos olhos azuis da cor do mar da mãe, as lágrimas se acumulando nos cantos. Então levantou, fingindo que não se importava.

—Você pode me contar depois. Não quero que se atrase.

Assim que a mãe saiu para o trabalho, Angie foi até a gaveta atrás do envelope de papel pardo. Seu coração acelerou ao pegar a faca de manteiga que tinha levado para o quarto e deslizá-la sob o lacre. A cola devia ter sofrido a ação do tempo, porque ele abriu fácil.

Com cuidado, ela primeiro tirou de lá uma fita com uma etiqueta velha, começando a descolar: PARA A SRTA. MARI MACK, COM AMOR, JAMES.

Depois pegou um maço de papéis e fotos, em cima do qual estava uma folha tirada de um caderno, com "eu te amo" escrito a caneta numa letra de menino, desbotando. Embaixo, havia um folheto gasto da Universidade Columbia. A mãe tinha desejado estudar em Columbia? Angie não fazia ideia.

Sob o folheto estava uma série de fotos — em branco e preto, de vinte centímetros por vinte e cinco, que pareciam ter sido reveladas de forma caseira. A primeira era do pai de pé em um píer. Tinha sido tirada de longe, e ele estava com os braços esticados, parecendo pequeno em comparação ao mar, como se suspenso no ar de alguma maneira.

Depois vinha a imagem de uma mulher mais velha mexendo em uma panela no fogão, enquanto o pai de Angie observava do parapeito. Podia ser a bisavó dela?

O pai deitado na cama, em meio a lençóis do Meu Querido Pônei. Dormindo, ou era o que parecia. Uma luz fraca entrava pela janela, batendo em seu rosto exposto.

Então um garoto, com onze ou doze anos. Parecia uma versão mais nova do pai, ela pensou, com bochechas mais redondinhas. Ele tinha um irmão? Onde estaria agora? Por que a mãe nunca havia falado a respeito? O garoto estava sentado nos degraus de um predinho, segurando um picolé e sorrindo para algo ou alguém à esquerda da câmera. Os degraus se estendiam atrás dele numa linha perfeita, saindo de foco aos poucos. Apenas seu rosto bem definido. Ela amou aquele rosto.

Na última foto, o pai estava deitado no sofá, sem camisa, com as pernas magrelas saindo do short e os pés passando do descanso de braço. O mesmo garoto — agora ela tinha certeza de que era o irmão dele — estava aos seus pés, tentando tirar o tênis do mais velho. Os dois olhavam para a câmera, como se surpreendidos por ela.

Embora Marilyn não aparecesse em nenhuma foto, Angie sentiu que estava olhando para ela, através das lentes. As fotos eram a maneira como sua mãe via o mundo, e Angie se apaixonou por aquela versão dela escondida atrás da câmera.

Se não fosse por sua causa, Angie refletiu, a mãe teria se recuperado da perda do pai? Talvez tivesse ido para Columbia. Talvez tivesse se tornado fotógrafa, expondo suas fotos nas galerias de Los Angeles e Nova York. Ou trabalhasse para revistas. Viajando pelo mundo, capturando momentos, sentindo-se viva. *Se não estivesse presa comigo*, Angie pensou, *talvez tivesse se tornado quem deveria ser.*

Nuvens se acumulam no céu aberto, lançando sombras no chão. Quando ouve os primeiros acordes de James Vincent McMorrow cantando "Cavalier", Angie olha para Sam, cuja pele brilha ao sol do meio-dia. Ela quer esticar a mão e tocá--lo. Quer viajar no tempo e trazer de volta o garoto que conhecia, voltar a ser a garota que era com ele.

— É o cd que eu te dei? — ela finalmente pergunta.

— É.

Por um momento, parece que a conversa vai terminar aí, mas Angie insiste.

— Por que colocou?

— Não sei. Quer que eu desligue?

— Não.

A música preenche o silêncio — "*I remember my first love…*". Um trem de carga passa nos trilhos que acompanham a estrada, tons suaves e empoeirados de azul, vermelho e marrom balançando contra a paisagem. Ela se sente perturbada.

— Sei que é esquisito, mas temos mais oito horas até Los Angeles, e depois mais de uma semana se vai me deixar ficar no seu primo. Então... acho que precisamos conversar.

Sam não desvia os olhos da estrada, mas finalmente fala, mordaz:

— Estou num carro com a única garota que já amei, um ano depois que ela decidiu que não me amava mais. Desculpa se não sei o que dizer. Um tempão`atrás eu prometi que você poderia contar comigo, independente de qualquer coisa. E mantenho minhas promessas, pro bem ou pro mal, então aqui estamos. Mas se vai ter conversa, é por sua conta.

Ele está certo. Angie sabe disso. Ela quer que as palavras — quaisquer palavras — quebrem o silêncio mais pesado que a distância, que as nuvens escuras. Mas elas lhe escapam, deixando apenas o fôlego curto, a consciência de sua imperfeição.

— Desculpa. Eu tenho problemas.

— Todo mundo tem, Angie. Isso não significa nada.

A estrada continua a se desenrolar à sua frente, esticando-se incerta. No horizonte, gotas de chuva evaporam no ar do deserto antes de chegar ao chão. Angie não quer pensar na última noite que passou no apartamento de Sam, um ano atrás. Mas não consegue evitar.

Na noite em que Sam voltou de Los Angeles, uma semana depois do aniversário, Angie foi encontrá-lo no apartamento do pai dele. O sr. Stone estava em um encontro, então os dois tinham a casa só para si. Sam estava bronzeado, e o cabelo castanho mais claro por causa do sol. Ele deu algumas conchas que tinha pego na praia para Angie. Ela as levou ao nariz e cheirou, tentando imaginar o mar diante do qual seus pais estavam na foto.

— Como é? — ela perguntou a Sam.

— Infinito — ele diz. — Não tanto a aparência, mas a sensação. Dá quase um barato.

Angie sorriu, tentando visualizar.

Ele a puxou para perto, e os dois rolaram na cama.

— Estava com saudade — ele diz.

— Eu também.

—Vem aqui.

— Já estou aqui!

Ele a apertou mais forte.

— Não, mais perto!

Sam beijou seu pescoço e sua boca, sorrindo nos intervalos. Os dois nunca tinham transado; ele às vezes sugeria, mas ela só jogava travesseiros na sua cara em resposta, seu modo de dizer que não, ainda não, estava fora de cogitação. Então eles faziam todo o resto em que conseguiam pensar, maravilhados com a descoberta do próprio corpo e do corpo do outro.

Naquela noite, quando sentiu a respiração de Sam no pescoço, suas pernas magras contra as dela, não foi o bastante.

Angie precisava de algo grande o bastante a ponto de fazê-la esquecer que havia qualquer coisa do lado de fora daquele quarto, com o pôster dos Rolling Stones, a caixa de discos, a imagem da Virgem de Guadalupe pendurada na parede, a cama sempre desfeita. Precisava que o mundo fosse tão lindo quanto nas fotografias da mãe.

Sam é lindo, ela pensou, olhando para seu corpo nu sobre o edredom que cheirava ao anoitecer, ao lado do abajur de lava que seu pai tinha dado de presente em seu aniversário de doze anos. Angie olhou em seus olhos verdes, brilhando no escuro, e disse:

— Estou pronta.

— Tem certeza? — ele perguntou.

Angie riu.

— Anda, antes que eu mude de ideia.

— Sim, senhora.

Sam sorriu. Pegou sua única camisinha — que havia ganhado na aula de educação sexual — da gaveta da cômoda. Angie sabia que estava ali; ele tinha brincado mais de uma vez que estava guardando para ela, lembrando-a que, quando estivesse pronta, ele também estaria.

Ele se atrapalhou na hora de colocar, sem saber ao certo a mecânica da coisa. O que poderia ser desconfortável os fez rir. Conheciam bem o corpo um do outro, já tinham ficado nus juntos muitas vezes.

Mesmo assim.

Sexo era diferente.

Depois que terminaram, Angie se sentiu exposta — como se não tivesse mais fronteiras e qualquer coisa pudesse entrar.

— Te amo — Sam sussurrou. Ele a abraçou por trás, suas pernas compridas enroladas nas dela, seu hálito quente nas suas costas. E Angie também sentiu esse amor, espalhando-se como uma série de rachaduras pelo seu corpo até o coração, ganhando asas, como algo recém-nascido. Ela se perguntou se os pais de Sam tinham se sentido assim quando ainda estavam juntos, se era como sua mãe se sentira com seu pai.

De repente, Angie queria ir embora. Sair daquela casa, voltar para seu quarto, fechar a porta e ficar sozinha, ser mais uma gota no oceano.

Angie virou para encarar Sam, mas não conseguia — não conseguia dizer em voz alta. Ela se forçou a sorrir, tentando transformar aquilo numa brincadeira.

— Quantas pessoas entre os sete bilhões que habitam o mundo você acha que já disseram isso para alguém?

— Provavelmente todas — Sam respondeu. — É da natureza humana.

— É. — Ela virou para a janela. A luz dos postes lá fora entrava pelas bordas das cortinas. — Quantas você acha que tiveram um final feliz?

Sam fez uma pausa.

— Finais nunca são felizes. — Ele se apoiou no cotovelo. — Mesmo se você se apaixonar, casar, tiver filhos que se tornem pessoas legais quando crescerem, mesmo que na velhice vocês ainda façam sexo, terminem as frases um do outro, viajem para a Europa juntos e bebam vinho com vista para a torre Eiffel, provavelmente um de vocês vai morrer primeiro. E o outro vai ficar de coração partido. A perda é um fato da vida. Não dá para evitar.

— Tudo bem, mas não é a mesma coisa — ela disse. — Não é o mesmo que perder alguém quando se está... apenas começando. Antes que possa viver a vida.

— Mas nesse caso talvez você se recupere. Talvez tenha outra pessoa.

— Não — ela disse depressa, no calor do momento, sem pensar. — Não tinha para a minha mãe.

Sam afastou o corpo.

— Ah.

De repente, havia lágrimas quentes nos olhos de Angie. Ela descansou a cabeça no travesseiro, com o rosto virado, tentando não chorar.

Sentia o corpo imóvel de Sam ao seu lado.

— Mas, se seu pai estivesse aqui — ele disse eventualmente, com gentileza —, quer dizer, se pudesse falar com você, não acha que diria que o amor vale a pena, não importa quanto dure? Que gostaria que você se permitisse sentir isso?

— Não tenho ideia do que ele ia querer — Angie disse. — Não o conheci.

Sam ficou quieto.

— Desculpa. Preciso ir. — As palavras pareceram pedras na boca dela.

— Eu te acompanho.

Ele sentou, à procura da camiseta.

— Não precisa.

— Tá — Sam disse, deitando. O caleidoscópio que eram seus olhos tinha parado de girar e, quando imóveis, a carência impressa ali era penetrante.

Angie se vestiu no escuro, com o silêncio no quarto pesando, oprimindo-a.

Sam ofereceu sua blusa.

— Está frio.

Ela aceitou, embora algo no gesto parecesse final, o que partia seu coração. A blusa tinha o cheiro dele. Sam virou na cama, puxando as cobertas, parecendo um menininho. Ela queria colocá-lo para dormir, fazer um cafuné, ficar com ele e fazê-lo rir, mas em vez disso fechou a porta do quarto com cuidado atrás de si e foi embora.

Assim que saiu para a noite, o soluço que vinha se formando no peito escapou. As estrelas, outros sóis com planetas invisíveis, a anos-luz dali, olhavam para ela com indiferença. Angie correu pelo quarteirão do Sam, correu pelo próximo e pelo próximo, com a blusa dele no corpo. Disse a si mesma: *Sou só uma em sete bilhões. Outras pessoas já sofreram mais, estão sofrendo neste momento. Recomponha-se. Para com isso, para de chorar.* Mas ela não conseguia. *Quantas pessoas entre esses sete bilhões não conheceram o pai?* Angie imaginou o fantasma de seu pai seguindo-a. Sam estaria certo? Ele diria que é melhor amar e perder? Poderia afirmar que Marilyn estava melhor por tê-lo amado e perdido, por ter tido uma filha, do que estaria sem nada disso? Angie se perguntou se ele teria sido o tipo de pessoa que diria para retomar o controle e esquecer aquilo, como ela mesma fazia, ou o tipo que ia abraçá-la e começar a chorar, como sua mãe, ou ainda do tipo que faria uma piada. Esperava que fosse do tipo piadista, mas não importava. Não sabia o que ele lhe diria, porque seu pai fantasma não tinha voz. Só um rosto. E alguns traços de personalidade. Ele gostava de comida chinesa e do mar. Quem não gosta dessas coisas? Interessava-se por história e corria. (Pelo menos Angie sabia que ele a estava acompanhando enquanto disparava pelo bairro.)

Quando ela virou no quarteirão de casa, parou e se obrigou a respirar fundo. Não queria que a mãe percebesse quão perturbada estava quando entrasse.

— É você, querida? — Marilyn perguntou do outro cômodo quando ouviu a porta.

— Sim, só um segundo, tenho que fazer xixi!

Angie entrou no banheiro e abriu a torneira. Pingou colírio nos olhos vermelhos e ajeitou o coque no cabelo.

Ela encontrou a mãe no sofá, vendo *Grey's Anatomy* com uma tigela de pipoca nas mãos. Deu um abraço nela e se afundou ao seu lado.

— Como foi a noite? — Marilyn perguntou.

— Boa — Angie mentiu, enquanto descansava a cabeça no ombro da mãe, como uma garotinha. Sentia-se esgotada.

Ela não se moveu nem encarou a mãe quando perguntou, um pouco depois:

— Meu pai tinha irmãos?

Tinha jurado que não ia mais fazer perguntas, mas precisava saber se o garoto da foto estava vivo. Angie não conseguia ver o rosto da mãe, não tinha como saber se lágrimas começaram a rolar pelo seu rosto. Não queria saber. Marilyn levou um bom tempo para responder.

— Tinha. Um irmão mais novo, chamado Justin. Ele era muito especial...

Então, como se sentisse a pergunta vindo, Marilyn concluiu, baixinho:

— Ele estava no carro com seu pai aquela noite.

MAIS CEM QUILÔMETROS PASSAM sem que Angie e Sam troquem uma palavra. Então, enquanto Christine and the Queens cantam "Saint Claude" no CD, ele de repente pega uma saída na estrada.

— Estou com fome. Vamos comer.

Eles passam por um Dairy Queen e um Denny's antes que ele pare no café Joe e Aggie, uma construção rosa decorada com um logo antigo da Coca-Cola, a imagem de um homem de sombreiro e um mapa da Rota 66.

Lá dentro, uma única garçonete toma conta do estabelecimento vazio adornado com souvenirs do sudoeste. Ela faz um gesto para indicar que os dois podem sentar onde quiserem, e depois se arrasta até a mesa de canto que escolhem. Sam pede um burrito de carne (como Angie sabia que faria, porque é sua comida favorita). Angie pede tacos.

E então eles não têm para onde olhar além de um para o

outro. Angie toca a foto que está no envelope dentro da bolsa. Depois de um momento, a puxa e entrega a Sam. Parece a única coisa a fazer, a única verdade que pode oferecer para quebrar o silêncio.

— Encontrei no ano passado, logo antes do seu jantar de aniversário.

Sam olha para a foto.

—Você tem o mesmo V no cabelo da sua mãe, e o queixo dela também. Mas a boca e as bochechas são do seu pai.

Angie leva as mãos ao rosto num gesto inconsciente.

— Eles parecem felizes — Sam continua. O saudosismo em sua voz indica que compreendeu: a sombra do que os pais dela foram, do que foi perdido, se estende diante de Angie como se fosse sua própria sombra.

— Parecem.

— Estão em Venice Beach. Meu primo sempre me leva lá.

Embora Angie tenha imaginado outras pessoas na praia com os pais naquele dia, também achava que de alguma forma era um lugar secreto, quase como se pertencesse a outra dimensão.

— Podemos ir lá? — ela pergunta baixinho. — Quando chegarmos a Los Angeles?

— Sim — Sam responde. — Claro.

A garçonete chega com a comida. Só agora Angie percebe que estava morrendo de fome.

O TÉRMINO OFICIAL DE SAM E ANGIE NÃO FOI DIGNO DE NOTA. Depois que perdeu a virgindade, ela o evitou por dias, desejando poder voltar ao tempo em que as coisas entre os dois eram fáceis, quando ele a fazia se sentir segura.

— Sabe — ela finalmente disse ao telefone, com o coração acelerado —, só dois por cento dos namoros de escola terminam em casamento. Acho que é melhor a gente ser só amigo. Talvez...

— Que se fodam essas suas estatísticas sem sentido — Sam interrompeu. — Já disse que te amo. Se não sente a mesma coisa, pelo menos tenha coragem de admitir.

— Sam, eu... não é isso... Eu só... não acho que esteja pronta.

— Tá certo, Angie — ele disse. — Então é isso.

— Acho que sim.

— Valeu pelo último ano e meio. — E desligou.

★

Ela não sabia como sentir saudades do pai, mas a dor da falta de Sam, presente quando ia para a cama à noite, tornou-se quase uma âncora. Quando ia correr de manhãzinha, Angie às vezes acabava no parque em que tinham se conhecido, com as mãos nos joelhos, sem fôlego, olhando para o apartamento 3D, tentando não imaginá-lo dormindo lá dentro, seu peito subindo e descendo. Tinha pintado e repintado a memória dele tantas vezes que não conseguia mais ver o que de fato havia lá. Só camadas grossas de sentimento, uma por cima da outra, em cores indecifráveis.

Angie sobreviveu ao ano escolar. Suas notas continuaram altas. Ela evitava as perguntas da mãe sobre faculdade. Refugiou-se em Mia, Lana e na nova namorada dela, Abby. Passavam os sábados na casa de Mia, fazendo máscaras de abacate, assando brownies, nadando peladas na piscina, vendo filmes antigos — *Dez coisas que eu odeio em você*, *Quase famosos*, *Romeu + Julieta*. Angie ria com elas; saíam para dançar; seguia o fluxo. Mas evitava falar sobre o término: *Acho que a gente só se distanciou com o tempo*. E nunca falava sobre o pai ou as fotografias que tinha devolvido à gaveta de Marilyn.

Com frequência, Angie sentia o fantasma do pai ao seu lado, fora de alcance, na sombra, sem se distinguir. Indagava-se sobre seus outros fantasmas, mas, por mais que tentasse, não conseguia visualizar o rosto deles — os ancestrais invisíveis continuavam embaçados, incertos, assombrando-a com histórias que não conhecia.

A professora de inglês passou um trabalho sobre imigração depois que leram *Um fio de esperança*, de Henry Roth. Tinham que entrevistar um membro da família sobre como seus ancestrais tinham chegado à América e depois recriar a jornada ficcionalmente. O primeiro pensamento de Angie foi que não se podia chamar de "imigração" ser sequestrado e vendido como escravo, como provavelmente tinha acontecido com os ancestrais de seu pai. Desejou poder falar com o fantasma dele a respeito, mas é claro que era impossível.

Angie não queria entrevistar a mãe, que ficava tensa à mera menção de sua família. O pai dela tinha morrido quando era pequena, e Angie nunca havia conhecido a avó, que era testemunha de Jeová. Ela morava com o marido num complexo religioso na República Dominicana, seguindo a vontade de Deus e fazendo trabalho missionário. Desde que podia lembrar, Angie recebia um cartão de aniversário dela com uma nota de cinco dólares dentro. E de vez em quando a mãe recebia uma carta com uma letra rebuscada. Marilyn a separava, segurando o envelope pelas pontinhas, como se pudesse queimar seus dedos. Uma vez, Angie surpreendera a mãe lendo uma daquelas cartas; nunca tinha visto aquela expressão em seu rosto, como a de uma criança abandonada.

A garota decidiu fazer uma pesquisa para o trabalho, chegando a acessar um site que rastreava antepassados. Sabia que seu pai se chamava James Bell e que a mãe dele, Angela, tinha morrido quando ainda era pequeno, mas não era o suficiente para encontrar alguma coisa. Perguntou a Marilyn o nome do avô, mas ela não sabia. Só que seus bisavós eram Rose e Alan Jones.

— Onde eles estão agora? — Angie perguntou.

— Não tenho ideia. — Ainda que Marilyn não estivesse chorando, o que era raro quando se tratava daquele assunto, Angie sentia a tensão em sua voz, via que segurava a faca que usava para cortar o coentro com mais força. — Nem sei se estão vivos. Não mantivemos contato.

Quando Marilyn virou, a tigela com o ceviche quase pronto escorregou de suas mãos e se estilhaçou no chão.

Angie ajudou a limpar a bagunça, então voltou para o quarto enquanto Marilyn pedia uma pizza para substituir o jantar arruinado. Quando a garota digitou o nome de Rose na árvore genealógica on-line, a resposta foi apenas: "Ainda não há informações sobre Rose Jones. Para ampliar sua busca, tente adicionar detalhes ao perfil". O mesmo aconteceu com Alan. Por outro lado, a parte da família da mãe meio que se completou sozinha. Angie inseriu o nome de Marilyn, Sylvie e Patrick, que era seu avô, além das datas e locais de nascimento. O site encontrou os registros de falecimento de Patrick e indicou quem eram seus pais, também nascidos em Amarillo, Texas, e os pais de seus pais — ele da Georgia e ela do Mississippi. Gerações de sulistas brancos se revelaram até que ela chegou ao avô de seu tataravô, William Isaac Cheney, um general do septuagésimo quarto regimento da milícia georgiana durante a Guerra Civil americana. Angie sentiu-se tonta. De um lado, ela quase certamente tinha antepassados que foram escravos; do outro, antepassados que haviam lutado contra o fim da escravidão. Desligou o computador e apoiou a cabeça nos joelhos.

Mais tarde, leu alguns artigos na Wikipédia sobre a chegada dos peregrinos puritanos e escreveu qualquer bobagem sobre o *Mayflower*. Em geral era uma boa aluna, mas recebeu uma nota mediana e um comentário da professora branca: *Vá mais fundo*. Angie amassou o trabalho e jogou no lixo.

Ela corria. Amava correr. Amava como a permitia se transformar num borrão. Ganhou competições, mas não importava. A única coisa que importava era como se sentia quando punha o tênis e os fones de ouvido e música alta — "Backseat Freestyle", "Black Skinhead", "16 Shots" —, a batida tomando conta de seu corpo até que quase não fosse mais ela mesma. Compreendia a raiva em seus músculos, em seus pulmões, mas nunca se permitia senti-la fora do confinamento das músicas que a impulsionavam a ir mais longe, mais rápido, com os pés batendo contra o pavimento.

Quando chegou ao fim do ano escolar, com dezessete anos, faltando só mais um para se formar, era como se houvesse uma ladeira sob seus pés.

Angie vê a placa na estrada: winslow, 37 km.

— Olha — ela diz para Sam, tentando manter a trégua, então começa a cantar "Take It Easy", dos Eagles, totalmente fora de tom.

Ele dá um sorrisinho a contragosto.

—Vamos parar? — Angie pede.

Sam dá de ombros.

— Por favor!

—Tá bom, tá bom.

Sam pega a saída e logo estão dirigindo pelas ruas da cidadezinha. wislow, arizona está pintado na lateral de um prédio de tijolos. Ao lado da placa de pare há uma escultura de um homem apoiado contra um poste segurando um cartaz que diz standing on a corner, como a música.

—Acho que é aí — Sam diz, estacionando.

Angie sai do carro, se apoia no homem e faz o gesto de paz e amor.

— Segura aí — Sam diz antes de tirar uma foto com o celular.

— Agora você! — Angie insiste.

Sam faz que não com a cabeça.

— Uma juntos, então? — ela pergunta.

Sam revira os olhos, mas vai até o lado de Angie. Ela pega o celular dele e tira uma foto dos dois, um de cada lado da escultura.

Eles vão até a lojinha do outro lado da rua. Enquanto esperam na fila, Angie espia por cima do ombro de Sam e o pega olhando para a foto dos dois. Ele compra uma garrafa de água e ela compra um postal da cidade — SAUDAÇÕES DE WISLOW —, pensando em mandá-lo para a mãe.

Marilyn. O estômago de Angie se contorce ao pensar nela. Deve estar chegando do trabalho agora para descobrir que a filha foi embora. Angie pega o celular na mochila e olha para a tela preta. Desligou-o pela manhã, porque não queria que a mãe ligasse, não queria ser encontrada.

Pensa em ligá-lo e telefonar para a mãe. Mas não pode. Sabe que não pode. Não pode ouvir a voz embargada da mãe, a maneira como diria "Angie, onde você está?". E depois: "Fica aí, vou buscar você". Angie sabe (sem nem pensar a respeito) que, se ouvir a voz da mãe, não vai ser capaz de seguir em frente.

Ela conseguiu suspender a realidade de sua decisão de partir, da separação da mãe e da dor que vai causar. Permitiu-se pensar apenas na versão de Marilyn da foto, na versão de Marilyn por quem se apaixonou, na versão de Marilyn que está indo procurar — na versão de Marilyn que, no fundo, Angie acredita que pode trazer de volta à vida.

No primeiro dia das férias de verão, Marilyn quis levar a filha para jantar fora, para comemorar o fim do ano letivo.

—Vamos à lanchonete — Angie sugeriu.

— Não quer ir num lugar diferente?

—Você disse que eu podia escolher! Sabia o que eu ia querer.

Sempre que havia motivo para comemorar — aniversários, competições, boletins com notas altas — e Angie podia escolher o restaurante, iam à 66 Diner, cujo slogan era roubado da música gravada por Nat King Cole sobre a Rota 66. Isso porque ela queria ver o gerente, Manny Martinez, e garantir que sua mãe o visse também.

Ao atravessar as portas, foram recebidas pelo vento frio do ar-condicionado, pelo cheiro de hambúrguer com batata frita e por Manny, inclinado sobre o mapa de mesas.

— Minhas meninas! — ele cumprimentou, aludindo à música deles, "My Girl".

Angie sorriu.

— Oi, Manny.

— Você parece mais velha toda vez que te vejo. Precisam vir mais.

Marilyn ofereceu um sorriso conciliador, com a cabeça balançando como acontecia quando estava nervosa e parecia uma menina. Angie pensou em como parecia jovem naquele momento e, por um segundo, achou ter visto de relance a garota que havia sido, aquela na foto com seu pai.

— Quase nada mudou por aqui, como podem ver — Manny disse. — Só tenho um pouco mais disso — ele bateu na barriga, que não era grande — e um pouco menos disso — concluiu, apontando para as leves entradas na cabeça. Ele sempre fazia aquele mesmo comentário. Mas seu rosto bonito, seus olhos castanhos bondosos e seu sorriso fácil se mantinham, além da qualidade indefinível que fazia com que, quando criança, Angie desejasse que a mãe se apaixonasse por ele.

Marilyn trabalhou na lanchonete até Angie completar nove anos. A menina costumava ir para lá quando saía da escola, e a mãe a colocava em uma mesa de canto. Ela pedia um refrigerante e um queijo quente e ficava fazendo a lição de casa ali. Angie se sentia especial, parte de alguma coisa. Não era apenas uma garota numa lanchonete. Era a filha da garçonete.

Manny sempre fazia festa para Angie, levando sobras de

milk-shakes para ela provar, perguntando sobre seus livros, fingindo ter encontrado uma moeda atrás de sua orelha e a entregando para que ela pudesse colocar no jukebox dos anos 50. Ela amava "Dancing in the Street", "Baby Love" e principalmente "My Girl". Se o movimento estava fraco, Marilyn ia até sua mesa ao ouvir a música e a levantava no ar, cantando junto — *"Talkin' 'bout my girl..."*. Angie *era* a garota dela, e naqueles momentos tinha muito orgulho disso. Enquanto giravam pela lanchonete, Angie sentia os olhos de Manny nelas, notava o modo como observava Marilyn com o que agora reconhecia como desejo.

De vez em quando, quando estavam fechando, ele abria cervejas e ligava o rádio que ficava na cozinha, então chamava Marilyn para dançar salsa com ele. Angie achava que era muito bom naquilo, girando e fazendo Marilyn rir, com a cabeça inclinada para trás.

Uma semana depois de Marilyn ter saído da lanchonete para trabalhar no banco, ela disse a Angie com uma voz cuidadosa:

— Agora que não trabalho mais com Manny, ele quer que sejamos amigos. Vamos jantar todos juntos no sábado.

Quando as duas ficavam acordadas até tarde, comendo pipoca e vendo filmes, Angie costumava imaginar os atores como possíveis namorados para sua mãe. Queria que alguém aparecesse e desse a Marilyn um final feliz, e agora esperava que essa pessoa fosse Manny. Embora Marilyn tivesse tomado o cuidado de dizer que não era um encontro, Angie nunca tinha visto a mãe daquele jeito — toda nervosa e agitada, como o beija-flor que adorava olhar pela janela da cozinha, avançando e recuando incerto antes de finalmente se aproximar do bebedouro vermelho de plástico.

Angie viu a mãe tirar do armário coisas que nunca tinha usado — um vestido marrom de manga longa que disse estar apertado demais, um florido com a estampa desbotada que ia até os joelhos, e o favorito da garota, de veludo preto com saia rodada. Mas quando Marilyn se olhou no espelho, pareceu ver algo além de seu reflexo, e Angie ficou preocupada que o tivesse atravessado, como Alice. Por fim, Marilyn o tirou e colocou uma calça jeans e a blusa azul-clara que sempre usava nas reuniões da escola. Passou rímel nos cílios que envolviam seus olhos azuis e um batom que nunca perdia a ponta. Depois tratou de se ocupar, dobrando a roupa lavada e arrumando a cozinha.

Angie colocou seu vestido favorito — um roxo que sua mãe tinha comprado no mercado de pulgas, o qual reservava para festas de aniversário e ocasiões especiais — e ficou sentada à janela do apartamento, esperando.

Ela viu quando Manny estacionou o Cadillac conversível azul-claro dos anos 80 (que chamava de Caddy) e se dirigiu até a porta, ajeitando o cabelo com as mãos. Angie estava acostumada a vê-lo de moto, mas sabia que tinha aquele carro, que havia sido do pai dele. Quando a campainha tocou, Angie já estava a postos para abrir. Ele a levantou e disse que estava linda. Marilyn apareceu logo depois, e ele disse o mesmo para ela, mas com a voz contida. Manny estava de camisa e gravata. Angie achou que tinha se vestido como os homens dos filmes de propósito, para mostrar a Marilyn que não eram apenas amigos; talvez Manny fosse o mocinho da comédia romântica delas.

Eles foram a um restaurante chamado Town House. A iluminação fraca e os bancos de vinil vermelhos pareceram muito refinados para Angie. Ela pediu um coquetel sem álcool com cereja extra. Para sua alegria, o copo veio cheio delas. Estava sentada ao lado da mãe, e as duas olharam ao mesmo tempo para Manny quando ele levantou o copo de martíni.

— Não consigo acreditar que não dei o devido valor a cada momento que passamos juntos — ele disse, encarando Marilyn. —Você nunca deixa de me surpreender. Um brinde ao próximo capítulo da sua vida.

Marilyn corou, as bochechas ficando ainda mais rosadas debaixo do blush. Ela levantou sua taça e bateu na dele.

— E um brinde a Angie — Manny disse, olhando para ela —, a garota mais legal que conheço.

Depois do jantar, quando voltaram ao apartamento, Manny as acompanhou até a porta. Angie deu boa-noite e entrou, torcendo para que se beijassem. Nos filmes, as pessoas sempre se beijavam à porta. Ela correu para a janela para olhar, bem a tempo de ver seus lábios se tocarem brevemente.

Agora Manny as conduzia até a melhor mesa da 66 Diner, perto da janela, perguntando a Marilyn como andava o trabalho e a Angie sobre a escola.

— Já está pensando em opções de faculdade?

Angie só assentiu.

— Onde quer estudar?

— Não tenho certeza — ela disse. — Vou me inscrever em um monte.

No começo do segundo ano, Marilyn tinha lhe dado um pacote roxo com um laço combinando. Era um guia de universidades.

— É uma época tão legal da vida. O mundo inteiro está ao seu alcance — Marilyn dissera, afastando os cachos do rosto de Angie. — Estou tão orgulhosa de você.

A mãe sempre dizia aquilo por coisas que Angie não achava dignas de orgulho. Era Marilyn, não Angie, que passava horas debruçada sobre o guia, marcando as páginas, destacando trechos e lendo-os em voz alta. Marilyn contratou um professor particular que elas não tinham como pagar, e Angie fez os exames de admissão duas vezes; a mãe insistia que passassem horas fazendo tours virtuais pelas universidades; marcava entrevistas demais com o orientador da escola, que mal lembrava o nome delas. Mas, mesmo com toda a animação, a garota não deixava de notar a tristeza nos olhos da mãe quando falava sobre sua partida. Angie ficava preocupada de deixá-la sozinha.

Suas notas eram boas, mas não fazia parte de turmas avançadas e tudo mais. Conseguira se sair bem nos exames, achava, com todas as aulas particulares. Mas, ainda que suas notas aumentassem, não eram o bastante para as faculdades de elite. Mesmo assim, quando a mãe sugeriu que considerasse Columbia, Angie concordou, pensando no folheto antigo que havia dentro do envelope na gaveta dela.

— Mas só se tiver certeza — Marilyn disse. — Eu... Quando tinha a sua idade, minha mãe colocava muita pressão em mim, e detestaria fazer o mesmo com você. Quero que se sinta livre para fazer suas próprias escolhas. Tudo o que eu quero é que seja feliz.

Angie lutou contra a frustração — tinha acabado de concordar com a mãe! Parte dela desejava que Marilyn quisesse que fosse médica, advogada ou qualquer coisa do tipo — pelo menos assim saberia o que fazer.

— Eu estou feliz, mãe — ela disse, forçando um sorriso.

Agora Angie olhava para Manny, inclinado sobre a mesa delas.

— O de sempre? — ele perguntou.

Para Angie, era o mesmo queijo quente que comia desde criança; para Marilyn, um cheesebúrguer apimentado e uma taça de vinho branco.

Pouco depois, "My Girl" começou a tocar no jukebox. Angie olhou para Manny, sorrindo na direção delas do outro lado do restaurante. A luz do pôr do sol marcava o piso de linóleo xadrez. Na mesa ao lado, uma garotinha dividia um sundae com o pai.

A porta dos fundos abriu e Sam Stone entrou, com o uniforme azul da lanchonete, prendendo um avental na cintura fina. Angie sentiu como se o ar tivesse sido sugado de seus pulmões. Tinha visto Sam só algumas vezes desde que haviam terminado, quase um ano antes, e fora sempre à distância, saindo do apartamento do pai.

— Angie? — Marilyn chamou. — Você está bem? Em que está pensando?

— Estou bem — ela garantiu, olhando para a mesa.

Pouco depois, viu a mão de Sam à sua frente — a mesma que havia segurado a dela, a mesma com que ele costumava tocar sua cintura — servindo um copo de água.

— Sam! — Marilyn exclamou. — Oi! Não sabia que estava trabalhando aqui.

Angie ficou grata pela voz da mãe, animada e simpática, porque não conseguia encontrar a sua.

— Oi, Marilyn. Oi, Angie.

Ela notou a faísca quase imperceptível de emoção em seu rosto, tão pequena quanto a agulha de um sismógrafo, mas a expressão de Sam rapidamente voltou à neutralidade.

Marilyn continuou:

— Desde quando você…

— Desde as férias de inverno — Sam respondeu antes que terminasse. — Limpo as mesas. Trabalho principalmente nos fins de semana.

— Trabalhei anos aqui — Marilyn disse.

Sam sorriu para ela.

— Eu sei, Angie me contou. É um lugar bem legal. Mas

devo dizer que o queijo quente deles não é tão bom quanto o seu.

Angie lembrou as tardes que tinham passado em sua casa, quando Marilyn fazia sanduíches e Sam a fazia rir comendo três de uma vez.

Marilyn sorriu para Sam, mas, antes que Angie pudesse pensar em algo para dizer, ouviu a voz dele de novo.

— Bom, tenho que ir. Estamos na correria do jantar. Foi bom ver vocês.

— Tchau — foi a única coisa que Angie disse.

Quando Sam foi embora, Marilyn a olhou com simpatia, o que a fez se sentir ainda pior.

— Foi difícil para... — a mãe começou a pergunta, sendo logo interrompida.

— Estou bem — Angie disse, balançando a cabeça. — Podemos não falar sobre isso agora?

A breve interação tinha sido o bastante para quebrar algo dentro dela, e Angie se sentiu despedaçada.

Quando terminaram de comer, o próprio Manny foi recolher os pratos, depois sentou ao lado de Marilyn no banco para contar sua ideia de abrir um restaurante móvel, que passaria por vários pontos do estado. Ele trabalharia com produtores locais e a receita de *mole verde* da avó seria a especialidade da casa.

Marilyn foi educada, até doce, mas dava para ver que mantinha a porta fechada. Sempre que Manny a via, ele tentava abri-la com toda a delicadeza, sem sucesso. Angie não sabia por que tinha escolhido a lanchonete aquela noite — ou por que, depois de tantos anos, insistia que voltassem ali.

★

Depois do primeiro "não encontro", elas saíram com Manny por mais algumas semanas — para ver um filme, passear de bonde, jogar boliche. Angie via a mãe começando a se abrir, rindo, sendo boba e leviana — uma versão dela que só aparecia quando estavam apenas as duas em casa. Então Marilyn o convidou para jantar. Angie ajudou a mãe a ralar o queijo das enchiladas, amassar o abacate, fazer a massa da torta de morango.

Ele chegou vinte minutos adiantado, com uma caixa de lápis de cor nova para Angie, um buquê de lilases — as flores preferidas de Marilyn — e uma garrafa de vinho tinto. Além de sua antiga babá, Gina, ou de alguns amigos de Angie da escola, elas nunca recebiam visita. Enquanto Marilyn mostrava a casa, seu corpo parecia tenso e sua voz, formal. Quando ele parou em frente à foto do mar pendurada no corredor, ela pareceu desesperada para seguir em frente, mexendo no cabelo como fazia quando estava nervosa. O céu na foto estava cheio de nuvens cinzentas e carregadas. Havia um maiô infantil na beira da água, prestes a ser levado pelas ondas. Um pássaro, quase saindo do enquadramento, mergulhava na água. A foto sempre fizera Angie pensar em fantasmas. Ela às vezes ficava à sua frente por um longo tempo, olhando para o ponto em que a água encontrava o céu.

— Nossa — Manny disse. — É linda.

— Obrigada.

— Onde você comprou?

— Eu que tirei — Marilyn disse, mas a voz dela parecia diferente, como se algo tivesse se fechado.

— Sabia que você era muitas coisas, mas não uma artista.

— Bom, não sou — ela disse depressa. — Foi um lance de sorte, muito tempo atrás. Não fotografo mais.

— Que pena — Manny disse. Ele parecia um médico tocando gentilmente uma ferida antiga para ver até onde ia.

— Só guardo essa para lembrar — Marilyn acabou dizendo.

— Do quê?

Ela encarou a foto como se pudesse entrar nela.

— De todas as gotas que formam o oceano.

Marilyn foi terminar o jantar e Angie levou Manny até seu quarto. Mostrou os livros, os bichos de pelúcia e suas tintas, ansiosa para que tudo fosse perfeito. Eles estavam no chão, envolvidos numa partida acirrada de damas, quando Marilyn chamou para o jantar.

A comida foi meticulosamente disposta nos pratos. Manny a elogiou, repetiu, serviu mais vinho a Marilyn, contou histórias divertidas. Ela finalmente começou a se soltar.

Depois do jantar, Manny insistiu em ajudar a arrumar a cozinha. Quando terminou de secar o último prato, tirou um DVD de *Jerry Maguire* do casaco, com as sobrancelhas arqueadas.

— Trouxe um filme… Sei que você gosta desse.

Marilyn pareceu momentaneamente sem chão.

— Se estiver a fim, claro — ele disse. — Posso deixar com você e pegar da próxima vez.

Marilyn olhou para o relógio, parecendo incerta.

— É que sempre lemos um pouco antes de dormir...

— Não tem problema — Angie disse depressa, forçando um bocejo. — Não precisamos ler hoje. Estou cansada.

A mãe fez uma pausa.

— Então tá — ela disse, com um sorrisinho se formando no rosto. — Por que não?

Angie deu um abraço de boa-noite em Manny e foi se preparar para dormir. Marilyn entrou em seu quarto e a cobriu.

— Te amo mais que todo o universo — ela disse.

— Te amo mais que o infinito ao quadrado — Angie respondeu, seguindo a rotina das duas desde que conseguia lembrar.

Marilyn beijou sua testa.

— Acha que Manny vai ser como meu pai? — Angie perguntou bruscamente.

— Ah, querida. Eu não sei.

Angie sentiu a mãe escorregando ladeira abaixo, afastando-se dela, de Manny, da noite. Não tinha como segurá-la.

— Seu pai era... Manny e eu... somos apenas amigos. Ele é um cara muito legal, mas minha família é você.

De repente, Angie sentiu um peso esmagador no peito. Ela assentiu e fechou os olhos, fingindo dormir.

Mas continuou acordada, esforçando-se para ouvir as vozes sussurradas vindas da sala, esperando o som do filme, que nunca veio. Em vez disso, o som da mãe chorando baixo — ao qual estava sempre atenta — chegou aos seus ouvidos, e depois o da porta abrindo e fechando.

Nas semanas que se seguiram, Angie perguntou à mãe quando veriam Manny de novo, recebendo sempre respostas vagas, como "Não este fim de semana" ou "Ele está ocupado com o trabalho". Em uma tentativa de mudar de assunto, Marilyn dizia "Vamos ao Chuck E. Cheese's! Só nós duas". Embora sua voz expressasse uma alegria forçada, a luz que Manny tinha acendido em seus olhos havia desaparecido. Angie achava que, se a mãe deixasse Manny voltar, ia brilhar de novo. Mas acabou concordando com o Chuck E. Cheese's e se perdera nos brinquedos, tentando esquecer Manny, que sabia dançar salsa. Manny, com suas roupas de mocinho de filme e seu sorriso largo.

ANGIE CONSEGUIU DAR UM TCHAUZINHO PRA SAM enquanto ela e Marilyn se despediam de Manny. Elas saíram da 66 Diner e se depararam com o céu nas cores típicas do Novo México — tons brilhantes de laranja se destacando entre o azul-lavanda, as montanhas Sandia piscando vermelhas como a melancia que lhes dava nome. Angie deixou que a mãe pegasse sua mão e a apertasse como fazia quando a filha era pequena.

— É lindo, não acha? — Marilyn disse.

— É.

Angie sabia que sua mãe enxergava um significado mais profundo no espetáculo de cores, algo que queria que ela também visse.

Nos poucos minutos que a viagem de carro para casa durou, o sol finalmente se escondeu, deixando o céu escuro. O peso no estômago de Angie reduziu ao entrar na segurança do lar. Nem todos tinham o que ela tinha, fez questão de se lembrar — uma mãe amorosa, uma casa repleta de marcas da própria infância.

Marilyn começou a acender suas velas assim que chegou. Desde que Angie lembrava, a casa estava cheia delas — do tipo que se encontrava nas igrejas católicas ou que se comprava em lojinhas de noventa e nove centavos. Costumavam comprar novas toda semana, depois de Marilyn buscar Angie na escola. Marilyn pegava papel higiênico, toalhas de papel, arroz, laranjas e produtos de limpeza, enquanto Angie escolhia um presentinho, como um chinelo, um cata-vento ou um pacote de borrachas coloridas. Então Marilyn enchia o carrinho com velas brancas.

Marilyn dissera a Angie mais de uma vez que a noite era algo bom. De uma escuridão clara, uma escuridão límpida. Mas era no momento antes da noite chegar, quando você percebe que está perdendo a luz, que Marilyn substituía o sol pelas chamas dentro de casa.

Ela deixava as velas queimarem em potes de vidro, dizendo que dava azar apagá-las. Ainda pequena, Angie se acostumou a viver com a luz bruxuleante e as sombras fantasmagóricas que a acompanhavam quando levantava no meio da noite para ir ao banheiro, ou quando chegava tarde da casa de Sam e a mãe já estava dormindo. O cheiro de cera era o cheiro do lar.

Naquela noite, enquanto a mãe acendia as velas, Angie fez pipoca com manteiga e parmesão, como ela havia lhe ensinado, e as duas se aconchegaram no sofá. Angie queria rever algo familiar, e escolheu *Bonequinha de luxo*.

No meio do filme, Marilyn começou a roncar de leve. Normalmente era Angie quem pegava no sono, e a mãe a carregava para a cama. Mas, nos últimos tempos, era Marilyn quem se entregava antes dos créditos rolarem. Com a cabeça no braço do sofá, os olhos pregados, ela parecia — como Angie estava achando cada vez mais — muito jovem. Como se fosse uma garotinha, e não a mãe que tomara conta de Angie desde seu nascimento, que lutara para dar a ela aquela casa. Ela colocou o cobertor rosa favorito das duas sobre a mãe e foi para o quarto na ponta dos pés.

Deitou, mas continuou acordada. A única luz no quarto escuro vinha da tela do celular enquanto mexia nele. Quando se deu conta, estava vendo o Instagram de Sam — a única rede social que ele usava e, portanto, o único laço que restava com ele. A última foto, de uma semana antes, era de um show ao ar livre no Festival de Blues, cheio de ciclistas e hipsters em geral. Nela, o pai de Sam segurava um copo de cerveja de plástico. Ela passou pelo resto das fotos — trens grafitados; astros de futebol latino-americanos; uma cena de *Boyhood* e uma de *Crepúsculo dos deuses*; a placa de neon do motel El Don, com um caubói com um laço de corda vermelha; a mãe dele fazendo o jantar; a captura de tela de uma música tocando no Spotify, "Some Dreamers", dos Fly Boys, com a legenda: "sempre certeira".

Angie nunca tinha ouvido falar da banda. Sam lia uma porção de blogs de música e, embora tivesse uma queda pelo folk dos anos 60 que o pai ouvia, sempre apresentava coisas novas a ela quando estavam juntos. Ela fez uma busca no Google por "Some Dreamers" e clicou no clipe.

O som era melancólico, mas bonito — quase todo instrumental, com letra esparsa. *"An inch of moonlight, rattled green, quiet, quiet, the night is coming, dream you're rising, this is your own ragged sky…"* O clipe acompanhava um garoto mais ou menos da idade dela. Tinha pele morena e olhos lindos e grandes, que pareciam tristes. A câmera o seguia numa festa na piscina — um mar de adolescentes no quintal banhado pelo sol, bebendo e passando baseados, de short e biquíni, corpos perfeitos como qualquer corpo jovem. O garoto, nosso garoto, se mantinha afastado da multidão. Ele subiu num trampolim alto. Olhou para cima e pulou, com os braços abertos, voando no ar. Angie esperou pelo mergulho — mas, quando a câmera o seguiu, não havia água; seu corpo bateu contra o concreto no fundo da piscina. Angie perdeu o ar, horrorizada. Um fio de sangue escorria da sua nuca perfeita, como uma mancha de tinta. O mundo se manteve suspenso por um longo tempo, todos os outros adolescentes tendo desaparecido. Um helicóptero solitário sobrevoava o local. Os fios elétricos se cruzavam. As palmeiras balançavam com a brisa.

Então, do nada, o garoto levantou e começou a dançar. A princípio, era como se fios invisíveis puxassem seus membros, levantando-o, fazendo seu corpo se mover com o ritmo. Depois, devagar, ele começou a se soltar, num movimento sem esforço, poderoso, cheio de alegria.

Angie viu o clipe três vezes, em transe. Era lindo, e parecia *verdadeiro* de um jeito que a deixava sem palavras.

Foi só na quarta vez que leu o texto abaixo. "Clipe dirigido por Justin Bell, com música dos Fly Boys." Justin Bell.

Justin Bell. O mesmo nome do irmão do pai. O menino na foto. Podia não ser ele, claro. A mãe tinha dito que morrera... Ainda assim, Angie tinha um pressentimento, do qual não conseguia se livrar, de que era ele.

Pesquisou "Justin Bell Some Dreamers clipe" e encontrou uma variedade de links. O primeiro texto que abriu era de um DJ para a KCRW, a rádio pública de Los Angeles. Referia--se a Justin Bell como uma importante revelação do mundo dos clipes, apresentando "certo brilhantismo". O clipe havia ganhando o prêmio de melhor curta escolhido pelo público no Festival de Cinema de Los Angeles. Havia inúmeros outros textos de sites de música, mas nenhum tinha foto. Um deles apontava que, apesar de sua relevância crescente, até o Google achava Justin Bell discreto. Outro dizia que perguntas pessoais não eram respondidas. Mas pelo menos registrava sua idade: vinte e nove. O menino nas fotos parecia ter onze ou doze anos, então parecia bater.

Ela viu o clipe de novo, e tudo clareou. O nome não era coincidência, não podia ser. O Justin Bell que morava em Los Angeles e tinha feito aquele clipe que reverberava fundo em Angie era o mesmo Justin das fotos, o menino de rosto redondo tomando picolé sentado nos degraus. Não estava morto, como Marilyn havia dito. Era irmão de seu pai. Seu tio. E estava vivo.

Mas, se ele não estava morto como sua mãe havia dito — o coração de Angie começou a pular no peito —, talvez seu pai tampouco estivesse.

Então ela fez o que sempre fazia quando sentia demais e

precisava de descanso. Calçou o tênis e saiu pela janela para correr na noite. Mal viu as casas na vizinhança onde sempre morara passando por ela, mal viu a lua, as árvores ou as janelas iluminadas, mal sentiu o calor do dia deixando o asfalto, mal ouviu o barulho dos grilos. Em vez disso, ouviu a letra de "Some Dreamers", com os acordes já gravados na memória. Repassou o vídeo mentalmente. A mãe tinha mentido para ela, e aquilo era tão surpreendente quanto a esperança de encontrar Justin, a chance de seu pai estar vivo. Angie ignorou a queimação nas pernas, a dor, os limites do corpo, até que soubesse o que fazer.

Estava cheia de adrenalina, exausta, suada e sem fôlego quando pisou na varanda do apartamento 3D, com a tinta branca descascando. Viu as luzes acesas lá dentro e tocou a campainha.

Sam abriu a porta de calça e blusa de moletom. Seus olhos estavam vermelhos. Passou um momento até que registrasse a presença dela ali.

— Angie?

— Oi.

Ela voltou a sentir o chão sob os pés, dando-se conta de como devia ser estranho ter aparecido na casa dele daquele jeito, um ano depois do término.

— Está tudo bem? O que aconteceu?

— Eu… Desculpa. Por estar aqui. Tenho que falar com você. Posso… posso entrar?

— Tá — Sam disse, o corpo tenso enquanto a deixava passar.

O apartamento estava quase idêntico à sua lembrança, uma espécie de corredor estreito e comprido, com lanternas de papel penduradas. Havia um espelho oval gigante apoiado precariamente perto da porta, refletindo as reproduções de quadros nas paredes — Miró, Dalí, Marcel Duchamp.

Cheirava a maconha. Sempre cheirava, pelo menos vagamente, porque o pai de Sam fumava no quarto, com a porta fechada e a janela aberta, imaginando que assim ninguém saberia. Ela olhou para o baseado numa xícara de café usada como cinzeiro e imaginou que Sam tivesse adquirido o hábito do pai, de modo que nenhum dos dois precisava se esconder.

Sam se acomodou no sofá, colocando uma manta azul nas costas — a mesma sob a qual ele e Angie deitavam juntos. Pegou uma cerveja aberta e tentou descolar o rótulo.

— Seu pai está em casa? — Angie perguntou.

— Num encontro.

Não foi surpresa para ela. O sr. Stone sempre tinha encontros, o que significava que ela e Sam tinham a casa só para eles com certa frequência.

— O que foi? — Sam perguntou, com a voz cortante.

Angie sentou na beirada do sofá. De repente sentia que estava caminhando sobre gelo fino, sem saber se ia aguentar, sem ter certeza de que se importava.

—Você... vai visitar seu primo em Los Angeles no verão?

— Semana que vem. Por quê?

— Sei que é um pouco esquisito, mas queria te pedir um favor enorme. Quer dizer, não tem ninguém mais a quem posso pedir e... Bom, posso ir junto? Você vai de carro, né?

Sam fez uma careta. Deu um gole na cerveja.

— Faz um ano que a gente não se fala, e agora você aparece na minha casa à meia-noite pedindo uma carona até Los Angeles?

Angie respirou fundo. Queria contar tudo a Sam, queria que entendesse, mas as perdas começaram a pesar — de Sam, de Manny, do talento fotográfico da mãe, da infância —, abrindo um buraco enorme dentro dela. Angie se voltou para o espaço vazio deixado pelo pai, que pelo menos tinha forma.

— Acho que meu pai pode estar lá. Pode estar vivo.

— Quê?

— Sabe a música que você postou algumas semanas atrás? "Some Dreamers"?

— Você estava fuçando meu Instagram?

— Estava. Mas a questão é: eu vi e... acho que foi meu tio que fez. O clipe, não a música. O irmão do meu pai. Minha mãe tinha me dito que ele estava morto, mas não é verdade.

Angie esperou a reação dele.

— Nossa... Isso... é maluquice — Sam disse afinal. — Entendo que queira encontrar seu tio, mas não sei se é o caso de simplesmente ir para Los Angeles. Quer dizer, como vai saber se é ele? Falou com a sua mãe?

Angie balançou a cabeça.

— Bom, e o que vai fazer quando chegar lá? Para onde vai? Como pretende encontrar o cara? Devia pelo menos entrar em contato primeiro.

— Se eu conseguir, você me leva?

Sam ficou em silêncio.

— Por favor — Angie insistiu. Podia ouvir o desespero em sua própria voz, e tentou engoli-lo. — Minha mãe mentiu sobre meu tio, o que quer dizer que pode ter mentido sobre meu pai também. — Ela olhou para Sam. — Ele pode estar vivo. Tenho que ir. Preciso descobrir.

Sam não olhava em seu rosto, só cutucava o rótulo da cerveja.

— Sei que você não tem motivo pra concordar — ela continuou. — Sei que não precisa fazer isso. E não pediria se não... se não fosse... importante. Mas eu... preciso de você.

Sam pegou o baseado da xícara e acendeu.

— Para com essa merda. — Ele soltou a fumaça do cigarro. — Pode ir junto, mas não quero saber dessa história de "preciso de você". Não finge que é isso. Você só precisa da porra do meu carro. — Sam a encarou. — E sugiro que bole um plano de verdade. Porque Los Angeles é uma cidade grande pra caralho, então não vai dar pra ficar andando pela rua atrás desse cara. Não vou me envolver. Mas minha recomendação, pro seu bem, é que não vá a menos que esteja certa do que está fazendo. E que fale com sua mãe.

— Obrigada — Angie disse, sem saber bem como responder.

— Vou embora quinta. Pego você às dez.

Ele desviou o rosto, soltando a fumaça na direção das cortinas, que balançavam com a brisa noturna.

— Tá. Obrigada de novo.

Sam assentiu e ela foi embora.

Ela pisou na sacada, com as roupas ainda molhadas de suor,

tremendo no ar frio da noite. Enquanto andava para casa, finalmente notando o som dos grilos tão alto quanto motores, o farfalhar das folhas das árvores escuras, as incontáveis estrelas no céu, pensou na última vez que tinha ido embora da casa de Sam, tarde da noite, um ano antes. E, naquele momento, teve o pressentimento de que, se conseguisse encontrar o pai, poderia se tornar a garota capaz de dizer "eu te amo" de volta.

SAM E ANGIE PASSAM POR UMA CIDADE CHAMADA NEEDLES e seguem pela estrada longa e vazia que atravessa o deserto de Mojave quando começa a chover. Angie prende o fôlego diante da tempestade; o teto de metal do carro faz sua própria música acelerada enquanto o rádio toca "Sound & Color", do Alabama Shakes. O limpador de para-brisa está no máximo, mas Angie não consegue enxergar além de alguns passos à frente, e sabe que Sam, por mais calmo que pareça estar atrás do volante, tampouco.

Sem perder a concentração, ele conduz o carro para o acostamento.

— Acho que vamos ter que esperar um pouco — Sam diz.

Angie fica contente que tenha se dirigido a ela com certa normalidade. Ele se inclina para abrir o porta-luvas e pega uma latinha de bala. Tira um baseado de dentro e acende. Angie observa o deserto inundando, os tons suaves de marrom e amarelo se estendendo à frente, até onde a vista alcança.

"I Want a Little Sugar in My Bowl", a última música do CD de aniversário de Sam, começa. Angie olha para ele, que está recostado no assento de olhos fechados. *"Come on, save my soul…"*, Nina Simone canta, como se estivesse tirando as notas das profundezas do oceano.

Sam abre um olho e vê que ela o observa. Os dois trocam um olhar cheio de um desejo incerto antes que ele o feche de novo. Angie o quer; consegue sentir seu corpo insistindo na verdade desse fato. Ela imagina se também está alta por tabela. Leu em algum lugar que era impossível, mas de repente sente a cabeça mais leve.

— Como está seu pai? — Angie pergunta. É a única coisa em que consegue pensar.

— Bem. Ótimo. Está namorando. De verdade. Faz quase seis meses que estão juntos.

—Você gosta dela?

— Ela é legal. Jovem. E bonita, claro. Acho que a deixo nervosa. A voz dela sobe umas duas oitavas sempre que fala comigo. — Ele parece distraído. — É italiana. Cozinha bem. Às vezes fico olhando os dois juntos na cozinha, picando coisas, ouvindo os discos velhos do meu pai, ele a girando, ela virando o macarrão no escorredor. Não lembro de ter visto meus pais tão felizes assim quando estavam juntos.

Sam parece vulnerável, o mesmo garoto que Angie conhecia. Ela tem o desejo incontrolável de abraçá-lo.

Ele prende a fumaça antes de soltar.

— Quer?

— Não, obrigada — Angie diz.

Sam dá uma última puxada e apaga o baseado. Nina Simone continua cantando. Outro caminhão passa, momentaneamente cegando os dois com a poeira. Sam esfrega a janela embaçada e dá uma olhada na chuva.

— Algumas semanas antes de meus pais me dizerem que estavam se divorciando — Sam diz —, minha mãe recebeu uns amigos para jantar. Ela passou o dia inteiro preparando tudo, e meu pai só reclamava. Ele odiava visitas. Minha mãe perdeu a paciência, dizendo que ele não gostava de nada que ela fazia, que guardava o melhor dele para os alunos e não sobrava nada em casa. Meu pai apontou para as enchiladas e o guacamole, para as jarras de bebida e as flores nos vasos, e disse algo tipo: "Mas, Camila, isso não é pra gente. Você está tentando, mas não por *nós*". Ela estava arrumando a mesa e correu da sala de jantar com tanto ódio que o prato escapou de sua mão. Quando se abaixou para recolher os pedaços de porcelana, começou a chorar. O prato tinha sido da mãe dela, e da avó dela antes disso. Foi um presente de casamento, que ela havia trazido do México. Era pintado à mão, a imagem de um homem com um burro. Eu queria que ela se sentisse melhor, então disse: "Foi só um. Temos mais um monte". Ela nem me olhou. Só falou: "Não é mais o jogo completo. Sempre vai ter alguma coisa faltando".

Sam vira para Angie, sem encará-la propriamente.

— Não sei por quê — ele diz —, mas tenho pensado muito nesse prato. Parece a coisa mais triste do mundo.

Angie não comenta que ele já contou essa história, mas pensa em quando a ouviu antes, na primeira vez que ficaram juntos na cama do quarto dele.

— Sabe, quando estávamos juntos — Sam continua —, costumava achar que não precisávamos ser como eles... Achei que pudéssemos ser diferentes...

Angie só o observa desembaçando o vidro. A chuva para tão repentinamente quanto começou.

— Você ainda pode — ela diz. — Eu sei... sei que está bravo comigo. Sei que tem todo o direito. Sei que fodi com tudo indo embora daquele jeito. Mas não foi porque não te amava. Só não sabia como dizer. Acho que ainda não sei...

Sam está olhando para ela agora, olhando de verdade, pela primeira vez desde que entraram no carro.

— Eu poderia dizer que sinto muito, e sinto, mas também sei que isso não ajudaria em nada. Então só posso agradecer por me deixar vir a Los Angeles com você.

Sam assente.

— Não precisa agradecer — ele diz por fim, e parece um presente para Angie. Sam abaixa o vidro, e ela o imita. A luz do sol rompe a barreira de nuvens no céu, e eles põem a cabeça para fora, para o ar do deserto, ainda elétrico por causa da chuva.

— Tá — Sam diz. — Acho que é hora de ir.

Ele deve estar alto, Angie pensa, preocupada.

— Não quer que eu dirija um pouco? Faz umas oito horas já.

— Estou acostumado — Sam diz. — Fiz essa viagem sozinho uma porção de vezes.

— Deixa, vai. Estou com saudade da Mabel.

Mabel, o nome do jipe dele.

Sam a encara por um longo momento.

— Tá — concorda afinal —, você pode dirigir por algumas horas, mas trocamos de novo quando nos aproximarmos da cidade. É um pouco complicado lá.

Eles trocam de posição. Angie dá a partida enquanto Sam ajusta o assento do passageiro.

— E aí, o que rolou com seu tio? Vocês se falaram? — ele pergunta.

Angie se concentra em voltar para a estrada, relutando em admitir a verdade.

— Ainda não — ela confessa. — Mas deixei algumas mensagens. Na verdade, talvez ele tenha ligado de volta. Meu celular está desligado.

Angie espera que, quando chegarem a Los Angeles à noite, vai ligá-lo e, num passe de mágica, haverá uma mensagem de voz do irmão do pai dizendo que mal pode esperar para vê-la.

Sam a estuda por um momento antes de perguntar:

— O que quer ouvir?

Ela sabe o quer ouvir; e quer que Sam ouça também.

— Trouxe uma fita velha que meu pai fez pra minha mãe. Pode ser?

— Cadê? — Sam pergunta.

Ele a pega na mala de Angie. Momentos depois, os Fugees estão cantando "Ready or Not". Sam sorri ao ouvir os primeiros acordes, Angie retribui e eles começam a percorrer os últimos trezentos e quarenta quilômetros até a Cidade dos Anjos.

Um dia depois de Sam concordar em levá-la para Los Angeles, Angie tinha vasculhado a internet atrás de Justin. Ela tentou o Facebook sem sucesso, tampouco encontrando perfis no Twitter ou no Instagram que podiam ser dele. Aparentemente, seu tio era avesso às redes sociais. No site White Pages, encontrou oito Justin Bells entre os vinte e quatro e os trinta e cinco anos, ou de idade desconhecida, morando na região de Los Angeles. Ela usou o cartão de crédito para pagar um e noventa e nove pelos contatos de cada um deles. Só cinco tinham número de telefone listado, mas ela pegou o endereço de todos.

Quando se preparava para ligar para o primeiro número, suas mãos começaram a suar. E se ele atendesse? E se fosse realmente seu tio? O que ela diria? Angie deixou o telefone de lado, decidindo que precisava treinar primeiro. Depois de fazer isso algumas vezes, caminhando pelo quarto, ligou.

Caiu direto na caixa postal. Esse Justin Bell tinha sotaque britânico, então Angie se sentiu segura o suficiente para cortá-lo da lista.

A próxima ligação também caiu direto na caixa, mas com uma gravação automática. Ela gaguejou ao deixar um recado.

— Oi, meu nome é Angie e gostaria de falar com Justin Bell, para ver se tem algum parentesco com meu pai, James Bell. Se for o caso, por favor, me ligue.

Ela passou seu número e desligou em seguida.

Angie teve que deixar uma mensagem para o Justin seguinte também.

O quarto atendeu, com uma voz masculina profunda e desconfiada:

— Alô?

— Oi, eu, hum... Meu nome é Angie. Estou ligando para saber se você é parente de James Bell?

— Hã? Não, você ligou para o número errado.

A esperança que tinha se espalhado pelo peito dela se desfez.

Ela teve uma conversa parecida com o quinto. Mas se reconfortou com o fato de que tinha deixado mensagens para dois Justins que poderiam ser seu tio, além dos três endereços sem número de telefone que precisaria visitar quando estivesse em Los Angeles. Tinha que ser algum deles. Ela ia achá-lo. Tinha que achar.

Por sorte, Angie tinha guardado bastante dinheiro trabalhando como babá no verão anterior — mais que o suficiente para comer e contribuir com a gasolina. Marilyn era sempre generosa, mas ela odiava ter que pedir dinheiro para comprar roupa ou jantar com os amigos, considerando o quanto a mãe trabalhava só para conseguir pagar as contas. Então Angie tinha passado a primeira semana das férias de verão do ano anterior andando de bicicleta pelo bairro para deixar seu currículo em restaurantes. Ela tinha usado sua roupa mais profissional — calça preta e blazer —, mas só tinha recebido nãos e indiferença de funcionários entediados.

—Você pode preencher uma ficha, se quiser.

Angie começou a se perguntar se as marcas de suor nas roupas, inevitáveis quando se andava de bicicleta no calor de junho, eram o que a estava atrapalhando. Por isso, quando sua mãe disse que alguém do banco estava precisando contratar uma babá para o verão, Angie ligou de imediato e marcou um horário para encontrar Linda Bennet.

Determinada a impressionar sua potencial empregadora, ela chegou quinze minutos antes. Foi até a porta, passando por uma fonte de terracota para pássaros curiosamente disposta no meio do gramado perfeito, fileiras de amores-perfeitos plantados em floreiras de tijolo, e uma Range Rover branca. Ela ajeitou o cardigã (mesmo às nove e quinze da manhã, estava morrendo de calor) e tocou a campainha.

Uma mulher branca com um penteado loiro impecável abriu a porta.

— Desculpe, mas não podemos ajudar.

Angie ficou parada sobre o capacho em que se lia AQUI VIVE GENTE FELIZ enquanto tentava encontrar sua voz.

— Eu disse — a mulher falou com uma voz mais afiada, penetrante — que não podemos ajudar.

— Eu não…

— Por favor, saia da minha casa!

A voz da mulher mais parecia um ganido ao terminar a frase.

Angie sentiu lágrimas quentes se acumularem nos olhos.

—Vim para a entrevista de emprego — ela conseguiu dizer, afinal.

A mulher ficou tão vermelha quanto as flores.

—Ah. Sim, é claro. Eu… sinto muito. É só que, bom, eu não sabia que você era… Quer dizer, sua mãe, você e sua mãe não…

— Somos parecidas — Angie completou para ela.

A mulher forçou sua expressão em um sorriso radiante.

— Certo. Muito bem! Vamos começar então. Sou a sra. Bennet. Entre, por favor — disse, mas levou um momento para sair da frente da porta.

O hall era decorado com fotos de estúdio da família, almofadas florais combinando e plaquinhas sobre muitos dos objetos, caso alguém esquecesse para que serviam, Angie supôs. Estava escrito "chaves" em letra cursiva no porta-chaves, "casacos" no mancebo e, estranhamente, "harmonia" sobre o piano.

— Quer limonada? Estou tão chateada com… Angie, certo? Eu só… Você tem que entender, sua mãe não me disse que você… Quer dizer, eu não estava esperando…

A sra. Bennet foi salva pela garotinha que entrou aos pulos, vestindo um pijama do *Frozen*.

— Quer ver meus pôneis? — ela perguntou para Angie, já pegando sua mão.

Angie e a filha da sra. Bennet, Riley, se deram bem na hora. Quando chegou a hora de ir embora, a menina deu um escândalo.

— Bom, parece que ela gosta de você! — a sra. Bennet disse, perguntando em seguida quanto Angie cobrava.

—Vinte a hora — ela disse, depois de hesitar por um momento. Era bastante dinheiro, certamente mais do que pediria se as circunstâncias fossem outras. Imaginava que a sra. Bennet não fosse topar.

O rosto da mulher expressou certo alarme, mas ela consertou-o com um sorriso.

— Ótimo, então! Está contratada!

Uma parte de Angie queria poder dispensar a sra. Bennet, mas vinte dólares a hora era muito mais do que conseguiria fazendo qualquer outra coisa naquele verão. Ela se lembrou da música da Beyoncé que dizia que a melhor vingança era o dinheiro.

Quando chegou em casa e Marilyn perguntou como tinha sido, Angie só respondeu:

— Ótimo. Consegui o emprego.

— Isso é ótimo, querida! — Marilyn exclamou, dando-lhe um abraço. — Estou tão orgulhosa de você.

Angie se forçou a sorrir e não disse mais nada — talvez porque estivesse com receio de que a mãe não entenderia. Talvez porque, apesar de Marilyn sempre se esforçar para apontar as virtudes dos afro-americanos durante toda a vida

de Angie, ela evitava falar sobre racismo, e Angie instintiva-
mente acreditava que precisava proteger a mãe da realidade.

Mas Angie adorava Riley, que era muito curiosa e cheia
de energia. A sra. Bennet, por sua vez, era perfeitamente
educada com ela — quase demais —, e a chamara para ser
babá de novo no verão seguinte. Angie deveria começar na
segunda.

Ela pegou o celular para mandar uma mensagem para Lana.

*Me faz um favorzão? Preciso que alguém fique de babá no meu
lugar semana que vem.*

Pq?, Lana respondeu.

Longa história. Conto depois.

Fala agora ou não te cubro.

Estou indo pra LA com Sam...

Tá zoando? O seu Sam?? Vocês voltaram?

Angie fez uma pausa, clicando fora da resposta para que
não parecesse que estava digitando. A verdade parecia informação demais. Não queria que Lana avaliasse tudo, não queria ouvir sua lenga-lenga sobre seu tio, que ela sem dúvida
consideraria "o máximo" depois de ver o clipe. Não que não
gostasse de Lana, mas não achava que ia entender — Justin
não era só "o máximo", era sua primeira chance de entender
de onde tinha vindo, de encontrar seu pai.

Ela finalmente respondeu: *Sei lá. Topei com ele na 66 Diner
e... meio que rolou.*

Ela voltou a deitar na cama e tentou focar na respiração.

Deixa comigo. Mas quero todos os detalhes depois!
Valeu, vc é demais.

A única questão, a grande questão, era como convencer a mãe a deixá-la ir. Depois de Sam ter concordado em lhe dar carona, Angie levou três dias para criar coragem para pedir. Quando Marilyn chegou em casa à noite, ela a seguiu até o quarto. (A primeira coisa que a mãe sempre fazia quando punha os pés dentro de casa era dar um beijo em Angie, e então ia imediatamente para o quarto tirar a roupa do trabalho.)

— Como você está?

— Muito bem — Angie respondeu.

—Ah, é? Posso saber por quê? — Marilyn perguntou com um sorriso.

— Na verdade, passei o dia com Sam.

Era mentira. Mas precisava que a mãe acreditasse que eles tinham pelo menos retomado a amizade, se esperava que acreditasse que só queria viajar com ele.

— Sério? Isso é ótimo! Como foi?

— Foi legal. Só ficamos juntos e conversamos. Depois do jantar fiquei pensando que a gente devia se reaproximar. Tentar ser amigos. Não sei. Estava com saudade.

Marilyn vestiu uma camiseta velha da escola em que a filha estudara no ensino fundamental, então virou para ela e abriu um sorriso suave.

— Que bom, querida. Estou muito orgulhosa de você.

Angie sentiu a vergonha de sempre ao ouvir aquelas palavras. Queria ser mais digna do orgulho da mãe. Mas talvez agora pudesse ser. Talvez estivesse prestes a fazer algo importante. E, ainda que deixasse sua mãe triste de início, poderia acabar valendo a pena.

— Diga que ele pode vir comer queijo quente quando quiser — Marilyn brincou.

— Na verdade, Sam vai pra Los Angeles semana que vem ver o primo. Ele sempre faz isso no começo do verão, lembra? E me convidou para ir junto.

A expressão no rosto de Marilyn se transformou, tomada pela ansiedade.

— Ah, Angie, não acho que…

— Seriam só oito dias. Nunca saí do estado, e finalmente poderia ver o mar!

— Angie, eu… não posso deixar que viaje sem um adulto ou… Onde vocês ficariam?

— Na casa do primo. Você vive dizendo que preciso pensar na faculdade. Ele poderia me mostrar algumas enquanto estiver lá.

— Não sabia que estava pensando em estudar em Los Angeles — Marilyn disse, com a voz cuidadosa, como se tentasse esconder um grande medo.

— Bom, seria legal começar a olhar, pra ter uma ideia…

— Eu estava planejando isso para o outono. Achei que faríamos juntas.

— Tudo bem. Não vou olhar nenhuma faculdade então. Só vou fazer coisas turísticas. Ir à praia e tal.

— Querida, eu… não sei se é uma boa ideia. Não posso

permitir que você simplesmente viaje assim... Seria diferente se tivesse um adulto envolvido ou...

— O primo dele tem vinte e quatro. Conta como adulto.

— Los Angeles é uma cidade bem grande, Angie. Muita coisa pode acontecer, coisas para as quais você talvez não esteja preparada.

Angie desviou o rosto.

— Olha, querida, ano que vem você vai fazer dezoito. Pode ir embora e nunca mais voltar, se quiser... Vai para a faculdade sozinha e... Bom, sempre estarei aqui pra você. Sempre farei tudo o que puder por você, não importa o que aconteça. Você vai tomar suas próprias decisões logo mais. Enquanto isso, sou sua mãe. É meu trabalho te proteger, e não posso fazer isso se estiver... numa cidade grande, tão longe de mim...

— Não é tão longe — Angie murmurou. — Fica a tipo onze horas de carro.

Marilyn fez uma pausa e virou para a filha, quase suplicando com o olhar.

— Você vai ter todo o verão para se reaproximar de Sam quando ele voltar.

Havia tanta coisa que Angie queria dizer, mas, em vez disso, ela levantou e saiu.

Por um breve momento, Angie *havia* pensado em contar a verdade à mãe: *Eu sei que o irmão do meu pai está vivo.* Mas não queria ouvir nenhuma explicação, porque não acreditaria nela. Sabia que precisava descobrir sozinha. Marilyn mentira sua vida toda — por que Angie tinha que ser honesta?

A mãe foi ao seu quarto mais tarde aquela noite. Angie estava preenchendo as inscrições para a faculdade.

— Ainda está brava por causa de Los Angeles? — ela perguntou.

— Não — Angie respondeu. *É por muito mais do que isso.*

Naquela manhã, ela acordara assustada por conta de um pesadelo. Não conseguia lembrar direito, mas sabia que estava nadando no mar e fora puxada de repente por uma corrente. Ainda estava com a sensação de afogamento.

Sete bilhões, Angie repetiu mentalmente, ainda deitada na cama, para tentar se acalmar. *Sete bilhões. Você é só uma gota no oceano. Sete bilhões.* Ela tentou puxar o ar. Sua técnica não estava funcionando tão bem. Tinha algo diferente. Angie ia para Los Angeles. Ia procurar seu pai.

Depois que Marilyn saiu para o trabalho, Angie fez a mala, ignorando o coração acelerado no peito, a respiração curta. Ela foi até o quarto da mãe, abriu a gaveta e pegou a foto dos pais na praia e o envelope com as fotos em preto e branco. Olhou para todas as coisas sobre a cômoda da mãe: o sabonete rosa em forma de leitão, os brincos turquesa, a caixinha de cerâmica em forma de coração cheia de conchinhas coloridas, um vidro pela metade de "MILAGRE DE LIMÃO DA SYLVIE" com um rótulo caseiro, que estava ali desde que Angie podia lembrar; um cartão laminado com um desenho de mãe e filha que ela havia feito quando era pequena. Ela o pegou, abriu e leu:

Querida mamãe,

Você é muito, muito, muito especial para mim. É boazinha, amorosa, cuidadosa, maravilhosa, incrível, compreensiva e uma lista infinita de coisas boas. Você torna tudo divertido. É gentil. Te amo mais do que poderia imaginar. É um milhão de vezes melhor que qualquer outra mãe. Feliz Dia das Mães.

Com amor, da sua filha,

Angie

Angie engoliu em seco e devolveu o cartão. Quando entrou na cozinha, viu o prato de ovos que Marilyn havia deixado para ela, coberto para que continuasse quente, e a fatia de melão solta da casca. Uma pontada de dor a atingiu no peito. Ela comeu, embora cada garfada fosse uma luta, então lavou os pratos. Pegou um bloquinho para deixar um recado, mas não conseguia pensar no que dizer. Finalmente, escreveu:

Mãe, estou indo para Los Angeles com o Sam. Sei que vai ficar chateada e peço desculpas, porque não queria que isso acontecesse. Te amo mais que todo o universo, como sempre dizemos. Sei que também me ama, mas às vezes a melhor coisa a fazer é deixar que a outra pessoa chegue às suas próprias conclusões. Volto em oito dias. Vou tomar cuidado, não se preocupe.

Com amor,

Angie

ANGIE SENTE A MÃO DE SAM EM SUA PERNA, sacudindo gentilmente para acordá-la.

—Você tem que ver isso — ele diz.

Ela abre os olhos, fora de foco na escuridão. Parecem estar
na estrada, em algum lugar no meio das montanhas. Os vidros estão abertos, deixando o ar quente entrar. O cheiro do
oceano é exatamente como sempre imaginou. "At Your Best
(You Are Love)", sua música preferida da fita para a srta. Mari
Mack, toca no rádio.

Sam devia ter voltado a fita enquanto ela dormia.

O jipe continua subindo a colina, e de repente milhões de
luzinhas aparecem à distância, conjuradas do nada, como num
truque de mágica.

— É lindo — Angie sussurra.

— É lindo — Sam concorda.

A voz de Aaliyah é doce, clara, leve como a luz: "*Stay at*

your best, baby…". Sam vira para Angie e lentamente abre um sorriso.

— Bem-vinda a Los Angeles.

Angie chega nessa cidade de sete milhões de habitantes perseguindo um único fantasma. Enquanto eles atravessam a noite em direção à cidade infinita, ela pode sentir. Seu pai está aqui, escondido em algum lugar entre as luzes.

Marilyn

— ELA É SUA NAMORADA? — Justin pergunta ao irmão. Está entre James e Marilyn na sala de cinema escura. Os três já comeram metade do balde gigante de pipoca antes mesmo dos trailers começarem.

Marilyn mastiga um piruá enquanto observa James, à espera da resposta.

— Não — ele diz, e ela sente um aperto no coração, como se uma mão invisível o esmagasse. — Somos amigos.

Justin levanta as sobrancelhas.

— Mas vocês se beijaram?

James revira os olhos.

— Me passa o chocolate — ele diz para o irmão enquanto as luzes se apagam.

Marilyn tenta se concentrar nas propagandas. Ela mesma teria respondido do mesmo jeito, não teria? Mas desde o segundo beijo, três semanas antes, os dois tiveram inúmeros outros, furtivos e ardentes. Começava a se familiarizar com seu humor: como uma flor imprevisível, ele florescia e se fechava de acordo com seu próprio ritmo, o qual Marilyn se esforçava muito para intuir. Nas sessões de estudo aos sábados, às vezes ele mal levantava os olhos dos livros, mas em outros dias só queria conversar — sobre história americana, temas de redação, piadas que os amigos tinham contado.

Quando *A máscara do Zorro* começa com um Z flamejante, Marilyn olha para Justin. Ele não nota, seus olhos estão grudados na tela. Quem retribui seu olhar é James. Ele lhe dá um sorrisinho, o suficiente para tranquilizar seu coração.

O filme é bom, mas o que Marilyn mais gosta é o quanto Justin o adora. Enquanto os dois esperam James sair do banheiro, Justin movimenta uma espada imaginária no ar.

— O único pecado seria negar o que seu coração realmente sente — ele diz em seu melhor sotaque hispânico. Marilyn ri, então ele se inclina e pergunta: — E aí, vocês se beijaram?

Ela assente em confirmação, sem conseguir evitar.

— Eu sabia! — Justin grita enquanto James se junta a eles.

— Sabia o quê? Estão com fome? — ele pergunta.

— Sim! — Justin responde, apesar do balde de pipoca e dos chocolates. Eles param em uma barraquinha de tacos e dirigem até o Elysian Park, onde comem sentados na grama.

Com a barriga cheia e o sol do começo de novembro no rosto, Marilyn observa James e Justin jogando bola até Justin insistir para que entre na brincadeira. Os três ficam ali enquanto o céu começa a escurecer, o prisma da noite deixando-o rosa contra as montanhas. Quando passava de carro por parques daquele tipo com a mãe, Marilyn sempre tinha certa inveja das pessoas fazendo churrasco, comemorando aniversários, batendo em piñatas. Mas agora, com James e Justin ao seu lado, suas risadas ressoando no sol do outono, ela sente algo que não se lembra de já ter sentido, mas que de alguma forma lhe é familiar. É a essência clara e pura da sensação de pertencimento; é ser parte de uma família.

★★★

Quando chegam em casa, o rosto de Marilyn está vermelho. Como achava que só iam ao cinema, não tinha se dado ao trabalho de passar protetor solar pela manhã, e agora os garotos tiram sarro dela, chamando-a de "moranguinho".

— Seus bobos! — ela diz, dando risada enquanto James estaciona.

Mas enquanto ele vai abrir a porta para ela, Marilyn congela. Woody está do outro lado da rua, saindo da picape que acabou de estacionar mal. Ela sabe por seus movimentos vacilantes que andou bebendo — sem dúvida acabou de voltar do cassino —, e também sabe o que o álcool faz com seu temperamento.

— Ainda não posso entrar — ela diz, com a respiração curta, quando James abre a porta. Ele segue seu olhar. Woody não parece tê-los notado, ainda não, mas se forem até o prédio com certeza vai. O coração de Marilyn bate desesperado contra o peito.

— O que foi? — Justin pergunta.

— Vai pra casa — James diz, medindo as palavras. — Fala pra vovó que fui à biblioteca e volto mais tarde.

— Quero ir! — Justin protesta, mas James não deixa.

Enquanto saem com o carro, James olha para Marilyn.

— O que foi?

— É só meu tio… Ele não quer que a gente se veja, sei lá por quê. E ele bebe às vezes, e fica… difícil.

— Eu sei.

— Sério?

James olha pelo para-brisa.

— O cara é um idiota — finalmente diz.

— Como você sabe?

Marilyn tenta controlar a ansiedade crescente.

— Faz uns anos que ele voltou bêbado pra casa e bateu no carro da minha avó, que estava estacionado. Por isso o amassado na lateral. Ela foi bem tranquila, mas pediu pro seu tio pagar pelo conserto. Ele se recusou e ficou tentando culpar minha avó, falando que ela tinha estacionado errado. Meu avô ficou puto, claro, e foi falar com ele no dia seguinte. Woody disse coisas horríveis.

— O que ele falou?

James olha para Marilyn e sacode a cabeça.

— Nada que eu queira repetir. Tentamos botar o cara pra fora do prédio, mas não deu certo. E desde então ele é péssimo com a gente. Chamou a polícia no ano passado quando fizemos uma festa de aniversário pra minha avó. Era só a família, um bando de velhinhos. Eles arrombaram a porta e começaram a revirar a casa em busca de drogas, aparentemente por sugestão de Woody. Quando enfim aceitaram que não tinha nada e foram embora, o lugar já estava uma zona.

— Eu não tinha ideia. Sinto muito — Marilyn disse, com o peito apertado. Uma raiva ardente de Woody, perigosamente ardente, queimava ali dentro.

— É... é bem zoado.

— Não consigo acreditar que sua família tenha sido tão simpática comigo aquele dia.

— Não é culpa sua se mora com o cara... Eles provavelmente se sentiram mal por você.

Um silêncio desconfortável se impôs enquanto James dava voltas pela vizinhança.

— O que quer fazer? — ele acabou perguntando.

Marilyn deu de ombros. Ela se sentia mal, doente de culpa.

— Acho que podemos voltar. Ele já deve ter entrado.

James a olha por um momento, então, em vez de virar na direção de casa, pega a Washington para a esquerda e depois a estrada para a praia.

Às NOVE DA NOITE, A PRAIA PARECE AMPLA E PRIVADA. Há algumas pessoas dispersas — alguém correndo, um homem dormindo na areia, um grupo de garotos numa rodinha provavelmente dividindo um baseado —, mas elas parecem irreais a Marilyn, parte do pano de fundo. Como se só houvesse ela e James. Ele oferece sua blusa, e ela aceita, ainda que fique grande demais. Marilyn sente seu cheiro, misturado ao do sal e da água do mar, e é como se pudesse respirar de novo. Ela tira o tênis e corre na direção da água, deixando Woody, a ansiedade e a raiva para trás.

James vai até ela e pega sua mão.

— É tão silencioso — Marilyn sussurra.

— É a melhor hora de vir à praia. Venho sempre que preciso sair de casa. Vou te mostrar meu lugar preferido — ele diz.

Os dois caminham à beira-mar, as ondas deixando a areia manchada e refletindo as luzes dos aviões passando. Ela para e pega uma concha, a menor que já viu, então a guarda no bolso da blusa.

James leva Marilyn para debaixo do píer, com as velhas tábuas de madeira fazendo sombra. Sem dizer nada, ele senta e apoia as costas em um dos alicerces de madeira, com a água iluminada pela lua à sua frente, tocando o céu noturno. De repente, suas mãos estão nos ombros de Marilyn, puxando-a para mais perto, e sua boca encontra a dela. Marilyn consegue se segurar com James, lindo como é, beijando-a — o cheiro inebriante do seu corpo, seus lábios cheios nos dela —, mas é a necessidade quase infantil que ele demonstra que a derruba. Nesse momento, Marilyn quer dar tudo a ele — toda a bondade que existe dentro de si, todo o encanto que reside no mar ecoando em seus ouvidos, na curva do horizonte aberto, visível através das tábuas de madeira. Não é só um beijo, Marilyn pensa. É o único beijo que já mudou alguma coisa.

James enfia a mão sob sua blusa e toca a barriga dela. Ela arqueia as costas. Ele beija seus seios. Marilyn quer mais, só que não sabe por onde começar. Ela solta um gemido leve e morde gentilmente seu pescoço. Seu corpo começa a se mover como as ondas, se afastando devagar, para então rebentar contra James. Marilyn quer seguir em frente. Ela *quer*.

É James quem se segura, começando a sorrir entre os beijos, até que se afasta e diz:

— Estou com fome, e você?

Marilyn assente, mas, caminhando na areia, parece incapaz

de se recuperar da ausência conforme ele volta a vestir sua pele impenetrável. Ela quer o risco, a falta de limites claros de quando seus corpos assumem o controle.

Os dois param numa barraquinha, a única coisa aberta àquela hora, onde uma garota parecendo entediada com uma cartola listrada entrega para eles batatas fritas e salsichas empanadas no espeto. James e Marilyn sentam num banco. Ela come rápido demais. Suas bochechas queimam, talvez por causa do dia ao sol, talvez pelo desejo reprimido.

De repente, ela deixa escapar:

— Você já beijou alguma das outras vinte e nove garotas lá no píer?

— Oi?

— Bom, seu irmão disse que já tiveram outras vinte e nove. Sou a trigésima, então? É um bom número. Número da sorte?

Marilyn sente algo ruim espreitando em sua voz — insegurança, medo, um estranho pavor. Quer refrear isso, mas não consegue.

Ele olha para ela por um longo momento.

— Não, não beijei nenhuma delas lá.

— Mas é verdade? Você beijou tantas garotas assim?

— Não contei. E qual é a importância disso?

Ela não sabe.

— É o meu lugar. Pra onde eu vou sozinho — James finalmente diz.

— Ah.

— Foi minha mãe quem me mostrou.

Ele tinha compartilhado algo importante com Marilyn, mas ela estragara tudo.

— Bom, eu... eu adorei — ela diz, sem conseguir fazer sua voz soar tão sincera quanto estava sendo.

James sorri para ela, não do jeito reluzente de sempre, mas de um jeito contido, sem se entregar, e lhe dá um beijo rápido na testa. É como se as portas atrás de seus olhos tivessem se trancado.

— Melhor a gente voltar — ele diz.

— Tá.

Ela vira para o mar, como se tivesse as respostas. Mas, à distância, é só uma massa escura, sangrando no céu noturno, tocando a costa.

★★★

Quando ela chega ao apartamento já são mais de dez. Woody dorme no sofá e Sylvie recolhe a louça do jantar, ainda com a roupa de trabalho. Ela se assusta ao ver Marilyn.

— Onde você estava? Seu rosto! O que aconteceu?

— Nada, mãe. Eu só me queimei quando estava no parque.

Marilyn tenta escapar para a segurança do quarto, mas Sylvie a segue.

— Ellen ligou. Ela marcou as fotos para o book novo na quarta. Você não pode aparecer assim. O que vamos fazer?

Marilyn suspira.

— Vou passar bastante hidratante. E cobrimos com maquiagem se não melhorar.

—Você vai descascar. Você precisa... Você tem que saber suas prioridades, Marilyn. Eu... — Sua voz baixa para um sussurro. —Você estava com *ele*?

— Quem é "ele"?

—Você sabe! — Sylvie sussurra de volta, incisiva.

— Ele tem um nome. E sim, eu estava com James.

— Achei que tivesse dito para ficar longe dele!

Marilyn esconde as mãos cerradas nas mangas do moletom de James.

— Não, você não disse. E não vou fazer isso. Você só disse para não deixar que Woody soubesse, o que estou tentando fazer. Mas não consigo acreditar... Eu não sabia o que ele tinha feito com a família de James.

— E o que ele fez?

— Ele bateu no carro deles e falou tanta bobagem que James nem teve coragem de repetir. Chamou a polícia quando estavam dando uma festa de aniversário para a *avó*. Eu sabia que Woody era complicado, mas não que...

— Não quero ficar aqui tanto quanto você, mas se odeia tanto assim devia se concentrar menos em James e mais na sua carreira.

Não seria sua mãe a ajudá-la a processar tudo. Marilyn respira fundo.

— Sei que não temos para onde ir, então vou tentar não causar problemas com Woody. Mas James é meu... meu amigo, e isso não vai mudar.

Sylvie sai do quarto com a postura enrijecida.

Ela volta alguns minutos depois, com um copo de leite

que insiste em passar no rosto de Marilyn. (*Que nojo*, ela pensa.) No dia seguinte, Sylvie não deixa que vá à escola e aplica uma máscara em seu rosto que é uma mistura de pepino, chá preto e mingau de aveia. Quando o dia das fotos chega, seu rosto está claro de novo, e sua pele nova e frágil está pronta para o trabalho.

MARILYN ENCARA A CÂMERA, SEM EXPRESSÃO. Ela obriga o cérebro a produzir apenas estática, ruído branco. Segue as instruções. Sorri. Parece audaciosa. Troca de roupa. Deixa que a fotografem de lingerie. Inclina as costas, desloca o quadril, leva as mãos ao cabelo. Imagina que são as mãos de James, e ruboriza um pouco.

— Isso! Essa foi ótima — o fotógrafo diz.

Ela veste o moletom de James e ouve Sylvie agradecer o fotógrafo.

—Você descobriu uma nova maneira de estar em seu corpo — a mãe diz a Marilyn quando elas saem. A garota imagina que esteja certa: James despertou cada nervo dentro dela. Mas, desde sua última noite juntos, Marilyn sente que esses nervos estão à flor da pele, esperando ansiosamente por seu toque.

Quando volta ao apartamento, Sylvie abre a caixa de correio e leva a correspondência para dentro. Ela deixa as contas de Woody na mesa, fica com os folhetos de propaganda para recortar cupons, separa a revista *People* que foi entregue no endereço errado e passa um envelope a Marilyn.

— É pra você — diz, tentando soar indiferente.

Marilyn olha para o remetente: Conselho Universitário. Ela leva o envelope para o quarto e, assim que fica sozinha, abre.

Ela foi bem. Foi muito bem! A primeira coisa que passa pela sua cabeça é que precisa ver James. Ele deve ter recebido o resultado também. É exatamente do que eles precisam, Marilyn pensa — algo para comemorar juntos. Ela procura uma desculpa para sair de casa, mas acaba desistindo e só diz para a mãe:

— Já volto.

Sylvie levanta os olhos da *People* que começou a folhear. Depois de um tempo, só assente e volta a ler.

Marilyn desce os degraus correndo e bate na porta de James. Rose atende, usando um agasalho rosa.

— Entre, querida — ela diz, abrindo espaço para a garota.

— James está?

— Deve chegar daqui a uma meia hora. Mas pode ficar esperando se quiser. Ele foi ao mercado comprar frango para o jantar, e Justin foi junto, claro. Não importa aonde James vá, ele sempre quer ir também.

Marilyn segue Rose até a cozinha, onde serve dois copos de limonada.

— Justin também gosta bastante de você — Rose diz, com um sorriso infantil. — Acho que torce para que você e James comecem a namorar. Mas é preciso tomar cuidado com aquele lá — ela avisa. — Ele tem um bom coração, mas não é dos mais constantes. Sabia que não falou por um ano inteiro depois que a mãe morreu? Faz tempo, claro, mas mesmo assim... James está indo bem agora, mas ainda sente falta dela.

Marilyn só assente, surpresa e um pouco assustada com a franqueza de Rose.

Como se tivesse lido sua mente, Rose diz:

— Sei pelos seus olhos que posso confiar em você. Que não é como seu tio. Sempre tive esse poder, desde pequena. Podia ler as pessoas, saber quem era bom e quem não era, em pouquíssimo tempo.

Rose coloca cookies num prato antes de ir para outro cômodo. Ela volta carregada de álbuns de fotografia.

— Tenho um para cada ano — ela diz. — Desde 1956, quando casei com Alan. A mãe deles, Angela, veio um ano depois. Só tivemos ela. — Rose folheia rapidamente os álbuns. — Estas aqui são de James quando bebê.

Marilyn folheia o álbum que Rose lhe estende. É como ler a história da infância de James. Ela é arrebatada pela beleza da mãe dele, segurando o recém-nascido; seu rosto sereno, aberto, parece brilhar apesar da foto antiga e desbotada. Há também uma de James no colo do avô. James usando orelhas de Mickey na Disney, James com as bochechas inchadas antes de soprar a velinha em seu aniversário de três anos, James na banheira. Marilyn quer pegar o bebê em seus braços, mantê-lo perto para sempre. Em outra foto, James está nos ombros de um homem, sorrindo. Só pode ser o pai; Marilyn reconhece o formato da boca, o jeito familiar como inclina a cabeça para o lado.

— Eles se separaram — Rose explica. — Quando Angela estava grávida de Justin. Agora ele mora no Texas com a segunda mulher e duas filhas. Os meninos o visitam no verão. Graças a Deus, quando Angela morreu, ele não brigou com a gente pela guarda. Não sei o que faria sem meus netos. São o motivo pelo qual levanto da cama todas as manhãs desde que a perdi.

Marilyn vira a página e encontra uma foto de James descansando a cabeça no ombro da mãe. Parece tão inocente, tão satisfeito. Como se soubesse que sempre estaria seguro.

Então a porta da frente abre. James e Justin entram, carregando as compras. James para ao ver Marilyn.

— Oi — ele diz, com a voz contida.

— Estava só mostrando meus álbuns para sua amiga — Rose diz, sorridente.

James espia por cima do ombro de Marilyn a foto com a mãe. Marilyn tenta encontrar seu olhar, mas ele está com a expressão impenetrável. Começa a guardar as compras. Justin, por sua vez, se junta a elas.

— Cadê as minhas? — ele pergunta. — Você mostrou as fotos de quando eu nasci?

Marilyn não sabe se deve ir atrás de James. Justin tem um álbum aberto nas mãos e aponta para uma foto dele quando bebê, nos braços do irmão.

— Uau — Marilyn diz para Justin, que mantém os olhos ansiosos nela. — Você era muito, muito fofo.

Justin segue em frente e encontra uma foto dele maiorzinho com um capacete de beisebol de plástico.

— Essa é de quando eu ganhei o campeonato.

Ele vira as páginas do álbum até encontrar uma foto de estúdio de James, Justin e a mãe, com polos vermelhas combinando. E depois outra de James, com uns onze anos, de pé ao lado dele, com cinco ou seis, ambos vestidos de Tartarugas Ninja no Halloween.

— Quem você era? — Marilyn pergunta a James quando ele entra.

— Michelangelo — Justin se adianta para responder. — Mas sou *eu* que pareço o Michelangelo. Ele é o Donatello.

James não diz nada, só sai para buscar o bebedouro dos beija-flores. Ele o enche e devolve ao lugar.

Quando volta e fecha a porta, Marilyn acha que emana certa raiva.

Ela vira para ele.

— Desculpa, eu só... É que recebi minhas notas e queria... Eu me empolguei e vim direto pra cá. Achei que teria recebido as suas também.

— Chegou alguma coisa? — James pergunta à avó, com a voz neutra. Ela aponta para uma pilha de correspondência sobre a mesinha perto da porta. James a revira até encontrar o envelope que está procurando e o abre com cuidado. Pelo rosto dele, quase inexpressivo, mas com um traço de medo nos olhos, Marilyn acha que não foi bem.

Ele entrega o papel a ela. Quase gabaritou.

— James — ela diz, baixo. — Isso é incrível. Parabéns. Estou muito feliz.

Ele só assente.

— Bom, obrigado por me ajudar a estudar. Você foi bem?

— Fui. Quer dizer, não tão bem quanto você, mas fui.

Rose e Justin os observam, curiosos.

— Foi só uma prova que fizemos — James explica. — Para entrar na faculdade.

Rose assente.

— Ele puxou à mãe. Ela era brilhante também.

— Pra qual faculdade? — Justin pergunta, com a testa franzida.

— Ainda não sei. Vó, precisa de ajuda com o jantar?

— Você pode descascar as batatas? E você, Marilyn? Janta com a gente?

Ela olha para James, que não retribui o olhar.

— Não — ela diz. — Obrigada, eu adoraria, mas é melhor eu voltar para casa.

É a última coisa que quer, mas o que pode fazer? James não a tinha chamado. Parece estar fechando todas as portas; ela quase pode ouvir os ecos delas batendo.

Marilyn se lembra de que vai embora em menos de um ano — no máximo nove meses. Sozinha. Para começar sua vida. Sua própria vida.

Mas quando, uma hora depois, sente o cheiro do frango de Rose chegando em seu quarto depois de ter comido só um sanduíche de queijo, é tão gostoso, tão parecido com um lar, que ela quase chora.

No dia seguinte, os ventos de Santa Ana começam. Nas palavras de Joan Didion, "levando as montanhas e os nervos aos limites". Vidros chacoalhando, galhos caindo, sirenes dia e noite. Poeira nos olhos de Marilyn enquanto espera o ônibus da escola. Poeira na boca. Só um relance de James através da janela gradeada, andando na calçada, protegendo o rosto com as mãos. Venta demais para abrir o vidro, então ela não pode nem ouvir sua música à noite. É errado dizer que o tempo não muda na Califórnia (Joan Didion apontou isso, e Marilyn concorda). É preciso conhecer a cidade, viver de acordo com seu ritmo imprevisível, entender como acaba penetrando e correndo em suas veias. "O vento nos mostra como estamos próximos da beirada." Uma briga no corredor da escola. O som de vidro quebrando em casa. Marilyn abre uma fresta da porta do quarto para espiar a mãe, que recolhe os cacos da garrafa de cerveja de Woody. Não sabe se foi um acidente ou não. Ele abre outra. Marilyn sente o vento no rosto, imagina a paisagem do seu corpo pegando fogo. O clima é de desastres. Machuca.

Quando o sábado finalmente chega, Marilyn passa com cuidado por Woody, que não tira os olhos da tela do computador, e fica sentada nos degraus, protegendo-se com as mãos, com uma echarpe cuidadosamente amarrada no pescoço, enquanto espera James. Consegue sentir o vento secando seus olhos, sente seu gosto.

Ela não sabe quanto tempo fica ali, mas é o bastante para se dar conta de que James não vai aparecer. Ainda assim, não consegue simplesmente dar as costas e voltar para o apartamento de Woody. Sente um caroço no peito se inflar de raiva a ponto de explodir. Algo pequeno e abandonado dentro dela diz: *Não, você não pode me deixar.*

Ela por fim levanta e bate na porta dele.

James demora para atender.

— Oi.

— Oi.

— Desculpa, não sabia se eu podia ir te avisar com essa coisa toda do seu tio, mas não posso ir à biblioteca hoje. Tenho que cuidar de um monte de coisa aqui em casa. Minha avó não está se sentindo bem.

Para que James não ouça sua voz vacilar, ela só assente, vira e vai para casa.

★★★

Quando Marilyn acorda no domingo, o vento passou, restando apenas vestígios de sua presença — folhas de palmeira empilhadas nas ruas, galhos quebrados, embalagens de comida presas aos arbustos de flores. A cidade precisa de chuva, algo que limpe o ar, e não o sol forte que agora rege o céu. Ela abre a janela e pega os livros da escola, tentando se concentrar em *As vinhas da ira*.

Não ouve nada de James até o fim da tarde, quando o ritmo familiar de seus passos chega pela janela. Ela o observa sair de short de ginástica e começar a correr — como se um tigre o perseguisse — assim que pisa na calçada.

Marilyn não troca o short de algodão e a camiseta velha com que está. Só coloca o tênis e corre para o ponto do parque em que o encontrou alguns meses atrás. Ela ouve a própria respiração irregular e sente as bochechas tão rosadas quanto as nuvens no crepúsculo quando chega e o vê dando tiros de velocidade na pista, competindo com um fantasma, com sua sombra, com o sol ardente, parecendo brilhar mais do que os focos de incêndio nas montanhas — uma das consequências dos ventos.

Quando James se curva para descansar, com as mãos apoiadas nos joelhos, Marilyn se aproxima. Seus olhos se encontram. Ele respira tão alto que o som parece ecoar por todo o corpo dela. Enquanto Marilyn procura as palavras certas para derrubar o muro entre os dois, observa a silhueta de seu bíceps contraído com a tensão de suas mãos cerradas, seus belos olhos atentos atrás das portas fechadas.

Ela fica na ponta dos pés e o beija, tentando posicionar

o rosto no ângulo certo. Ele retribui o beijo, e a faísca ainda está ali, com toda a certeza, mas de alguma forma os dois não conseguem se entregar com tanta facilidade quanto antes.

James se afasta e dá uma olhada no relógio. Marilyn se dá conta de que o descanso entre os tiros já se prolongou demais.

— E aí? — ele pergunta.

— James, qual é o problema? — ela retruca, com a voz revelando a ameaça de choro.

— Como assim? — ele diz, mas mal soa como uma pergunta.

— Sinto muito — Marilyn finalmente diz. — Por Woody. E pelo dia na praia, quando você me mostrou aquele lugar. Eu amei. Sinto muito, eu só... Às vezes só quero você demais. Tipo, quero tanto que fico com medo e... e disse a coisa errada.

— Não se preocupe — James diz, dando um beijo rápido na testa dela.

Mas não é o bastante.

— Não entendo o que está acontecendo com você... com a gente — Marilyn solta.

Ele olha para a névoa quase invisível à frente do sol se pondo em vez de encará-la.

— Por que você foi tão esquisito quando passei na sua casa? — ela insiste.

—Você não pode simplesmente abrir a porta e entrar na casa de alguém assim — James diz, parecendo distraído.

— Nem todo mundo pertence a um lugar, como você — Marilyn exclama. — Nem todo mundo tem uma família perfeita. Desculpa se estava gostando de ficar com a sua avó. Ela me convidou para entrar.

— *Família perfeita?* Minha mãe morreu. Meu irmão mal a conheceu, e só passamos duas semanas por ano com meu pai. E você não estava só conversando com ela. Estava vendo minhas fotos de infância, fotos minhas com a minha mãe, como se fosse um passatempo qualquer.

Marilyn luta contra as lágrimas. À distância, o sol está quase sumindo.

— Eu disse que não queria namorar. Disse desde o começo que não ia ser assim. Nós dois temos outras coisas em que nos concentrar. Você vai embora no ano que vem. Independente do que aconteça, não vamos para o mesmo lugar, então... não parece uma boa ideia se apegar.

Ela sente uma dor aguda no peito, e sua respiração fica curta. É por causa de Woody? Ou ele tem medo porque perdeu a mãe, porque pensa que Marilyn vai deixá-lo também? Ela se pergunta tudo isso tentando compreendê-lo, mas o medo e a dor levantam a voz primeiro.

— Olha, se... se não quer mais ficar comigo, tudo bem. Quer dizer, posso lidar com isso. Não precisa me proteger. — Ela sente algo quente subindo pela garganta. — Mas você não pode simplesmente desaparecer como se não significasse nada. Porque nós dois sabemos que tem alguma coisa rolando, algo importante. Ou pelo menos tinha da minha parte. A gente podia se ajudar. A gente *tem* se ajudado.

Marilyn vira e vai embora quando as lágrimas finalmente escapam dos seus olhos. Ela olha para o céu brando que vem antes do azul-escuro da noite, sente o frescor do outono espreitando no ar. Embora se proíba de olhar de volta para James, pode vê-lo em sua cabeça, correndo na pista, quase na velocidade da luz.

O CABELO DE MARILYN CHEIRA A MAIONESE — mais precisamente a maionese Hellmann's, que tem um cheiro muito particular. Sylvie nunca economiza na maionese para a máscara capilar. Naquela tarde, no meio dos corredores iluminados do mercado, Marilyn sugerira que pegassem uma marca mais barata, já que só a usariam na sua cabeça, mas a mãe rejeitara a ideia.

É um ritual das duas desde que Marilyn era pequenininha: na noite antes de um teste, Sylvie mede uma xícara exata de maionese e passa no cabelo dela, do couro cabeludo até as pontas. Então enrola tudo numa bagunça melequenta no topo da cabeça da filha, envolve em celofane e cobre com uma toalha morna. A primeira vez que elas experimentaram a máscara foi antes do teste para a propaganda do Meu Querido Pônei, e Sylvie concluiu que dava sorte. Apesar de Marilyn ter lavado o cabelo com xampu três vezes depois do tratamento, ainda sente o cheiro que a lembra de um piquenique que se estendeu demais.

Ellen Claro conseguiu um teste para a propaganda de um jeans da Levi's de cintura superbaixa. Ela só vai ter que andar usando a calça e uma miniblusa, explicou. (Depois, uma animação vai fazer com que o umbigo da garota escolhida pareça estar falando, ou melhor, cantando uma paródia de "I'm Coming Out".) Sylvie foi para a cama às nove e mandou que a filha fizesse o mesmo, lembrando-a da importância de seu "sono de beleza" antes do grande dia.

Mas Marilyn está bem desperta pelo que parecem horas, olhando da cama para a lua subindo no céu. Agora só metade está visível no cantinho da janela, escapando para o pedaço de céu mais além. Estamos sempre nos movendo de um ponto a outro, saindo e entrando do campo de visão, mas é impossível notar a olho nu. Quando James se enfiou em seu coração? Que tipo de força gravitacional agora o puxava para longe?

Finalmente, Marilyn acende a luz e pega *Slouching Towards Bethlehem*. Ela o abre no ensaio que deveria ter lido com James no sábado, quando ele não quis ir à biblioteca, e começa a leitura sozinha. "Sobre manter um diário" se revela um dos seus textos favoritos do livro. O trecho que realmente a toca é: "Acho que é uma boa ideia ficar em bons termos com a pessoa que costumávamos ser, quer a consideremos boa companhia ou não. Caso contrário, ela aparece sem avisar e nos pega de surpresa, batendo na porta da mente às quatro da manhã de uma noite ruim exigindo saber quem a abandonou, quem a traiu, quem vai ressarci-la".

Marilyn lê aquelas linhas de novo e de novo; começa a pensar na menina de sete anos no colo da mãe, assistindo a si mesma na televisão com um Meu Querido Pônei novinho em folha. Como tinha ignorado aquela menina, quão facilmente a tinha abandonado. Ela pensa no medo da menina, no desejo do amor maternal. Em como acordava gritando de pesadelos que nem recordava. Marilyn pensa no agente de talentos de Orange County, com seu sofá nojento. Pensa na raiva que sentiu — dele, sim, mas também da mãe, que tinha simplesmente aceitado quando ele dissera que queria trabalhar suas técnicas "em particular"; da mãe, que, quando Marilyn contou que não gostava daquele homem, disse que devia estar imaginando coisas; da mãe, que enrolava o cabelo nos dedos durante as reuniões em que discutia o "potencial" da filha. Marilyn pensa nesse ódio da infância, em como o engoliu e reprimiu. Uma vez ignorado, ele criou um coração próprio, que Marilyn era obrigada a carregar, batendo dentro da própria barriga.

Ela pensa na garota de treze anos tomada pela ansiedade quando seus seios começaram a crescer. A garota que, por um tempo, parou de comer para ver se voltava a ter um peito reto, a garota que não conseguia mais dizer suas falas sem ser tomada pelo pânico.

Ninguém se torna outra pessoa num segundo. Não, os passos para a reinvenção pessoal são lentos. Marilyn pensa na migração para o Oeste — quilômetros infinitos a percorrer, com apenas uma carroça servindo de abrigo. Mas, para quem conseguisse sobreviver, os ventos frios do leste logo se tornariam uma lembrança distante. Estaria em outro lugar, seria outra pessoa.

Ainda assim. O que a mente permite abandonar com o tempo, o corpo não esquece.

Passaram horas? Minutos? Marilyn olha pela janela e não consegue ver a lua. Eventualmente suas pálpebras pesam o bastante para se manter fechadas, e ela começa a afundar na areia movediça do sono.

Até que acorda assustada com uma batida no vidro. Ela senta abruptamente e vê um tênis caindo do outro lado, perto de onde James está na calçada olhando para ela, com um pé coberto apenas pela meia. Seus olhos escuros parecem duas luas brilhantes, de repente visíveis por completo.

Marilyn se sente orbitando-as quando levanta da cama, ainda tomada pelo sono. Ela se troca e abre a porta, xingando baixo quando range como sempre, então vai para a sala. Woody ronca de leve no sofá, com as meias sujas apoiadas no descanso de braço.

Ela passa pelo tapete na ponta dos pés, congelando quando o tio para de roncar e deixa o braço cair.

Finalmente, o ronco recomeça. Marilyn prende o fôlego e se arrisca a abrir a porta da frente, que costuma ranger ainda mais. Por sorte, o ronco continua. Ela sai para a noite e olha para James, que ainda está ali, agora com os dois pés calçados.

— Oi — ele sussurra quando Marilyn se aproxima.

— Oi.

— Não conseguia dormir, então fui correr. Vi sua luz acesa.

— Também não. Mas estava quase conseguindo, antes de você me acordar.

— Desculpa.

—Tudo bem.

— Não, digo, desculpa por ter sido um idiota.

Ela assente. Embora ainda sinta a dor de seu distanciamento, James está bem à sua frente agora, e é o melhor remédio possível.

— Quero te levar num lugar...

Marilyn sente aquilo como uma pergunta, sabe que James está preocupado que não vá aceitar.

Mas ela vai. Não pode resistir a ele; é algo magnético, quase científico.

★★★

Deve ser perto de duas da manhã quando chegam ao parque de Runyon Canyon (fechado à noite) e pulam a cerca, seguindo até a parte íngreme do caminho. O letreiro de Hollywood parece enorme dali, enquanto a montanha abaixo é pontuada de casas e retângulos escuros marcando suas piscinas. James espera por Marilyn enquanto ela passa por cima de um rochedo, com o coração acelerado, os pulmões puxando o ar fresco da noite. Há um leve cheiro de fumaça e água do mar, e da comida chinesa que James carrega junto com um fardo de cerveja.

— Não vira — ele diz. — Não até que a gente chegue lá em cima.

E quando eles chegam, quando ela vira, Marilyn vê a cidade se transformar em algo brilhante e milagroso logo abaixo deles. Carros pequenos formam linhas nas estradas, e as luzes de milhares de casas brilham como estrelas. Desse ponto de vista, com a cabeça apoiada no peito de James, Marilyn finalmente entende o que Los Angeles promete.

— O que é esse cheiro no seu cabelo?

Marilyn faz uma careta e se afasta dele.

— Maionese. Desculpa.

— Maionese?

— Supostamente deixa o cabelo brilhante. É um ritual de Sylvie antes de um teste. Tenho um amanhã.

—Vocês branquelos são uns loucos.

Marilyn ri.

— Minha mãe é mesmo.

James pega duas cervejas e as abre contra a lateral de uma pedra, depois passa um isopor com a comida chinesa — frango *kung pao* e *lo mein* — para Marilyn.

— Não consigo pensar em nada que eu queira menos do que fazer esse teste — ela diz.

— Então por que vai fazer?

— Não sei. Preciso tentar ganhar pelo menos algum dinheiro para deixar para a minha mãe antes de ir embora no ano que vem. — Marilyn toma um gole de cerveja, sentindo o poder liberador do álcool. — E acho que não sei como dizer não a ela.

— Mas e você? Não precisa do dinheiro?

Marilyn dá de ombros e desvia o rosto, de repente esmagada por um desejo avassalador de sair da própria pele.

—Você não fica brava?

— Não sei. Acho que fico, mas também sinto que não deveria.

— Por que não?

— Porque não adianta nada. Não tenho o que fazer com esse sentimento.

— Claro que tem. A raiva pode ser um combustível como qualquer outro.

Eles ficam em silêncio por um tempo. Marilyn fica puxando o rótulo da cerveja.

— Meu primeiro agente, um cara em Orange County, me obrigava a vê-lo se masturbar. — É a primeira vez que diz isso em voz alta, e as palavras parecem nojentas na sua boca. Ela quer cuspi-las, quer se livrar delas. — Tentei contar para a minha mãe, mas ela nem ouviu. Estava ocupada demais esperando que eu me tornasse uma estrela. Então fiquei bem boa em deixar meu corpo, sabe? Ir para qualquer outro lugar. Acho que retornava à nossa antiga vida em Amarillo, antes do meu pai morrer, mas agora mal consigo lembrar como era...

— Foda-se esse cara — James diz, com uma expressão dura. Depois de um tempo, ele estica a mão para tirar uma mecha de cabelo do rosto de Marilyn. — Sinto muito mesmo.

Mas ela não quer sua piedade. Não quer que ele passe a mão em seu cabelo. Marilyn quer que James a deite e beije sua boca, quer se perder nele.

— Não quero que isso mude o que pensa de mim.

— Não muda — James diz. — Mas você não precisa fazer o teste — ele acrescenta depois. — Não precisa fazer merda nenhuma. Está no controle.

— Isso não é bem verdade.

— Sei que é péssimo. Sei que se sente pressionada. Mas você ainda tem uma escolha.

— Acho que sim.

— Seja prática — James diz. — O que vai ganhar com isso? Se conseguir o papel, vai poder usar o dinheiro para comprar uma passagem de avião para o lugar em que escolher estudar? Para cobrir quaisquer custos que uma bolsa de estudos ou um empréstimo não cobrirem? Diga à sua mãe que não vai mais entregar tudo para ela. Que só vai fazer se puder ficar com metade do dinheiro.

Marilyn engole em seco. James a olha por mais um momento, então termina a cerveja e lhe passa a garrafa vazia.

— Quebra.

— Como assim?

— Quebra.

— Hum.

— Você está puta. Dá pra ver. Quebra a garrafa, Mari Mack.

Marilyn olha para ele, sem ter muita certeza.

— Manter toda essa raiva reprimida não é bom pra você. Vai acabar fazendo alguma coisa que vai machucar a si mesma ou outra pessoa, talvez sem intenção. Pensa naquele filho da puta e quebra essa garrafa.

Marilyn a atira com mais força do que achou que tivesse. Ela bate numa pedra, estilhaçando com um som perfeito.

Ela vira o resto da própria cerveja.

— Pensa no cretino do seu tio — James diz, e Marilyn quebra sua garrafa também. Ela começa a gostar da sensação, como se essa raiva pertencesse ao seu corpo.

Marilyn resgata a imagem de uma estrada aberta, terra estéril e um céu infinito, de algum recanto de sua mente. Ela pensa na menina que atravessou aquele deserto com a mãe aos seis anos, em todas as crianças que foi, e pela primeira vez não quer fechar os olhos.

— É bonito, não é? O vidro — ela comenta. — Mas me sinto mal em deixar sujeira.

James tira o resto das garrafas da embalagem de papelão, levanta e a usa para recolher os cacos, colocando-os na sacolinha de comida.

Marilyn deseja poder estar em sua cabeça, ouvir seus pensamentos, ver o mundo com seus olhos.

— No que está pensando? — ela pergunta quando James volta.

— Eu te amo — ele diz.

Marilyn tenta avaliar seu rosto, mas James fica olhando para a cidade lá embaixo, como se fosse um mar distante no qual estivesse se preparando para mergulhar. Mas ele já pulou, não foi?

Ela apoia a mão com delicadeza na bochecha dele e vira seu rosto em sua direção. É justamente a distância entre os dois, Marilyn pensa, que torna sua ligação ainda mais bonita. Ainda que frágil, o fio tênue que os une é feito de ouro. Importa mais que qualquer outra coisa nesse momento.

— Eu também te amo.

Ela não sabe se é verdade, ainda não, nem sabe se entende o que é o amor — mas não importa. Marilyn sabe que pode amá-lo. Tem certeza de que vai.

Angie

Acaba de passar das onze da noite quando Angie e Sam chegam na casa do primo dele, mas a vizinhança está desperta. Eles estacionam mais adiante na rua, ao lado de uma fileira de palmeiras. Para Angie, as árvores parecem incríveis e exóticas; surpreende-a que cresçam bem ali, entre os prédios e o mercadinho da esquina. *Amo Los Angeles*, ela pensa ao sair do carro para a escuridão da cidade, amenizada pelos postes de luz, faróis e letreiros de neon dos bares à distância. Uma sirene passa; o som de "Angels", de Chance the Rapper, sai alto de um carro caindo aos pedaços estacionado perto deles. Angie parece sentir o cheiro do mar no ar quente da noite, ainda que esteja a quilômetros de distância.

Sam pega as malas dos dois.

— Eu levo — ela oferece.

— Não precisa — ele responde. Angie não insiste.

Sam se dirige a um prédio com janelas arqueadas e uma

escada de incêndio enferrujada do lado de fora. Ele vai até a lateral e bate numa porta. O homem que atende — se é que se pode chamá-lo de homem, aos vinte e quatro anos — tem alguma semelhança com Sam, embora seja bem mais baixo e forte.

— Primo! — Ele abraça Sam e dá tapinhas em suas contas, então vira para Angie com um sorriso simpático. — Sou Miguel.

— Angie.

Miguel deixa que entrem, e a primeira coisa que Angie nota é que algo delicioso parece ter sido feito há pouco tempo, porque o cheiro do tempero continua no ar. Seu estômago ronca.

— Muito bem — Miguel diz ao primo com um sorriso. — Esta é sua *mamacita*?

Um momento de silêncio desconfortável se segue. Sam finalmente sorri.

— Somos só amigos.

Miguel ergue as sobrancelhas.

— Mas ela era a menininha pra quem você levava todas aquelas conchas?

Angie estranha o fato de ser chamada de menininha — com certeza é mais alta que Miguel —, mas está distraída recordando a dor daquela noite, um ano antes, em que Sam voltou de Los Angeles com a coleção de conchas — a noite em que eles tinham transado, a noite em que ela tinha ido embora.

Miguel fala antes que Angie consiga encontrar as palavras certas.

—Tá, entendi, é "complicado" — ele diz, fazendo as aspas no ar. — A viagem foi longa, depois falamos disso.

— Tenho que mijar — Sam diz, deixando Angie sozinha com Miguel na sala.

— Bem-vinda à minha humilde casa — Miguel diz.

O apartamento é bem pequeno e tem paredes de gesso, mas é cheio de vida e cor. Há fileiras de garrafas de coca vazias com uma única flor de papel em cada à beira das janelas; o carpete cinza é valorizado por tapetes de estampa mexicana. Uma das paredes está repleta de anotações, desenhos, bilhetinhos de biscoitos da sorte. Na parede oposta há um mural do rosto lindo e melancólico de uma mulher emergindo de uma cama de rosas prateadas. Um espinho fez um corte sob seu olho, e uma lágrima de sangue corre por sua bochecha.

— Sou eu.

Angie vira e depara com uma jovem na faixa dos vinte vindo pelo corredor. Ela tem cabelo vermelho bagunçado, e usa brincos de argola, legging e uma camiseta larga.

— Não se preocupe. — Ela ri. — Não pintei um mural de mim mesma na sala. Foi Miguel.

Angie assente.

— Não moro aqui — a jovem continua, com outra risadinha —, embora o mural faça eu me sentir em casa.

— Como se você já não se sentisse — Miguel diz. — Pode não pagar aluguel, mas está sempre aqui.

Ela dá um tapinha no ombro dele.

—Você gosta do toque feminino.

Miguel vira para Angie e diz, animado:

— Angie, essa é Cherry. Caso ainda não tenha percebido, estou loucamente apaixonado por ela, mas ela se recusa a morar comigo, ainda que a gente esteja namorando desde a faculdade.

— Sou tradicional. Só casando — ela brinca. — Ou se fizer uma tatuagem igual à minha.

Cherry estica a mão para Angie e a vira para mostrar a parte interna do pulso, que tem uma tatuagem de duas cerejas presas pelo cabo.

— Caso eu esqueça meu nome.

Sam volta, e Cherry corre para lhe dar um beijo.

— Meu primo preferido chegou! — ela exclama, bagunçando o cabelo dele.

— Oi, Cerejinha — Sam cumprimenta, sorrindo.

Miguel está na cozinha, abrindo cervejas Dos Equis e enfiando cunhas de limão no gargalo. Ele as distribui. Angie prova timidamente, gostando das bolhinhas estourando na língua.

— Querem comer? — Miguel pergunta.

Angie assente. Está morta de fome.

— Guardei comida pra vocês.

Pouco depois, estão todos sentados à mesa comendo *mole* de frango.

— É a melhor coisa que já comi na vida — Angie diz. — Sério.

— Gostei dela — Miguel diz a Sam. — Tem certeza de que não estão juntos?

Sam ignora e explica para Angie:

— Ele trabalha num food truck de tacos.

— Só de dia. — Miguel sorri. — Pros engravatados em hora de almoço.

Eles conversam. Angie descobre que Miguel foi contratado para fazer um mural na lateral de um novo estabelecimento de comida saudável em Melrose, e Cherry tem um estágio não remunerado na rádio pública da cidade. Para ganhar dinheiro, também trabalha no bar de uma pequena casa noturna. Sob efeito da cerveja, Angie se sente num país estrangeiro, onde a vida real acontece. Por um momento, quase esquece a mãe sozinha em casa, a ansiedade por não saber como encontrar Justin, a dúvida se vai conhecer o pai.

— Só temos um sofá-cama — Miguel diz. — Se virem.

Ele entrega lençóis e cobertores para os dois e vai para o quarto. Cherry dá um beijo no topo da cabeça de Sam e de Angie antes de ir atrás.

— Posso dormir no chão — Sam oferece.

— Eu durmo. Você já me trouxe, não vou roubar sua cama.

— Não quero ser o babaca que deixa a garota dormir no chão.

— Podemos dividir a cama — Angie finalmente diz —, não tem problema. Só vamos dormir, não tem nada de mais.

Sam a encara por um longo momento, até que ela finalmente vai ao banheiro colocar o pijama verde listrado que a mãe comprou na Target.

Quando volta para a sala, Sam já arrumou a cama, e Angie

se enfia rapidamente debaixo das cobertas enquanto ele desaparece no corredor. Ela ouve a água correndo e lembra das discussões de mentirinha que tinham quando Sam mantinha a torneira aberta enquanto escovava os dentes.

Angie pega o celular e olha para a tela apagada. Precisa saber se Justin ligou de volta, se mandou um e-mail. Seu coração acelera conforme o liga.

Há apenas uma mensagem, da mãe. *Você está bem?* Nada mais. Estava esperando recados em pânico, uma enxurrada de mensagens. Será possível que Marilyn simplesmente... a deixou ir? Angie se sente nauseada ao responder um simples *Sim*.

O balãozinho indica que a mãe está escrevendo. Angie espera. Então ele desaparece. No que Marilyn está pensando? O que escreveu e apagou? O balãozinho ressurge e, depois do que parece ser uma eternidade, vêm as palavras: *Quero que confirme todos os dias que continua bem*. Angie responde: *Tá*. E é só isso. Nada de balõezinhos, de declarações de amor, de manifestações de raiva ou qualquer outra coisa. Angie tenta imaginar a mãe em casa. Será que está fazendo pipoca para assistir a um filme sozinha? Será que a casa parece vazia sem ela, silenciosa demais? Na ausência da filha, será que Marilyn sente os fantasmas? Angie pensa em escrever "Boa noite, durma bem. Te amo mais que o infinito ao quadrado", que é o que diz à mãe todas as noites desde pequena antes de dormir. Mas ela não faz isso; não pode dizer algo sem dizer tudo.

Angie confere as mensagens de voz de novo, esperando que um recado de Justin tenha magicamente aparecido, mas não. Ela desliga o celular e encara a parede, fingindo já estar dormindo quando ouve Sam sair do banheiro. Angie sente o colchão afundar quando ele deita ao seu lado na cama. Os faróis dos carros passando na rua enchem a parede de sombras, lembrando-a das velas da mãe. O som de "Friends", de Francis and the Lights, entra pela janela. *"Remember who you know…"* A música some conforme o carro se distancia. Vozes abafadas de outro apartamento. Uma sirene. Finalmente, Angie adormece. Ela acorda no meio da noite com o peso do braço de Sam em seu corpo. Quando vira, ele está com a boca entreaberta e as pálpebras fechadas, dormindo. Ela o observa por um momento, então, sem querer acordá-lo, sem querer que se afaste, ajeita o próprio corpo com cuidado. Fica deitada naquela posição, totalmente desperta, com a respiração curta, por horas.

Angie dorme de novo. Quando abre os olhos para a luz da manhã, o lado de Sam na cama está vazio. Ela ouve vozes na cozinha e sente cheiro de café.

— Garota, acho que você continuaria dormindo mesmo se um carro atravessasse a parede — Miguel diz quando ela entra e depara com os dois primos terminando de tomar café. Ele lhe passa uma xícara. — Vamos pra praia. Topa?

Angie olha para Sam.

— Na verdade, tenho que… Estou procurando alguém.

— Ah sim, Sam comentou. Seu tio, né? — Miguel pergunta.

Angie assente e liga o celular para ver se Justin entrou em contato, mas tudo o que encontra é um meme de Lana: a imagem de Napoleon Dynamite com a legenda "Não tenha inveja porque fiquei o dia todo falando com gatinhas na internet". Está preocupada demais até para rir.

Se um dos telefones em que deixou mensagem fosse do Justin certo, ele já teria entrado em contato, não? Ia querer encontrá-la. Então talvez o seu Justin fosse um dos três de quem tinha apenas o endereço. Só podia ser. Mas e se não conseguisse encontrá-lo? E se... e se ele estivesse viajando, ou coisa pior?

— Falou com ele? — Sam pergunta.

— Ainda não. Se você for pra praia com eles, posso usar seu carro? Tenho alguns endereços pra visitar.

— Não vou deixar você entrar na casa de estranhos sozinha — Sam responde.

Miguel ergue a sobrancelha.

— Não tem problema, Sam. Vou tomar cuidado.

— Angie. É maluquice.

O rosto de Angie se contorce com o sentimento de urgência.

— Vou de ônibus então. Ou Uber.

— Puta merda! — Sam explode. — Por que não pode ir pra praia com a gente? Podemos procurar Justin depois. Achei que você quisesse conhecer Venice.

A respiração de Angie acelera, descontrolada. Sam não entende. Não é uma busca qualquer.

Ele suspira.

— Tá bom — Sam diz, antes que Angie consiga responder. — Vamos visitar esses endereços e depois vamos para a praia. — Ele vira para Miguel. — Encontro vocês lá.

— Obrigada — Angie diz, baixo.

O SOL DO MEIO-DIA QUEIMA LENTAMENTE através da névoa que cobre a cidade. Sam explica que é uma massa de ar vinda da praia que nas manhãs de verão se estende pelo continente. Ela confere à luz uma suavidade dormente enquanto dirigem para o MacArthur Park, passando o Sunset Boulevard. Um homem usando uma camisa que deixa a barriga à mostra atravessa a rua; uma jovem corre pela calçada lotada com um buldogue; um menino de fone de ouvido dança num farol, fazendo propaganda de uma loja; as palmeiras observam tudo isso.

— Bom, esta é Hollywood — Sam diz. — Não é exatamente glamorosa.

Mas, para Angie, é. Ela sente que a Los Angeles pela qual dirigem contém tanto a cidade do presente quanto a de seu passado invisível, aquela em que seus pais se apaixonaram.

— Não consigo acreditar que eu nunca tinha saído do Novo México — ela diz para Sam, que pega uma saída.

Sam olha para ela, que o sente amolecer. Ela abaixa o vidro. Rihanna está cantando "Higher" no rádio, e Angie ama o tom de saudade em sua voz, sente-o por todo o corpo. Eles aceleram em direção às possibilidades, a um homem que pode ser seu tio. *Tio Justin.* Angie testa as palavras mentalmente conforme se inclina na direção da janela, deixando que o ar preencha seus pulmões.

Ela pensa na vez que foi acampar com a mãe quando era pequena, no sentimento de liberdade enquanto dirigiam pelas montanhas, com as janelas abertas e o cheiro dos pinheiros descendo pela garganta conforme punha a cabeça para fora e abria a boca para cantar as músicas infantis que tocavam no som do carro.

Quando Sam sai da estrada vinte minutos depois, a névoa se dissipou; o sol brilha insistente sobre o amplo bulevar, com palmeiras e centros comerciais enfileirados. O primeiro Justin Bell da lista mora em Reseda. Angie olha pela janela e brinca sozinha de contar os lava-rápidos (cinco) e as esmalterias (sete). É um modo de acalmar os nervos, que se descontrolam cada vez mais conforme se aproximam. Tem o costume de contar desde pequena: estrelas no céu, postes na estrada, sardas no rosto pálido da mãe. Quando tinha dez anos, propôs-se a contar as folhas do olmo atrás da casa nova delas. Deitada, ia de galho em galho, marcando onde tinha parado quando a mãe a chamava para jantar. Aquilo a acalmava, tornando seu mundo algo que podia ser apreendido. Um mundo formado por 7 505 201 954 pessoas (da última vez que tinha conferido).

Quantas delas estão com a estranha sensação entre a esperança e o medo? Quantas estão prestes a conhecer alguém que pode mudar toda a sua vida?

Sam vira à esquerda e para na Valero Street número 8956. É uma casa térrea de estuque cinza, com um velho Ford vermelho estacionado na garagem e uma arvorezinha vergada no jardim. Angie meio que esperava ver o garoto das fotos sentado nos degraus chupando um picolé, mas o lugar está vazio.

Sam desliga o motor.

— Chegamos.

—Vou ser rápida. Volto logo.

Sam fecha os olhos. Ele os mantém assim por um longo tempo, e Angie não tem certeza se deve ou não sair do carro. Finalmente, com os olhos ainda fechados, ele diz:

— Então sou só seu motorista?

— Quê?

—Trago você até aqui em vez de ir pra praia e você quer que eu espere na porra do carro?

Angie se esforça para segurar a resposta automática: *Eu não pedi que você viesse. Podia ter pego um Uber.* O que ela diz é:

— Muito obrigada por ter me trazido. Mas… se for ele… é algo que preciso fazer sozinha. Quer dizer, seria a primeira vez que eu veria meu tio.

—Tanto faz — Sam diz. —Vai em frente.

Angie tenta pensar em algo para dizer, algo que melhore as coisas, mas sua garganta está fechada. Ela só vê o sol brilhando através do para-brisa, o fato de que a casa pode ser do tio. Finalmente, abre a porta e desce. Pode sentir o suor molhando a camiseta.

Ela toca a campainha.

Um homem branco na faixa dos quarenta, com um belo bronzeado e usando bermuda, atende a porta pouco depois, assoprando as unhas pintadas de rosa.

— Pois não? — ele pergunta, uma nota de irritação na voz.

Angie abre a boca, mas não consegue dizer nada. *Respira*, diz a si mesma, lutando contra o aperto no peito. Ela olha para o Jeep, mas não consegue ver Sam por causa do reflexo no para-brisa. Então se dá conta de que ele estava certo: deveria ter deixado que viesse junto.

O homem baixa o braço ao lado do corpo e encara Angie com as sobrancelhas levantadas. De repente, ela quer a mãe. Como quando era criança. *Por que me deixou aqui sozinha?*, ela pensa. Mas é claro que Marilyn não a deixou; foi *ela* quem fugiu.

Angie ouve passos atrás de si. Quando vira e vê Sam se aproximar, seu corpo começa a voltar lentamente à vida, seguido por sua voz.

— Desculpe incomodar — ela gagueja —, mas estou procurando por Justin. Justin Bell. Ele mora aqui?

— Justin foi ao Gelson's.

— Gelson's?

— Um mercado — Sam explica ao chegar.

— Hum… ele… ele é negro? — Angie solta.

— Quê? Não, querida. Ele é mais branco que arroz. No momento está um pouco vermelho, na verdade. O idiota esqueceu de passar protetor.

— Certo.

Angie tenta não deixar que a decepção a esmague. Ainda há dois endereços, ela pensa. Mas agora se dá conta de que sonhara que, assim que chegasse em Los Angeles, ele estaria lá, como se fosse seu destino encontrá-lo.

— Desculpe incomodar. Devo estar com o endereço errado — ela se força a dizer, conseguindo abrir um sorriso educado. — Tenha um bom dia.

Sam a acompanha de volta ao carro e coloca a mão em seu ombro.

Esta cidade é enorme, Angie pensa enquanto voltam para a estrada.

★★★

O próximo Justin da lista mora em Pacific Palisades. Depois de quarenta minutos no carro, percorrendo avenidas cheias e então ruas arborizadas, Angie começa a sentir o cheiro do mar. Eles estacionam em frente a um sobrado.

—Vem comigo dessa vez? — ela pergunta a Sam, deixando o orgulho de lado.

Ele sai do carro e a segue por um jardim muito bem cuidado — com rosas, helicônias e arbustos de lavanda. Angie pega uma das flores roxas e esfrega nas mãos. O cheiro a lembra de casa, do jardim da mãe que deixou para trás — foi só um dia atrás?

Ela toca a campainha e olha para Sam. Pouco depois, a porta abre e um filhote de labrador quase a derruba. Ela se abaixa para fazer carinho no cachorro, que lambe seu rosto.

Uma menina que não deve ter mais de sete anos grita:

— Ollie, não! Sai!

Ela parece mestiça, o que dá esperanças a Angie.

— Cachorro fofo — Angie diz com um sorriso.

—Você não é Jenna — a menina diz, franzindo a testa.

— Hum, não, não sou. Na verdade... estou procurando alguém chamado Justin. É seu pai?

Uma mulher branca mais velha com roupas executivas refinadas aparece atrás da menina.

— Posso ajudar? — ela pergunta, com a voz cortante.

— Desculpe incomodar, mas estou procurado Justin. Ele está?

A mulher olha de soslaio para Angie.

— Ele morreu.

Angie sente que está caindo no vazio, como se o chão não estivesse mais lá. Sua voz sai em um sussurro rouco.

— Ele morreu?

— Quem é você? — a mulher pergunta. — O que está fazendo aqui?

— Desculpa. Eu só... estou procurando meu tio.

— Não era ele. Justin era meu filho, então eu saberia.

— Ah. Sinto muito.

O cachorro passa por entre as pernas de Angie.

— Ollie! — a mulher chama, correndo para o jardim. Sam a segue. A menina continua à porta, encarando Angie.

— Como você chama? — Angie pergunta.

— Mary.

— É um nome bonito.

A mulher e Sam voltam. Ele segura no colo o cachorro, que se debate.

— Sinto muito pelo incômodo — Angie diz.

A mulher só assente, pega o filhote dos braços de Sam e fecha a porta.

Angie ignora o nó na garganta enquanto segue Sam até o carro. Imagina que ele esteja pensando que se meter assim na vida das pessoas é errado. Sabe que deveria encerrar o dia, sugerir que fossem encontrar Miguel — afinal, já estão perto da praia —, mas a urgência de encontrar o tio só aumentou. Ela tem que descobrir se o último endereço é dele. Sam o pede e digita no celular.

Enquanto dirigem, Angie leva os joelhos ao peito, descansando os pés no assento de couro craquelado, olhando para as unhas dos pés, ainda pintadas de vermelho. Tinha ido à pedicure com a mãe para celebrar o primeiro dia de verão. Marilyn, que é adorada pelas mulheres do salão, que sempre entra com um sorriso no rosto e pergunta sobre os filhos delas, que gosta de colocar os pés com as unhas recém-pintadas ao lado dos da filha para admirá-los juntos — Angie sempre se orgulhou de sua bondade, de seu carinho.

Mas fazer o pé com a mãe com frequência a lembra do dia em que Marilyn a levou com Vivian à pedicure pela primeira vez. Angie devia ter uns dez anos e estava animada. Elas entraram no salão juntas e sentaram em poltronas confortáveis de couro. Angie e Vivian ficaram brincando com os botões de massagem, com os pés mergulhados na água borbulhando. Angie escolheu o mesmo esmalte azul da mãe; naquela época, só queria ser igual a ela. Então a mulher sentada num banquinho, com o pé de Vivian nas mãos, olhou para Marilyn e disse:

— Sua filha é linda.

Angie sabia que estava se referindo a Vivian, que era loira como Marilyn.

— Vivian é amiga da minha filha — Marilyn explicou. — E, sim, ela é linda mesmo. Igual à *minha* filha. — Marilyn apoiou a mão na perna de Angie, como se para mostrar que era sua. — São duas meninas lindas.

A mulher franziu a testa, confusa por um momento, e depois assentiu, voltando a cortar as unhas de Vivian.

Enganos daquele tipo foram comuns ao longo dos anos, envolvendo quase todas as amigas brancas de Angie — no caixa do mercado, com garçons em restaurantes e até no ano anterior, quando Marilyn levou Angie e Lana para comprar vestidos para o baile da escola. Quando Lana saiu do provador e deu uma volta, a vendedora comentou como era lindo ver mãe e filha fazendo compras juntas. Quando Marilyn a corrigiu, ela só assentiu e se calou. Na saída, Lana se aproximou de Angie e sussurrou:

— Será que ninguém avisou ela que estamos no século XXI?

Angie sabia que era o jeito de Lana dizer que estava do seu lado, mas aquilo não a fez se sentir melhor. *Você não entende*, ela queria dizer. *Tem dois pais e se parece com eles.* Mas ela só sorriu para a amiga, tentando rir para esquecer.

O último Justin da lista vive na Koreatown. Dá para ver os prédios mais altos do centro da cidade mais adiante, conforme passam por um pet shop, um mercado, mais esmalterias, lojas de roupas e um restaurante de churrasco coreano. Eles estacionam na Fedora Street, na frente de um prédio antigo com um toldo verde e uma placa de aluga-se na frente. Uma palmeira alta balança ao vento.

Sam e Angie vão até a porta da frente, só para descobrir que está trancada.

— Qual é o apartamento? — ele pergunta, olhando para as campainhas.

— Não sei — Angie admite, chateada. Ela só tem o número do prédio.

Então uma mulher de calça de moletom sai com um cachorrinho peludo na coleira, falando no celular. Angie se apressa para segurar a porta antes que feche. Ela e Sam entram no saguão, que parece de um hotel antigo, com cortinas floridas grossas e um espelho com moldura dourada trabalhada.

— Podemos tentar todos — Sam diz. — Deve ter mais ou menos uns dez apartamentos.

Angie bate na primeira porta. Quando está prestes a dar as costas e seguir para a próxima, uma jovem — com vinte e poucos anos no máximo — abre a porta, com um bebê no sling preso ao peito.

— Oi. Por acaso você conhece um morador chamado Justin Bell? — Angie pergunta.

— Sou nova aqui, desculpe.

O bebê começa a chorar, então a mãe o tira do carregador e fecha a porta.

Nos apartamentos que se seguem, eles encontram um coreano mais velho que abre a porta de pijama e pantufas; uma mulher hispânica sorridente; um homem branco de calça de moletom e sem camisa, com os ossos da costela tatuados sobre o peito; uma adolescente coreana bonita com óculos tipo gatinho e armação de tartaruga; uma jovem negra com farinha nas mãos, usando uma camiseta que diz "NÃO. — ROSA PARKS, 1955"; outro homem branco, com a TV ligada em *Keeping Up with the Kardashians*.

A cada pessoa que atende, a voz de Angie se levanta esperançosa:

— Desculpa incomodar, mas você conhece um morador chamado Justin Bell?

A resposta é basicamente a mesma. Alguma versão de "Desculpa, acho que não", "Não que eu saiba".

Ninguém atende em dois apartamentos. No último, um jovem hispânico de vinte e poucos abre a porta. Atrás dele, Angie vê de relance uma moça passando de calcinha e camiseta. Ela consegue ouvir o desespero na própria voz ao perguntar:

—Você conhece um morador chamado Justin Bell?

— Às vezes recebo correspondência no nome dele. Parece que mudou recentemente.

— Ah. — Angie desmorona. Não tem como saber se esse Justin Bell é o seu, mas, de qualquer maneira, a busca acabou. Não tem mais nenhum endereço para visitar. Nenhum jeito de confirmar que ele existe.

Depois que o cara fecha a porta, Angie vira e corre para a saída. Ela não olha para Sam, porque não quer que a veja lutando contra as lágrimas. Foi tolice pensar que poderia encontrar um homem numa cidade de sete milhões de habitantes.

Ela confere o celular enquanto sai ao sol, esperando por um e-mail ou uma mensagem do tio, mas em vão.

— Ei — Sam diz ao se aproximar. Angie ainda não consegue encará-lo.

Eles ouvem uma sirene à distância. Sam destrava o carro e abre a porta para ela.

Quando ele dá a partida, Angie vê a mulher com o cachorro peludo voltando, carregando um saquinho cheio de cocô nas mãos. Tinha se esquecido dela, mas devia morar em um dos apartamentos em que ninguém atendeu.

Enquanto a mulher abre a porta da frente, Angie pula do carro e corre até ela.

— Desculpa! Com licença!

A mulher vira e o cachorrinho começa a latir.

— Desculpe incomodar, mas você conhecia Justin Bell? Ele morava no prédio.

— Justin? Claro. Faz, sei lá, uns seis meses que ele mudou. Era um cara legal. Olhava meu cachorro às vezes quando eu ia viajar.

— Ele era negro e tinha uns vinte nove anos?

— Isso.

Angie poderia beijar a mulher e seu cachorrinho barulhento.

— Ele era diretor de clipes? — ela pergunta, só para se certificar.

— Isso mesmo. Você o conhece?

— Acho que Justin é meu tio. Sabe onde mora agora?

— Acho que ele mencionou que ia para Melrose... Talvez Highland Park. Não tenho certeza. — Ela vira para o cachorro. — Shhh, Beau! — Ela puxa a coleira e volta a falar com Angie. — Não mantivemos contato.

— Obrigada pela ajuda — Angie diz, já correndo para o carro para contar as novidades para Sam. Ele *existe*! Seu tio está em Los Angeles.

Sam sorri e faz menção de abraçá-la, mas acaba só dando alguns tapinhas na perna dela.

— Mas o que fazemos agora? — Angie mal se dá conta de que está usando o plural em vez do singular, incluindo Sam, como se estivessem juntos nisso.

— Não sei. Se ele é diretor e mora na cidade, tem que haver

um jeito de entrar em contato... Talvez através de alguém daquele festival de cinema que ele ganhou? Podemos perguntar a Cherry. Ela pode ter alguma ideia, trabalhando na rádio e tal.

— Claro! — Angie exclama. — Não acredito que não pensei nisso. Tinha um texto sobre ele no blog da KCRW.

— Ótimo. Podemos perguntar hoje à noite — Sam diz. — Agora estou morrendo de fome.

— Eu também — Angie se dá conta conforme ele vira na Fedora Street. — Quer ir pra praia?

— Não. São mais de cinco e estamos perto do apartamento. Prefiro ficar de boa.

— Que tal uma pizza? — Angie sugere, com um sorriso cauteloso.

— Pode ser — Sam diz, com a voz neutra.

Eles compram três massas pequenas de pizza da marca que o pai de Sam sempre estocava para o filho, então começam a explorar os corredores do mercado atrás de recheios.

A primeira vai ser de salame, azeitona e jalapeño, uma das criações mais bem-sucedidas de Angie da época em que estavam juntos.

A segunda, cheddar e maçã. Angie vai para o setor de hortifrúti e seleciona cuidadosamente as maçãs, como a mãe ensinou. Ela pressiona a parte de cima perto da orelha: se ouvir um estalo, é porque a maçã está crocante e doce. Angie pensa em como Marilyn costumava levar salada de frutas nas festas da escola. Ninguém — os outros pais, os professores — sabia o cuidado que ela tinha para escolher cada fruta, ouvindo as maçãs, cheirando as mangas, batendo na casca de melancias. Mas Angie sim.

★

Eles decidem fazer a terceira pizza com o que encontrarem na casa de Miguel, no espírito da velha brincadeira. Acaba saindo uma pizza de taco — com carne moída, sour cream e alface —, e se revela uma de suas melhores criações. Quando estão cheios, sentados no sofá e rindo, Angie se dá conta de que na última hora não pensou em nada além de Sam; sozinha numa cidade desconhecida, ela se sente em casa com ele. Quer dizer isso em voz alta, mas não se atreve.

Em vez disso, pergunta:

— Você ainda joga futebol?

— Não oficialmente. Saí do time.

— Sério? Quando?

— Depois que a gente terminou.

— Mas você amava. E era muito bom.

Sam dá de ombros.

— Não era mais a mesma coisa de quando era pequeno. Perdeu a graça.

Angie se lembra de ir vê-lo jogar na escola. Ela, Lana e Mia comiam nachos sentadas nas arquibancadas de metal, sentindo o cheiro das folhas caindo, sendo tomada por orgulho quando Sam marcava um gol. Ele era o destaque do time da escola já no segundo ano, assim como ela.

— Não sou mais aquela pessoa, Angie.

Eu sei, mas você ainda é o Sam, ela quer dizer. *Continuo vendo o cara que eu conhecia.*

Em vez disso, ela só diz:

— Nem eu.

Sam apenas assente. Os dois ficam em silêncio.

— Aposto que ainda consigo acabar com você — ela diz por fim.

Um sorriso toma conta do rosto dele.

— Aposto que não. — Sam levanta e volta em seguida com uma bola. — Vamos ver.

★★★

Os dois vão para a rua na confusão do pôr do sol, em meio às buzinas dos carros e ao cheiro de jantar sendo feito, passando por carrinhos de sorvete e por comerciantes vendendo roupas no porta-malas de suas vans no caminho para o MacArthur Park. Mesmo no meio da cidade, o cheiro é de noite de verão e grama recém-cortada. Famílias dão comida aos patos na beira do enorme lago, crianças andam de patinete, homens jogam futebol no gramado enquanto outros observam em cadeiras esparramadas sob as palmeiras. Angie e Sam acham um pedaço livre de grama, usando árvores para delimitar o gol. Eles se perdem no jogo, correndo, chutando, suando, como se dançassem. Angie nota que Sam tosse e para com frequência para recuperar o fôlego — é a maconha, ela pensa. Mas ele sempre se ergue e volta a acompanhá-la.

O primeiro a marcar dez ganha, e está nove a nove. Sam chuta. Angie corre, dá um carrinho e tira a bola antes que entre no "gol". Ela recupera a bola e sai driblando. Sam corre atrás, mas Angie chuta antes que ele a alcance e a bola passa por cima da cabeça dele.

Sam sorri.

— Esqueci como você é boa.

Angie ri. Sam deita, e ela o acompanha, a grama molhada ensopando a camiseta deles, os sons da cidade como um coro distante, pontinhos esparsos aparecendo no céu.

— Sabia que a terra tem quatro bilhões e meio de anos? — ela pergunta.

Sam olha para Angie e lança a bola no ar.

— Faz só vinte mil que os humanos apareceram — ela continua. — Somos pequenos demais para figurar numa linha do tempo do planeta.

A bola faz barulho ao voltar para as mãos dele.

— É tudo uma questão de perspectiva, né? — Sam diz. — Deitado aqui, parece que somos enormes.

— E somos — Angie retruca num sussurro. As palavras parecem a solução de uma equação que ainda está tentando resolver. O olhar dos dois cruza. E então…

Angie o faz porque há gaivotas circulando no céu noturno, porque as palmeiras fazem barulho na brisa quente, porque a lua imensa está quase cheia entre os prédios à frente. Ela o faz porque acabou de vencê-lo no futebol, porque Sam ainda é o melhor amigo que já teve, porque sente o sangue correndo nas veias. Ela o faz porque uma pena paira no ar e aterrissa no cabelo dele, porque, em meio a toda a insegurança, o cheiro dele é certo. Ela o faz porque, quando lhe mostrou a foto de seus pais, Sam compreendeu. Porque não se sente tão sozinha com ele. Porque está tentando superar o medo de que nunca vai conseguir seguir em frente sabendo da felicidade do passado dos pais. Angie o faz sem pensar. Ela só o beija.

Tem o mesmo gosto de sempre e mais: como o primeiro beijo, como se houvesse algo novo e estrangeiro escondido sob sua língua. Almíscar doce, uma gota de limão, uma lágrima. Salgado. Limpo. É o gosto da lembrança e de um começo.

Sam a puxa para mais perto e os dois se agarram, com ferocidade e delicadeza ao mesmo tempo. Ela enfia a mão por baixo da camiseta dele, passando-a em sua cintura fina, nos músculos da barriga. Sam estremece. Eles se desvendam no gramado à noite, com a cidade ao seu redor em polvorosa.

★★★

Quando voltam para o apartamento de Miguel, o encontram pegando cervejas na cozinha, ainda com a bermuda de praia, enquanto Cherry está deitada no sofá. Angie pensa que ela está ainda mais bonita com o rosto ligeiramente queimado e o cabelo cheio de ondas emaranhadas.

— Primo! — Cherry cumprimenta.

— E aí, Cerejinha?

— Sentimos falta de vocês — Miguel diz.

— Desculpa — Angie responde. — Foi minha culpa.

— Encontrou seu tio? — Miguel pergunta.

— Ainda não.

Angie olha para Sam, sentindo-se sem chão de repente.

— Cherry, você já ouviu falar de um cara chamado Justin

Bell? Ele é diretor de clipes. Fez aquele último dos Fly Boys, sabe? — Sam pergunta.

— Acho que não — ela diz. — Por quê?

Angie vai sentar ao seu lado na beirada do sofá.

— Ele é meu tio. Acho. Quer ver o clipe? Vai que você lembra alguma coisa…

Cherry se endireita e olha para Angie.

— Você *acha*? Não tem certeza?

Angie conta a ela e a Miguel que pensava que o tio e o pai tivessem morrido, mas agora acredita que Justin está vivo e mora em Los Angeles, então talvez também seja o caso de seu pai. Ela não é do tipo que se abre, mas algo no jeito como eles agem, como se o projeto "encontrar o fantasma do meu pai" fosse completamente normal, a deixa à vontade.

Pouco depois de Angie colocar o clipe, Cherry diz:

— Ah meu Deus, claro! Esse clipe. Bom, eu trabalho como assistente de produção para o Malcolm às vezes, e lembro que ele me mostrou o vídeo quando lançou.

— Você acha que ele pode ter o telefone ou o e-mail de Justin, ou qualquer outra forma de contato?

— Posso perguntar amanhã no trabalho. De repente alguém o conhece. O contato dele também pode estar na nossa agenda, se já foi entrevistado — Cherry diz.

— Seria incrível!

Angie quase pode sentir a Terra girando — quão rápido e estranhamente tudo gira. Faz só um dia que está em Los Angeles, mas já sente como se tivesse dado mil voltas em torno do sol.

★

Angie se lembra da promessa que fez à mãe e manda uma mensagem dizendo que está tudo bem antes de se enfiar debaixo das cobertas que já têm o cheiro de Sam. Depois do beijo no parque, a perspectiva de dormir ao lado dele adquiriu um sentido completamente diferente. Se Angie deixar a antiga intimidade entre os dois vir à tona, vai saber como sustentá-la dessa vez? Se ela se entregar a Sam, vai perder o foco de que precisa para fazer aquilo para que veio? Angie tem medo de não encontrar o pai. E, pela primeira vez, se dá conta de que também tem medo de encontrá-lo — medo de que a rejeite, que ainda sinta raiva por qualquer que seja o motivo que o levou a deixá-la.

— Sam? — ela sussurra no escuro.

— Oi?

— A gente pode... ficar abraçados?

— Tudo bem.

Ela se aproxima dele. O peso do braço de Sam ao redor dela é reconfortante. Angie se mantém tão imóvel quanto pode, com medo de desfazer a paz frágil que parece ter se estabelecido entre eles, a tênue conexão construída. Ela fica ouvindo a respiração de Sam até bem depois de ele pegar no sono, e tenta sincronizar a sua. A cidade entra no cômodo através de sons leves — carros passando, fragmentos de músicas, vozes na rua. Ela pensa no pai, na mãe, em Justin... até que tudo se torna um emaranhado abstrato de sentimentos, com as linhas se entrelaçando, os amores se cruzando e as esperanças, o medo e a incerteza profunda carregando-a noite adentro, finalmente para os sonhos de que não consegue se lembrar na manhã seguinte.

QUANDO CHERRY CHEGA DO TRABALHO, às quatro da tarde, Angie pausa a Netflix. Ela e Sam não tiraram o pijama, e estão vendo *Cosmos*, de Neil deGrasse Tyson. (Angie já viu a série inteira mais de uma vez, mas ela a reconforta.)

— Tenho uma notícia boa e uma ruim — Cherry diz, deixando as chaves no balcão.

Angie levanta e a segue até a cozinha.

— A notícia ruim é que ninguém do trabalho tem o contato do cara. Quer dizer, ninguém o conhece pessoalmente. A notícia boa é que consigo colocar vocês numa festa hoje à noite.

Angie fica decepcionada. Precisa encontrar o tio, não quer ir a uma festa idiota.

Mas Cherry continua, abrindo a geladeira:

— Talvez ele esteja lá.

— Sério?

O coração de Angie acelera, pulando no peito.

— O Festival de Cinema de Los Angeles começa amanhã. Essa festa é tipo um evento de abertura, organizado por um dos diretores do júri. Ele apoia a KCRW, então mandou convites para todo mundo. Ainda que não seja paga pelo meu trabalho, fui incluída. E, como fiquei responsável por mandar as confirmações de presença, falei com o assistente dele hoje de manhã e pedi para incluir vocês. Ele não tem como saber se Samuel Archuleta Stone e Angela Miller trabalham de fato na rádio. — Cherry pega um iogurte, falando entre as colheradas. —Você disse que Justin ganhou alguma coisa no festival do ano passado, não foi?

— É, li em algum lugar — Angie diz. — Por causa daquele clipe que te mostrei ontem.

—Tá, então com certeza foi convidado. Acho que devemos ir e nos divertir. Vai ter bebida grátis, comida chique servida em bandejinhas e música boa, porque um dos caras da rádio vai ser o DJ. Se mantiver os olhos abertos e tiver sorte, Justin vai aparecer. Caso contrário… bom, aí pensamos num plano B.

— Muito obrigada — Angie diz.

Sam abraça Cherry.

— Isso foi muito legal da sua parte. Fico te devendo uma.

— Agora vou pra casa me arrumar. Quer vir junto, Angie? Posso te emprestar uma roupa. Eles pegam a gente lá mais tarde.

— Claro! — Angie responde.

O fusca creme de Cherry costura no trânsito do Sunset Boulevard. Ela acelera no farol amarelo, batendo o cigarro do lado de fora, com "Partition" tocando alto no rádio. Essa é uma versão da vida adulta que Angie quase consegue imaginar.

— Você é de Los Angeles? — ela pergunta por cima da música.

Cherry ri.

— Não. Faz cinco anos que moro aqui, mas às vezes ainda me sinto uma turista. Tem momentos em que ainda penso "Uau, estou no Sunset Boulevard! Olha só estas palmeiras! E aquele é o letreiro de Hollywood!". E ainda me perco o tempo todo, apesar do Waze. É como se eu não conseguisse encarar o trânsito ou o estacionamento do mercado.

— Você *parece* daqui. Quer dizer, parece que… que se encaixa.

— É uma das melhores coisas desta cidade. Todo mundo pode se encaixar aqui. É um lugar onde você pode se reinventar, ou se inventar pela primeira vez. Entende o que quero dizer? Sou do Kansas. Estudei na Occidental e depois fiquei na cidade. Sinto falta do tempo ruim. Das tempestades, dos trovões. Dos meus irmãos. Mas tudo bem sentir saudade. É melhor do que me sentir presa num lugar. Prefiro saudade do que tédio.

Angie observa Cherry enquanto ela muda de pista, depois apaga o cigarro pela metade numa garrafa de suco.

— Eu também — Angie diz. — Prefiro sentir saudades do que tédio.

— Já sabe onde quer estudar?

— Não — Angie admite —, mas gosto daqui. Talvez também devesse mudar para Los Angeles.

Elas entram numa rua residencial, onde flores roxas cobrem os carros estacionados.

— O que quer estudar? — Cherry pergunta. — Do que gosta?

— Não sei — Angie diz. — Não consigo me imaginar fazendo nada específico. Ou me visualizar no futuro. Nem por um segundo. — Ela olha para Cherry, de repente muito consciente de tudo. — Como você sabia… o que queria fazer? Ou, tipo, como virar adulta?

Cherry ri.

— Acho que ainda não sei. — Ela manobra o carro e desliga o motor. — Acho que crescer é algo que continua acontecendo, que está sempre acontecendo, pelo menos quando se tem uma vida honesta. E você já está no caminho. Escolheu vir aqui procurar seu pai. Não sei se foi uma decisão boa ou não, mas você fez o que achava que devia. Alguém me disse uma vez para sempre fazer a próxima coisa certa. Acho reconfortante pensar desse jeito.

Enquanto Cherry abre a porta do carro, Angie observa seu esmalte vermelho lascado, as cerejas tatuadas na parte interna do pulso, o cigarro deixado na garrafa de suco. Ela está certa, não é uma adulta, ou pelo menos não uma Adulta com A maiúsculo. Angie pensa na mãe e se pergunta se às vezes ela se sente como Cherry; talvez também ainda esteja crescendo.

Elas vão até um prédio de estuque com toldo cor-de-rosa na Beachwood Drive. Cherry abre a porta lateral e a conduz para seu apartamento tipo estúdio, que deve ter o tamanho do quarto de Angie em casa. A garota observa a coleção de objetos: conchas dispostas em fileira nas janelas, com o mesmo tipo de vela de que Marilyn gosta. Prateleiras de madeira pintadas de vermelho apoiando potes de tinta, diários e livros, que vão de Isabel Allende a Sandra Cisneros e Elena Ferrante. A cama de solteiro com lençóis de estampa asteca, o lenço colorido fazendo as vezes de cortina e as luzinhas penduradas em toda parte fazem o lugar parecer mágico.

— Essa é minha casa — Cherry diz. — O primeiro lugar que é todinho meu.

Embora a imagem surja borrada em sua mente, Angie se vê entrando num apartamento como aquele, todo seu. Consegue se visualizar atravessando a porta sozinha, pendurando a bolsa no gancho, acendendo as luzinhas, ligando o som. Ela se pergunta se é um sinal — a primeira vez que consegue imaginar o futuro, mesmo que apenas um detalhe.

— Que número você calça? — Cherry pergunta, interrompendo seus pensamentos.

— Trinta e sete.

— Calço trinta e seis, mas acho que algo vai caber em você.

Angie senta na beirada da cama enquanto Cherry tira a roupa, ficando só de calcinha e sutiã, e começa a revirar o armário. Ela fica surpresa com a maneira como Cherry se sente confortável consigo mesma, e talvez até sinta um pouco de inveja. As outras garotas do time de futebol são tão tímidas quanto Angie, ficando sempre de top e só tirando o calção dentro do banheiro. Cherry, no entanto, simplesmente tira o sutiã e o joga na cama antes de entrar num vestidinho com franjas de couro.

Ela franze a testa diante do espelho.

— O que acha?

— Está ótimo.

— Experimenta isso — Cherry sugere, tirando do guarda--roupa uma blusinha preta com brilho e um decote amplo nas costas. Angie tira a própria blusa e rapidamente veste a de Cherry. Por sorte, está usando seu único sutiã decente, preto com babadinho.

— Fica ótimo com esse shortinho — Cherry diz, depois passa um par de sapatos de salto alto amarrados com fitas de cetim para Angie.

— Mas já sou tão alta… — Angie diz, insegura.

— O que é ótimo. Aproveita.

Quando Cherry decide que Angie está pronta — com batom de um carmesim escuro, rímel nos olhos, os cachos presos no alto da cabeça, brincos de argola dourados, as costas expostas e as pernas compridas acentuadas pelos saltos —, ela se sente outra pessoa. Diante do espelho de Cherry, quase não reconhece a mulher olhando de volta. *Mulher.* É isso, não é? Vestida daquele jeito, poderia ser pelo menos cinco anos mais velha. Angie se permite um sorrisinho.

— Sam vai morrer quando vir você assim — Cherry diz, já pegando a bolsa de couro.

Angie manda uma mensagem à mãe dizendo que está tudo bem, mas nem espera a resposta antes de desligar o celular e sair atrás de Cherry. Os garotos estão esperando no carro. *Vou conhecer o irmão do meu pai*, ela diz para si mesma, desejando que se torne realidade.

Vou conhecer o irmão do meu pai, Angie pensa de novo ao sair do carro de Sam, estacionado por um manobrista diante de uma casa no alto de uma colina com vista para a cidade. A ideia é como um carvão quente que ela não se permite segurar por muito tempo, por medo de se queimar.

Angie espera ao lado de Sam, Cherry e Miguel enquanto o homem na entrada confere se os nomes de todos estão na lista.

— Pode me dizer se Justin Bell já chegou? — Cherry pergunta.

— Hum?

— Justin Bell. Ele está na lista, não?

O homem franze a testa para o papel.

— Está. Mas não chegou.

Cherry vira para Angie e a conduz porta adentro.

— Bom, vamos curtir um pouco. Ainda é cedo, logo mais ele aparece — ela diz.

Angie se sente como uma criança adentrando o mundo adulto pela primeira vez. O cômodo já está cheio, com rodinhas se formando nos cantos, gente rindo e vestindo roupas de estilistas famosos.

— Olha ali o Malcolm! — Cherry diz, apontando para o DJ no canto da sala, que acabou de botar "Purple Rain" para tocar. —Vamos dar oi.

Ela puxa Miguel, que dá de ombros para o primo.

— Quer dar uma volta? — Sam pergunta a Angie.

— Pode ser.

Eles pegam miniquiches e espetinhos de camarão de um garçom passando, então sobem o lance de escadas que conduz a um espaço transformado em pista de dança. Cheira a jasmim e um pouco de gim. O teto retrátil deixa o céu noturno à mostra. Uma mulher mais velha com o cabelo platinado bem curto se aproxima e abraça Angie, cheirando a fumaça e sabonete. Ela fica ali por um segundo antes de soltá-la com uma risadinha alta.

—Achei que você fosse… outra pessoa.

— Espero que a encontre — Angie diz, sorrindo para a mulher. Ela se desloca em meio à batida pesada da música, com Sam em seu encalço. Escrutina o espaço, perguntando-se o tempo todo se Justin chegou.

—Talvez ele nem venha — ela diz para Sam.

Ele apoia a mão no ombro de Angie.

—Ainda é cedo.Vamos beber alguma coisa e relaxar. Logo mais ele aparece.

—Tá.

Ela o segue até o bar no canto, onde Sam pede shots de vodca com limão e açúcar. O barman magrelo de barba que fica mexendo a cabeça ao ritmo da música de um jeito tranquilão e descolado nem faz contato visual com os dois antes de servir. Ao lado de Angie, um cara baixinho levanta uma garota cheia de curvas num vestido curto, e ela dá um gritinho. Angie vira o shot. Queima.

Cherry chega, abraçando os dois.

Ela se inclina no bar para se fazer visível em meio à multidão.

— Quatro taças de espumante com gim, por favor — ela pede.

O barman logo as entrega, ainda balançando a cabeça.

— Já tomou? — ela pergunta a Angie. — É meu drinque favorito.

A garota balança a cabeça — na verdade, raramente bebe. Quando vai às festas da escola, às vezes toma uma cerveja ou duas para suportar a noite, mas Lana e Mia sempre a provocam por não aguentar muito.

Cherry levanta a taça de espumante para brindar com Angie.

— Se você pudesse se ver agora! — Cherry diz. — Está muito gata.

— É verdade — Sam concorda, baixo.

— Obrigada — Angie consegue dizer, desejando que o empoderamento que sentira diante do espelho de Cherry retorne.

—Vamos dançar! — Cherry decide.

Angie pega a mão de Sam, precisando se segurar em alguma coisa enquanto atravessam a multidão. Ela vira o drinque, come a cereja e deixa a taça. Então começa a se mover, dando um nó no cabinho da cereja com os dentes e o desfazendo em seguida, até que ele se rompe. Ela o engole. Quando a bebida começa a bater, o ar parece se tornar mais denso e seu corpo mais fluido. Angie se sente dissolver devagar, como num sonho. Ela é o azul-safira do crepúsculo. Ela move os quadris junto a Sam. Cherry coloca outro drinque em suas mãos.

A música é doce e pesada. Angie é a fumaça embaçando o espelho; a respiração condensando no ar; é as rosas vermelhas no jardim da mãe, acumulando gotas de orvalho. Ela se perde. Quando o pensamento vem à tona — *Onde está Justin?* —, Angie deixa que paire no ar por um momento enquanto observa o ambiente. Ela não o vê, mas solta o carvão quente da ansiedade ao sentir Sam puxando-a para perto, ao ver a necessidade infantil em seu rosto.

— Fica comigo — ele sussurra.

Quanto tempo passou? Uma hora? Duas? A casa continuou se enchendo de pessoas, corpos amontoados. Angie ainda se sente líquida, mas também tonta. *Onde está Justin?* Precisa encontrá-lo.

—Vamos dar uma volta! — ela grita para Sam por cima da música. Ele faz uma parada no bar e lhe dá outro drinque. As luzes estão fracas. Angie tenta se aproximar dos rostos por que passa no corredor. As pessoas riem, bebem, dançam, num grande borrão. Ela reconhece um ator que era famoso uns dez anos atrás, com o cabelo tingido da cor de um campo de milho. Uma mulher alta de cabelo escuro surge do nada ao lado dele, bebericando um martíni com os olhos focados no ponto em que a parede encontra o teto. Há tantos rostos. Ela vai saber qual é o dele? Vai reconhecê-lo? Vai sentir sua presença, o sangue compartilhado? Há tanta gente agora. Ela devia ter tomado mais cuidado. Não devia ter perdido o controle. Devia ter ficado ao lado da porta de entrada, esperando Justin chegar. Está escuro demais. Tem gente demais. Angie nunca vai encontrá-lo. Sua respiração está curta. Curta demais.

— Angie? Angie? Vem. Vamos tomar um ar.

Ela sente a mão de Sam em seu ombro, guiando-a.

Eles saem. As luzes espalhadas pelo deque refletem nos copos de vidro e dançam sobre a cabeça dos convidados, como halos confusos e sem dono. A água da piscina de borda infinita cai nas ripas de bambu. As luzes da cidade se estendem mais abaixo, persistentes na teoria de que têm direitos sobre as estrelas. Pessoas soltando fumaça pela boca se reúnem em volta de uma fogueira, as chamas dançando sobre os pedacinhos de vidro quebrado. Angie levanta o rosto para ver os galhos balançando das palmeiras, cobrindo parcialmente a lua crescente estampada no céu.

— Senta — Sam diz.

Ela se deixa cair no degrau de madeira. Os sapatos de Cherry formaram bolhas em seus pés. Angie não consegue respirar.

— Aqui — Sam diz, pegando um baseado pela metade de

uma latinha de bala que tira do bolso. — Dá um tapa. Vai te acalmar.

— Vou encontrar ele? — Angie pergunta, soando como uma criança.

— Vai, sim. Nós vamos — Sam diz, acendendo o baseado, dando um trago e passando-o para ela.

Angie puxa a fumaça para os pulmões e tosse. Quase instantaneamente, ela se sente relaxada, seus membros pesados. A música saindo da casa lhe diz para levitar, levitar, levitar...

Ela levanta e vai até a rodinha de pessoas em volta da fogueira, tentando ver o rosto delas, tentando ver o rosto de *Justin*. Não importa quão perto chegue, ninguém a nota. Ela se mistura como um líquido transparente despejado numa poça de água. Sentindo-se dispersa, ela vai para a beira da piscina, onde algumas pessoas molham os pés. Por alguma razão, pensa no dia em que aprendeu a nadar. Toda vez que pulava sozinha na água, sentia uma euforia ao conseguir nadar até a segurança dos braços da mãe. Até o momento em que descobriu que não havia ninguém para pegá-la. Angie ainda se lembra da sensação de afundar, de engasgar. Deve ter sido uma fração de segundo — e lá estava sua mãe, tirando-a da piscina, enrolando uma toalha em seu corpo. Marilyn explicou que tinha se distraído numa conversa com outra mãe e pediu desculpas. A raiva de Angie foi eclipsada pelo alívio. Sabia que estava a salvo; sua mãe não ia deixá-la.

Mas agora não havia mãe para pegá-la, nenhuma música para acalmá-la, nenhuma mão para lhe fazer cafuné. Pela primeira vez, Angie se dá conta de que realmente pode se afogar.

— Ei. Você está bem? — Sam pergunta enquanto vai atrás dela.

— É engraçado... Parece que tem *tanta* gente aqui, mas tem *tanta* gente no mundo... Sete bilhões, quinhentas e cinco milhões, duzentas e dez mil novecentas e cinquenta e quatro... Isso na semana passada. Agora tem mais ainda, quer dizer, a cada segundo que passa há mais gente... Não temos nenhuma importância. Nenhuma mesmo.

Ela ri como se fosse engraçado, mas sente um estranho aperto no peito.

O esforço de puxar o ar é estranho. Ela pede aos pulmões pesados que inalem, mas o ar se foi de novo. O fôlego não vem sem ser chamado. Ela tem medo de parar de respirar, o que faz com que encurte a respiração de novo. A ideia de sete bilhões de pessoas não a tranquiliza mais, não ajuda, é assustadora. Em algum lugar, à distância, Angie ouve Sam dizendo seu nome, mas não consegue se agarrar a ele. Quem é ela? Quem é Angie? Os sons não combinam, não levam a uma pessoa.

Então ela o vê.

E sabe. Ela *sabe*, ela sabe. É ele. Justin Bell, o diretor do clipe de "Some Dreamers". O Justin Bell *dela*.

Ele é real. Está vivo.

Angie esperava que parecesse... diferente. Mais velho. Como um pai.

E, no entanto, a semelhança com seu próprio pai na foto é arrebatadora.

Ele tem ombros largos e é musculoso. Usa jeans preto rasgado, botas de camurça, uma camiseta com um dinossauro furioso estampado e óculos de armação de tartaruga. Seu braço está coberto de tatuagens. Tem uma mulher de cabelo encaracolado com ele. Ela parece brilhar.

Justin está se afastando de Angie. Por quê?

— Angie! — Sam a chama.

— Sam, é ele. É ele — ela sussurra quando Sam se aproxima.

— Como você sabe?

— Ele parece... parece com meu pai — Angie diz, com os olhos se enchendo de lágrimas. Ela não consegue pensar direito. Está confusa demais. — Por que você me fez fumar?

— Você estava entrando em pânico. Achei que ia te ajudar a relaxar.

— Como vou falar com ele agora? Pode ser que nunca mais o veja! Como vou fazer para encontrar Justin de novo?

Ela caminha na direção da casa, para onde o tio foi. Sente como se estivesse se desfazendo.

No jardim da frente, o manobrista segura a porta de um Mustang aberta. Justin entra no assento do motorista, e sua acompanhante já está no banco do passageiro. Angie tenta chamá-lo, mas não consegue. Por que não?

Ela vira para Sam.

— Pega o carro, rápido!

— Isso é loucura, Angie.

— Por favor!

— Não podemos deixar Cherry e Miguel aqui.

— Voltamos depois. Por favor!

Sam vai até o manobrista enquanto o Mustang preto de Justin sai.

Angie e Sam descem voando a colina, fazendo curvas fechadas, até chegarem ao Sunset Boulevard. Ali, parado no farol, está o Mustang preto. A mão da mulher está do lado de fora, brincando com o vento. O cotovelo de Justin descansa apoiado na janela aberta. Conforme se aproximam, Angie consegue ouvir a música saindo do carro, uma voz cantando — não, declarando, suplicando — "*Someday the sky above will open…*".

O céu acima *está* se abrindo. Angie não precisa levantar o rosto para saber.

Ele está aqui. Bem aqui. Justin está no carro à sua frente.

O farol abre e o Mustang acelera. Sam pisa no acelerador, seguindo-o.

É uma noite seca, mas aos olhos de Angie as luzes da cidade vacilam como se chovesse. Ela encara o Mustang preto, que vira de repente.

Sam o segue, e outros carros buzinam para ele.

Justin acelera no farol amarelo.

— Sam! — Angie grita quando Sam para no vermelho.

— Angie, não vou arriscar sua vida por isso.

Ela não responde. Só olha para o farol vermelho, torcendo para que abra, com toda a sua força, sentindo Justin se afastar dela. *E se ele escapar?*

Então eles seguem o caminho, e alguns quarteirões à frente ela o vê, saindo no farol. Sam também o vê, porque acelera para alcançá-lo. Ainda estão alguns quarteirões atrás quando o Mustang vira à direita.

Sam o segue pela rua silenciosa e escura, cheia de carros estacionados, como qualquer outra. *Quantas das sete bilhões de pessoas têm uma nuvem sobre a cabeça, sentem um buraco no coração? Quantas estão perseguindo um estranho? Quantas estão procurando pelo pai?*

Quando chegam ao fim do quarteirão, perderam o rastro do Mustang.

E, então, lá está ele. Andando pela calçada, abraçando a mulher. Ela carrega os saltos com uma mão e enlaça a cintura de Justin com a outra. Conversam entre si, mas Angie não consegue ouvi-los.

Sam para o carro.

— Ele está bem ali. O que quer fazer? O que quer que eu faça? — ele pergunta.

Angie abre a porta do carro e sai.

Sente-se enjoada, mas não vomita. Respira fundo. Leva as mãos à cabeça. Observa Justin e a mulher pegarem um caminho de tijolos para um predinho de estilo espanhol antigo, coberto de hera. Ele abre a porta.

E desaparece lá dentro.

Angie se afasta do carro, vacilando nos saltos, e anda até o prédio para ver o número. Pega uma caneta na bolsa e escreve na mão: 179. Então confere e escreve na outra mão, para se certificar de que seu cérebro não vai enganá-la: 179.

Quando volta para o carro, ela pergunta baixo a Sam:

— Que rua é essa?

— Sycamore.

Sycamore. Uma rua de Los Angeles cheia das árvores que lhe dão nome, uma rua com roseiras, em que pessoas específicas moram, pessoas sobre as quais Angie nada sabe.

— Obrigada — ela diz para Sam. — Por me ajudar. — Angie se inclina em sua direção e descansa a cabeça em seu ombro, sentindo-se muito cansada de repente. — Eu te amo.

No dia seguinte, ela não vai lembrar o que disse. Não vai lembrar muita coisa.

Marilyn

Marilyn ouve Diana Ross cantando "I'm Coming Out" na sala ao lado. Provavelmente para inspirar o umbigo que será exposto, ela supõe. Está sentada na sala de espera, tentando se concentrar em estudar para a prova de história americana que vai ter na manhã seguinte, o último dia de aula antes do feriado de Ação de Graças. *Ele a obriga a se submeter às leis, na formação das quais ela não tem voz*, Marilyn lê, uma questão de múltipla escolha baseada numa passagem da Declaração de Sentimentos assinada na Convenção de Seneca Falls.

Sua barriga ronca, e ela olha para sua pele exposta, branca demais. Querendo que parecesse magra na miniblusa, Sylvie só permitiu que tomasse um shake de café da manhã, horas atrás. Enquanto marca a resposta certa na questão sobre a primeira convenção de direitos das mulheres, Marilyn dá um sorriso diante da ironia. Isso a faz se sentir um pouco melhor. O livro vira uma espécie de armadura.

Quando sua barriga ronca de novo, agora mais enfática, ela é chamada e levada para outra sala, onde aperta a mão da diretora de elenco, que deve ter uns quarenta anos e está comendo um saco de batatinhas sem gordura. Seus pés descalços descansam numa cadeira, com os sapatos de salto abandonados no chão. Atrás dela, há uma fileira de cinco homens de terno sentados num sofá de couro, todos parecendo cansados. A diretora de elenco limpa as mãos na calça e pede que Marilyn ande pela sala, que é de uma brancura impressionante — as paredes, o teto e o chão brilham —, enquanto um cara grava o teste. Marilyn gostaria de estar do outro lado da câmera, em vez de desfilando para todos verem.

— Com um pouco mais de vivacidade, querida — a diretora de elenco diz. — Balança esse quadril, mas não muito. Não como se estivesse tentando ser sexy, mas como se fosse assim que você anda mesmo. Imagina que o garoto de quem gosta está logo atrás de você, olhando. Tem que se mostrar, mas sem exagero.

Marilyn ouve a voz de James — *Você tem uma escolha*. Ela tenta seguir a sugestão da mulher, por mais absurda que pareça. Imagina que está com James na praia. Ouve as ondas. Então vira e o vê deitado na areia, apoiado nos cotovelos. Marilyn finge que está andando até a água, tenta se mover como faz quando sabe que os olhos dele estão nela. Sua coluna fica mais reta, algo sob sua pele parece se iluminar, suave como o sol do fim do dia.

Ela é tirada de sua fantasia quando a diretora de elenco diz:

— Obrigada, querida.

E então acaba.

Marilyn sobe o zíper do moletom ao sair pela porta giratória de vidro. É um dia frio de novembro, ou pelo menos nos termos de Los Angeles. São apenas três e meia, e o sol já está baixo e se esvaindo no horizonte. Ela vê a mãe folheando uma *US Weekly* dentro do carro estacionado.

— Como foi? — Sylvie pergunta assim que Marilyn abre a porta do passageiro.

— Bem, acho.

— Estou com um bom pressentimento!

— E eu estou morrendo de fome — Marilyn diz.

Elas passam no drive-thru do Wendy's, onde pegam sanduíches de frango (porque são mais saudáveis que hambúrgueres, de acordo com Sylvie). Marilyn está tomando sua coca diet quando Sylvie vira à esquerda no Sunset Boulevard, quando deveria ter virado à direita.

— Aonde vamos? — Marilyn pergunta.

— Quero fazer algo divertido — Sylvie diz. — Vamos dar uma olhada na nossa casa.

"Nossa casa" é como ela se refere à casa na colina que visitaram depois da primeira reunião com Ellen. Elas passaram na frente algumas vezes desde então, com Marilyn sustentando em silêncio o olhar ávido da mãe. Da última vez, Sylvie notara que o preço havia caído para setecentos e cinquenta mil dólares, o que lhe parecia "muito razoável".

— Mãe, estou muito cansada.

— Ah, vamos lá. Vai ser rapidinho.

Um suspiro escapa dos lábios de Marilyn.

— Por favor? — Sylvie acrescenta, parecendo uma menininha. Ela já está fazendo a curva para subir a colina, então Marilyn só assente.

Conforme sobem, o sol enfraquece e luzinhas fracas de Natal começam a aparecer, identificando as casas dos mais animados. Marilyn segura um mapa, mas Sylvie não tem problemas com a complexa série de curvas, e a garota imagina quantas vezes a mãe foi até lá sozinha.

Elas estacionam na frente da Hill Street número 5901, em cuja garagem tem uma BMW. A foto de Ron sorrindo e a placa de VENDE-SE sumiram. Os últimos resquícios de sol refletem na janela do segundo andar. Cada uma das miniaturas do Davi usa um gorro de Papai Noel.

Sylvie irrompe em lágrimas.

— Mãe… — Marilyn começa, mas se dá conta de que não sabe o que dizer. Ela só fica olhando para a casa enquanto o sol se põe e as luzinhas brancas no telhado acendem. Marilyn vê a si mesma e à mãe chorando sentadas no carro, como se não fizesse parte da cena e só a acompanhasse da janela da casa que Sylvie queria tanto. Parecem à deriva no barco que é o Buick, perdidas num mar de casas caras que nunca vão ser delas. Marilyn pensa como é fácil não ser nada. Não ser ninguém.

Em um esforço para se manter conectada com seu corpo, ela levanta as mãos para tirar uma foto mental da mãe diante da janela do carro, olhando para a casa iluminada pelo Natal.

Quando Marilyn baixa a mão, Sylvie vira para ela e diz entre as lágrimas:

— São os gorros de Papai Noel, sabe? É algo que eu teria feito. Se a casa fosse nossa.

— Existem outras casas, mãe — Marilyn se pega dizendo.

—Vamos comprar uma ainda melhor?

Marilyn afasta o cabelo fino tingido de loiro do rosto da mãe.

—Vamos tentar.

O céu da manhã do Dia de Ação de Graças nasce cinza, mas Woody está animado, o que é incomum para ele. Quando Marilyn sai do quarto, ainda esfregando os olhos, depara com o tio num terno azul que ela nunca viu, fazendo café e assobiando sozinho. Vai haver um torneio de pôquer no cassino Commerce hoje, e Woody se vestiu como um vencedor.

— Feliz dia do peru — ele diz.

— Pra você também.

— Tenho que ir daqui a pouco. Aquele Buick não vai se ganhar sozinho.

— Boa sorte — Marilyn diz, então vai encontrar a mãe no quarto. Sylvie está passando batom. — Os avós de James nos convidaram para comer — ela diz, baixo. — Quer ir?

A tensão é visível nos olhos de Sylvie.

— Pensei em sairmos para comer sanduíches.

Quando moravam em Orange County, sua tradição de Ação de Graças era comer sanduíches de peru no píer.

— Não quer fazer algo diferente este ano? Rose cozinha muito bem.

— Acho que não. Estou com uma dorzinha de cabeça. Mas pode ir, se quiser.

—Tem certeza? — Marilyn pergunta.

—Vai ser nosso primeiro Dia de Ação de Graças separadas — Sylvie diz.

Mas você também foi convidada!, Marilyn pensa, tentando afastar a culpa. Ela espera que a mãe fale do ano seguinte, como sempre faz, imaginando o jantar em sua casa suntuosa, com um belo peru e tudo mais. Mas Sylvie só dá as costas e volta a colocar a camisola.

Assim que Woody sai, Marilyn dá um beijo na mãe, que está vendo o desfile na TV com uma garrafa de vinho ao lado.

Com seu vestido preto de veludo com saia rodada, reservado para ocasiões especiais, Marilyn bate na porta dos Bell, tremendo sob o céu branco ao sentir a corrente de ar. Justin logo abre a porta.

— Quer jogar Operando? — ele pergunta, sem cumprimentá-la.

Marilyn ri.

— Claro! — Ela o segue para dentro da casa quentinha, e os ecos do dia frio abandonam seu corpo imediatamente. — Vou só ver se sua avó não precisa de ajuda antes.

Ela abraça James e vai até Rose, que está tirando o peru do forno. O cheiro é delicioso, lembrando os jantares de Ação de

Graças que se vê na TV. Rose lhe dá um beijo e mostra como regar a carne com o suco que fica no fundo da assadeira.

— Assim fica bem suculento.

— Eu mostro — Justin diz, pegando a colher da mão da avó.

— Ele adora essa parte — Rose explica, rindo.

Marilyn olha para James com o avô na sala, em frente ao jogo de basquete na TV, mas olhando para ela, a avó e o irmão com um sorriso no rosto.

— Meninos! — Rose chama. — Hora de trabalhar.

Ela entrega uma tigela gigante de vagens que devem ser aparadas. Marilyn descasca as batatas, depois joga Operando com Justin, que morre de rir toda vez que ela faz a campainha tocar. A tarde passa num caos aconchegante, com vozes animadas, beliscadas na comida e risadas.

Mas Marilyn não consegue parar de pensar na mãe sozinha lá em cima. Ela se sente divagar, como se estivesse numa canoa, então pede licença para ir ao banheiro. Sente um cheiro vago de perfume no ar, ao mesmo tempo familiar e distante, despertando uma memória guardada bem lá no fundo. Embora não se lembre, é o cheiro do perfume que o pai usava (e que Alan também usa). Ela joga água no rosto, tentando afastar o mal-estar.

Quando volta, é ancorada pela sensação da mão de James em sua perna por baixo da mesa, pela risada de Justin enquanto comemora sua vitória (de novo), pelos ensinamentos cuidadosos de Rose na cozinha, mostrando a quantidade certa de manteiga e creme de leite (muita) para deixar o purê mais gostoso. Eles a mantêm ali. Então, finalmente, a mesa é posta e o peru é destrinchado. Quando vão comer, Marilyn está a salvo na areia, grata pela sensação de pertencimento que estão prontos para lhe oferecer.

★★★

"*I'm kissing you…*", Des'ree canta, enquanto Claire Danes pisca para seu Romeu, do outro lado do tanque com peixinhos azuis, as asas de anjo se abrindo às suas costas. James beija a nuca de Marilyn no exato momento em que fogos de artifício explodem na tela. Marilyn se sente tão apaixonada quanto Julieta. Foi ela quem escolheu o filme — queria ver *Romeu + Julieta* quando estava no cinema, dois anos antes, mas na tarde em que suas amigas foram ela tinha um teste para um comercial da Neutrogena. Quando mostrou a James a caixa no corredor da Blockbuster — depois de terem comido torta, tomado café e de os outros terem ido dormir —, ele grunhiu, mas acabou concordando.

Na cena final — com os amantes mortos nos braços um do outro, banhados pela luz das velas —, lágrimas começam a rolar pelo rosto de Marilyn. Quando James se inclina para enxugá-las com o dedão, ela nota que ele também está chorando. Ela ouve alguém fungando logo atrás, e ao virar depara com Justin de pijama, escondido num canto.

— O que está fazendo aí? — James sussurra. — Deveria estar dormindo.

Justin enxuga os olhos.

— Por que ele não esperou mais um pouco? — ele pergunta. — Aí ela teria acordado. Por que não conferiu se ela estava respirando? Ou ouviu seu coração?

—Vem aqui — Marilyn diz. Justin levanta e se aconchega entre os dois no sofá.

Marilyn faz cafuné nele, como sua mãe fazia quando era pequena e ficava doente, o que adorava. Minutos depois, Justin está dormindo em seu colo. Ali, sonhando, parece um bebê.

James levanta e pega o irmão no colo para levá-lo para a cama.

— É melhor eu ir — Marilyn sussurra quando ele volta.

— Não. Fica.

Ela sorri.

— Não posso!

Marilyn sabe que está abusando da sorte ao ficar fora de casa até tão tarde. Faz horas que Rose e Alan foram deitar, e ela só pode torcer para que Sylvie também.

— Fica — James insiste, deitando no colo dela, parecendo tão pequeno quanto o irmão. — Quero dormir do seu lado.

—Vou botar você na cama — ela sussurra em meio a risadinhas.

Marilyn tenta levantar, mas James se agarra a ela, puxando-a de volta.

— James!

Ela sorri e põe as mãos em seus ombros, tentando afastá-lo. Ele deixa o corpo pesar, de modo que Marilyn não pode fazer nada contra seus mais de um metro e oitenta e oitenta quilos. Eles ficam nessa brincadeira — ela tentando sair, ele permitindo que quase consiga e então a puxando de volta para o sofá — até que James finalmente desiste e a deixa levantá-lo. Marilyn o segue até o fim do corredor, onde há uma porta com JAMES escrito em letras de madeira.

— Não tira sarro — ele diz. — Minha mãe colocou quando eu era pequeno.

Marilyn sorri, louca para ver o quarto em que o imaginou tantas vezes enquanto ouvia a música que escapava pela janela.

É pequeno como o dela, com uma cama de solteiro encostada na janela, uma manta xadrez esticada em cima. Luzes brancas de Natal penduradas iluminam o espaço. A escrivaninha, com uma variedade de livros escolares em cima, é antiga e feita de madeira lixada de leve, revelando seus veios. Na parede oposta, há um enorme retângulo preto perfeitamente pintado, com uma prateleirinha para o giz (tem dois pedaços ali). Está escrito: "A cada noite escura, se segue um dia claro — 2Pac". E abaixo: "Continuo comprometida com a ideia de que a habilidade de pensar por si mesmo depende do domínio da linguagem — Joan Didion". Sobre um criado-mudo pequeno, há um suporte de incenso e um copo de água pela metade. Marilyn sente vontade de passar os dedos na borda do copo. Quando levanta os olhos, vê uma constelação de estrelinhas pretas pintadas no céu branco.

No lugar em que James vive com ele mesmo, Marilyn sente como se tivesse percorrido a distância entre eles, ou pelo menos dado um passo que nunca havia sido permitido antes. Ele tira os sapatos e deita. Ela levanta as mãos e tira uma foto mental de seu corpo preenchendo a cama de solteiro perfeitamente arrumada.

— Vem aqui — ele chama, e Marilyn deita ao seu lado, apoiada no cotovelo, tomada por seu cheiro impresso nos lençóis, os anos de sonhos que não podem ser lavados na máquina. James descansa a cabeça no peito dela, que se inclina contra o travesseiro, reconfortada pelo peso dele. A expressão em seu rosto a lembra da foto de James quando menino, descansando no ombro da mãe. Ela acaricia seu cabelo, forçando os olhos a se manterem abertos enquanto a respiração dele fica mais lenta e profunda. Quando James solta um ronco leve, ela quase deixa escapar uma risada. Seus olhos se movimentam de leve sob as pálpebras fechadas. Marilyn estuda sua pele delicada, que fica mais escura perto dos cílios, as sobrancelhas formando uma sombra leve, o modo como seus músculos se contraem como se segurasse firme o que está escondido sob eles. Ela traça as tatuagens em seu braço, o nome da mãe, Angela, em cursiva.

Quando Marilyn tem certeza de que James está dormindo profundamente, se solta com todo o cuidado, coloca o travesseiro debaixo da cabeça dele e enterra o rosto em seu pescoço, sentindo seu cheiro antes de sair na ponta dos pés. Ele grunhe de leve, ajeitando o corpo. Marilyn fecha a porta e vai embora.

Ela treme com o ar noturno e sobe os degraus para o apartamento de Woody. Destranca a porta e encontra Sylvie sozinha no escuro, olhando para a lua através da janela, com uma taça de vinho na mão. Ela vira para a filha.

—Vejo que aproveitou o Dia de Ação de Graças.

Não é um comentário, é uma acusação.

— Não sabia que ainda estava acordada — Marilyn diz baixo.

— Não estou — Sylvie responde. — Estou em outro lugar. Bem longe desta sala.

Intrigada, Marilyn beija a testa da mãe. Sem resposta, vai tomar um banho, deita e mergulha tão profundamente nos sonhos que nem se lembra deles ao acordar.

MARILYN ACORDA COM O BARULHO DE CHUVA. Ela levanta da cama na ponta dos pés para dar uma olhada na casa. Está vazia. Woody ainda deve estar no cassino, e Sylvie vai trabalhar o dia todo, porque é Black Friday. Ela vai para a cozinha fazer café, então liga para James. É Rose quem atende, com sua animação juvenil.

— Oi, é a Marilyn. James está? — Quando ele atende, ela diz num sussurro urgente: — Sou eu. Vem aqui, ficar na cama comigo. Estou sozinha.

Pouco depois, enquanto serve duas xícaras de café (com creme em ambas e muito açúcar na dele), Marilyn ouve a batida na porta e corre para atender. James está de calção e uma camiseta levemente molhada de chuva, assim como o cabelo.

— Bom dia, srta. Mack — James diz, com a voz baixa e grave e um sorriso juvenil no rosto. Ele a pega no colo do nada, literalmente fazendo-a perder o chão. — Pra onde? — James pergunta, em meio às risadinhas de Marilyn.

Ele a leva pelo corredor até o quarto, que fica bem em cima do seu. James a deixa na cama e deita por cima dela. Ele beija sua barriga. Tira a blusa dela. Marilyn estremece. A chuva fica mais forte. James leva as mãos e depois a boca aos seus seios. O corpo dela está tão desperto que Marilyn se pergunta se não vai explodir. Ela tira a camiseta dele, passando as mãos pelos músculos de suas costas, arranhando-o de leve. Quando beija seu pescoço, James solta um gemido suave. A mão dele a penetra, fazendo o que os dedos de Marilyn fizeram quando estava deitada na cama pensando nele. E, então, ela se entrega ao prazer.

James afasta os cabelos da testa dela e beija sua têmpora. Ela o abraça.

— O que eu faço para que sinta a mesma coisa? — Marilyn pergunta num sussurro.

James ri.

— Posso mostrar, se quiser.

James mostra. Testemunhar seu prazer sabendo que é a causa dele quase faz com que Marilyn perca o controle de novo.

Os dois ficam quietos, ela descansando a cabeça no peito dele, as mãos dele no cabelo dela, a chuva em seu ritmo constante, o doce calor da pele dele contra a dela. Marilyn pega no sono. Nunca se sentiu tão completamente contida em um único momento.

Marilyn acorda no começo da tarde, abre os olhos para encontrar James ao seu lado, ainda dormindo. Ela levanta, esquenta as xícaras de café esquecidas, faz dois queijos quentes e leva para a cama. Então o acorda, beijando suas pálpebras, sua testa, suas bochechas, e os dois comem na cama.

— Gosto das fotos — James diz, examinando as imagens em preto e branco na parede. — Principalmente aquela.

Ele aponta para uma foto tirada por Gordon Parks, de Eartha Kitt saindo do meio das árvores ao sol, as mãos levantadas sobre a cabeça numa postura de bailarina.

— Amo essa foto — Marilyn diz.

— Agora sei onde você está quando a ouço à noite. Posso visualizar melhor.

—Você me ouve?

— Seus passos. — Ele sorri. — Pra ser sincero, no começo era irritante.

Ela dá um soquinho em seu ombro.

— Eu só não estava acostumado — James continua. — Acho que desde que nos mudamos este quarto estava desocupado. E é pro meu quarto que eu vou quando preciso de silêncio. Então, quando ouvia você se mexendo, era um saco. Mas depois…

Ela olha para ele, em expectativa.

— Depois passou a ser reconfortante. Saber que está logo acima de mim, ouvir seus sons. Comecei a esperar pelo seu movimento, a amar isso.

— Sabia que consigo ouvir suas músicas? Pela janela. Eu me sentia tão sozinha quando mudei… Era a única coisa que fazia com que me sentisse melhor.

James sorri.

— Não foi de propósito no começo, mas admito que depois que nos beijamos deixei "Ready or Not" bem alto, pra ver se você ouvia...

Marilyn fica vermelha com a lembrança.

— Eu ouvi, sim.

James senta e dá um beijo na ponta do nariz dela. Ele a envolve com seus braços e aperta forte.

— Não consigo respirar!

Marilyn ri e o aperta também.

— Pode apertar mais forte — ele pede. —Tipo um abraço de urso!

Ela aperta, usando toda a força dos braços para colar seus corpos. Quando o solta, James enfia a cabeça debaixo das cobertas. Ela o segue e os dois brincam como crianças. Ele a vence numa lutinha, e sobe em cima dela. Marilyn se solta e tenta subir em cima dele.

— Grrr — James faz.

— Grrr — ela repete, rindo, depois tira as cobertas para respirar, procurando pelo corpo dele lá dentro. — Grrr!

Marilyn o cutuca, mas James não se mexe.

Ela levanta as cobertas e o encontra encolhido.

— O que foi?

— Nada, eu... nada.

Mas o sorriso e o tom de brincadeira se perderam.

Ele vira e fecha os olhos.

Pouco depois, ela se deita com delicadeza de conchinha atrás de James e põe o braço no peito dele. A princípio, ele não se mexe, mas acaba pegando a mão dela. Eles ficam assim, com a respiração sincronizada, pelo que parecem horas, mas talvez sejam apenas minutos, até que James diz:

— Quando eu era pequeno, costumava ir para a cama da minha mãe de manhã. Eu entrava embaixo das cobertas e esperava que ela perguntasse onde eu estava. Ela apalpava as cobertas e, quando sentia sua mão em mim, eu fugia, para que tivesse que entrar debaixo das cobertas e me procurar.

Marilyn sorri e beija o ponto em seu pescoço em que o cabelo acaba. Ela passa as mãos em suas costas, mas o corpo dele se tensiona.

— Minha parte favorita era quando ela me encontrava. Adorava o peso de seu corpo em mim, fazia com que me sentisse seguro. Adorava sua voz dizendo: "Achei você. Não tem como escapar da mamãe".

Depois de um longo tempo, ele continua:

— Mas, naquela manhã, o corpo dela começou a tremer. Era uma convulsão, mas eu não sabia naquela época. Parecia um terremoto, do tipo que eu tinha aprendido na escola. Achei que alguma coisa nela tivesse se rompido. Entrei em pânico. Estava com medo demais para me mexer. Gritei por ajuda, mas meus avós não estavam. Justin era só um bebê. Estava dormindo no berço, mas então começou a chorar. Finalmente consegui sair de debaixo dela. Seu corpo estava tão pesado. Corri para a sala e liguei para a emergência. Não lembro de muita coisa depois disso. Ela morreu no hospital aquela noite. Foi um aneurisma cerebral.

Marilyn o segura forte, os braços envolvendo seu corpo, o rosto em suas costas.

— James, eu sinto tanto.

Quando ele finalmente a encara, Marilyn vê lágrimas escorrendo por seu rosto.

— Ela devia ser incrível, para criar filhos como você e Justin — Marilyn diz baixo.

— Não sei se acredito no céu, pelo menos não da mesma maneira que as outras pessoas, mas às vezes… Nunca disse isso a ninguém, mas às vezes juro que ela está aqui. Posso sentir…

Ele deita de costas e fica olhando para o teto.

— Ela adorava beija-flores. Era seu animal favorito. Pendurava o bebedouro toda primavera e o enchia religiosamente com água e açúcar. Quando mudamos para a casa dos meus avós depois do divórcio, ela foi pendurar o bebedouro toda empolgada, mas ele ficou lá por meses sem que nenhum aparecesse. Ela trocava a água todos os dias, e eu perguntava: "Por que faz isso? Nenhum beija-flor aparece". E ela dizia, tipo, "Tenha fé". Então, uma manhã, eu estava vendo tv e comendo cereal e ela gritou: "Jamie, Jamie! Olha só!". Parecia tão animada que saí correndo. Então vi um passarinho, com as asas batendo a trilhões de quilômetros por hora. Ele viu nossos rostos colados no vidro, bem ali, e se afastou por um minuto, depois voltou. Ficamos imóveis, e ele se aproximou do bebedouro e enfiou o bico nele. Bem ali, a centímetros da gente. E deve ter contado pra todos os amigos onde havia comida, porque um bando de beija-flores começou a aparecer. A gente os via toda manhã, sem nunca cansar. Minha mãe ficava tão feliz.

Ele continua contando:

— Depois que ela morreu, ninguém encheu mais o bebedouro. Eu tinha oito anos, nem pensei a respeito. Então os pássaros pararam de vir. Mas, uma manhã, meses depois, eu estava pegando um refrigerante na cozinha e de repente vi pela janela um beija-flor bem pequeno me encarando, batendo as asas bem rápido, sem ir a lugar nenhum. Ele não ia de um lado para o outro, só ficava ali, olhando para mim. Sei que era ela. Minha mãe. Tipo, não que literalmente fosse o pássaro, mas... de alguma forma, estava falando comigo. Me lembrando. Foi só uma sensação. Sei lá.

James faz uma pausa.

— Fazia meses que eu não falava, mas sussurrei para o beija-flor. Foi só um oi, mas quebrou o silêncio. Depois disso, comecei a encher o bebedouro. — James sorri. — Da primeira vez, nem perguntei nada à minha avó, só joguei o saco inteiro de açúcar, achando que ia ficar ainda mais gostoso. Quando minha avó me pegou fazendo aquilo, ela pirou, mas depois me ensinou a fazer o néctar direitinho, e os beija-flores voltaram a aparecer.

Marilyn o abraça, e James apoia a cabeça na dela. A chuva parou e as nuvens pesadas estão indo embora, deixando o azul suave do começo da noite aparecer. Ela traça os músculos de suas costas com os dedos. Eles relaxam e James fecha os olhos.

— Se eu tiver uma filha — ele diz, olhando pela janela —, vai ter o nome da minha mãe.

Marilyn sempre achou que uma parte dela morreria e renasceria como alguém diferente assim que fosse para a faculdade, mas a transformação já estava em curso. Só que era menos como uma morte e mais como um despertar. O que quer que estivesse lá, enterrado, vinha à tona na presença de James.

Suas memórias de infância, sempre confusas e distantes, como um filme fora de foco da vida de outra pessoa, começaram a voltar inesperadamente, claras e reais. Deitada no tapete de James, ainda lânguida por causa do princípio de intimidade compartilhado, Marilyn se lembra da simplicidade do cheiro da grama do jardim em Amarillo no verão; do calor do sol do deserto, que parecia leve mesmo quando extremo; do céu em que se imaginava nadando; do cheiro do perfume do pai (sim, agora ela lembra) quando pulava em seus braços — essas partes do seu eu em outro tempo e em outro lugar agora a ligam a James, deixando-a com a sensação de que toda a sua vida a conduziu até ele.

Os lábios de James passam por suas têmporas, suas sobrancelhas, atrás de suas orelhas. Ele planta beijinhos em toda parte.

Então Justin bate na porta.

— Estão terminando?

— Já vamos, Jus! Coloca os sapatos.

O sábado depois do Dia de Ação de Graças (o feriado de que sempre vai lembrar como quando se apaixonou por James) é um dos raros momentos em que nem Rose nem Alan estão em casa. Eles foram ao cinema, deixando os netos sozinhos. Marilyn chegou a tempo de ver Rose toda arrumada, com batom e malha cor-de-rosa, brincos dourados com pedras coloridas e perfume floral. Ela adorou a maneira juvenil como Rose flertava com Alan (que estava de paletó), oferecendo a mão para que a pegasse.

Supostamente, Marilyn e James iam estudar — os dois queriam trabalhar na redação para a faculdade. Eles prometeram que levariam Justin à sorveteria depois. James colocou um filme para o irmão e foi com Marilyn para o quarto. Antes que pudessem pegar papel e caneta, no entanto, já estavam com as mãos um no outro. Era assim desde o Dia de Ação de Graças — um zumbido elétrico (que esperavam que ninguém mais ouvisse), uma fome incansável, batendo lá no fundo. Ele trancou a porta do quarto. Ela teve que enfiar a camiseta dele na boca para não gritar.

— Acho que a gente devia escrever um pouco, não? — ele diz, sua voz interrompendo os devaneios dela.

— Não acho que Justin vá aguentar esperar pra tomar sorvete — ela responde, num sussurro.

Os três saem e pedem uma casquinha de menta com chocolate (Marilyn), chocolate com castanhas (James) e napolitano com granulado (Justin). Quando Rose e Alan chegam, James e Marilyn vão para a biblioteca estudar.

Ao chegar na mesa de sempre, ele pergunta:

— Quer dar uma olhada no rascunho da minha redação?

— Claro.

Ele lhe entrega algumas folhas.

Marilyn começa a ler e James murmura alguma coisa sobre ir ao banheiro. Na volta, abre o livro de cálculo e finge estar muito concentrado, mas ela sente seus olhos constantemente nela. A redação é sobre a mãe dele. James conta como amava beija-flores em detalhes impressionantes, passando pelo que sabe da infância dela na Carolina do Norte, a mudança para Los Angeles quando adolescente, o nascimento dos filhos e o beija-flor que apareceu na janela de James seis meses depois de sua morte. *O curioso na beleza*, James escreveu, *é que de modo algum nega a existência de sofrimento, injustiça, dor. Ela se mantém firme por direito próprio, como sua própria verdade.*

Marilyn enxuga os olhos quando termina.

— James, isso é incrível — ela diz. — Quer dizer, você poderia ser como Joan Didion.

James ri, mas Marilyn consegue ver o orgulho em seus olhos.

— Foi muito bom ler as coisas dela. Ajudou bastante. Me inspirou. Não queria escrever sobre as coisas chatas de sempre.

— Não tem nada de chato nesse texto. É... lindo.

Ela está sendo sincera. James tornou algo tão pessoal maior que ele mesmo, maior que sua perda, maior que a própria família. Transformou em uma história.

— E você? — ele pergunta. — Já tem alguma coisa?

— Tenho, mas agora sinto que devo começar de novo. Acho que posso fazer melhor. Ser mais honesta. É fácil esquecer quanto poder existe em expressar algo sincero em vez daquilo que você acha que os outros querem ouvir.

— Com certeza.

— É como se estivesse tão arraigada em mim, a necessidade de agradar os outros, ou simplesmente... encontrar o caminho com menos resistência. Mas não é quem eu quero ser.

— Não é quem você é. Olha só todo o esforço que você já fez. *Isso* não é fácil.

— Obrigada.

— Se precisar de ajuda, estou aqui.

Estou aqui. Aquelas palavras nunca soaram tão bem como quando vindas de James.

Marilyn passa a próxima hora trabalhando na redação dele, sugerindo cortes e acréscimos, buscando erros de gramática. Quando devolve as folhas, ele levanta os olhos do livro e diz:

— Não quero perder você.

— Como assim?

— No ano que vem. Não quero que isso acabe.

— Nem eu — ela diz, sentindo o nó na garganta.

— E se não tivesse que ser assim? E se fôssemos para o mesmo lugar?

— Seria incrível... — Ela o encara e vê sua própria incerteza, sua própria insegurança, refletida no rosto dele. — Eu poderia tentar entrar na UCLA. É uma boa faculdade.

— Sei que quer ir embora daqui. Vou me inscrever para os mesmos lugares que você. E a gente vê depois...

Marilyn leva um momento para processar essas palavras. Então é como se começasse a inflar com gás hélio. Ela poderia flutuar até o teto de vidro acima — e além dele, até os limites da atmosfera.

— Está bem — ela diz. — Eu adoraria, mas você precisa ter certeza de que seriam boas universidades pra você também. De que é o que você quer...

— Não sei o que quero. Só sei que quero você.

É essa a sensação de estar apaixonada por James Alan Bell, em Los Angeles, no dia 1º de dezembro de 1998, Marilyn pensa enquanto dirigem para casa, com uma lua enorme no céu e a mão dele em sua coxa, enquanto Aaliyah canta "At Your Best" no rádio.

— Essa pode ser nossa música — Marilyn comenta, baixo.

James não tira os olhos da rua, mas sua mão procura a dela.

— É.

Naquela noite, Marilyn fica acordada até tarde fazendo alterações em sua lista de universidades, até que esteja mais adequada para James também. Ela troca Smith (só para mulheres) pelo Boston College. Acrescenta UCLA e Harvard, mesmo sabendo que não tem chance de entrar na última, só para que ele não deixe de se inscrever. Se for o caso, pode estudar em outra faculdade em Cambridge, talvez Emerson. Mas Columbia... Columbia seria o sonho. Ela dorme imaginando os dois chegando juntos a Nova York, de mãos dadas. O diamante no fim do túnel se transforma nas luzes espetaculares da cidade em que consegue se ver com James.

Ao primeiro toque, Sylvie larga a árvore de Natal velha nos braços de Marilyn e corre para o telefone.

— Alô? — A decepção é visível em seu rosto. — Hum--hum. Não, obrigada. E me tire da sua lista de contatos, por favor. — Ela desliga e vira para a filha. — Bom, ainda não ter recebido resposta por enquanto é uma boa notícia!

Marilyn foi chamada para um novo teste pelo pessoal da propaganda da Levi's na semana anterior, mas já teve que lembrar a mãe de que provavelmente não vão ter uma resposta definitiva antes das festas.

— As coisas vão mudar. Estou sentindo — Sylvie diz, enquanto Marilyn ajeita a árvore que compraram no ano em que se mudaram para Orange County. Os galhos parecem vazios, tendo perdido boa parte de suas "folhas" prateadas ao longo dos anos.

Marilyn gostaria de ficar no quarto trabalhando em sua

redação, mas, ao observar a mãe fazendo chocolate quente na cozinha, uma tradição sempre que montam a árvore, ela amolece e abre um saco cheio de enfeites. Em meio à mistura caótica de corações, bengalinhas e estrelas, ela encontra o enfeite do Meu Querido Pônei que Sylvie fez para ela, simplesmente colocando um gancho num boneco pequeno. Quando a mãe chega com as canecas fumegando, Marilyn pendura o pônei de crina cor-de-rosa na árvore, mesmo achando ele um pouco decrépito demais.

Na manhã de Natal, há alguns pacotes debaixo da árvore. Enquanto Sylvie verifica o presunto no forno, Woody abre seu presente: uma caneca com os dizeres WOODY LEVA! Elas compraram uma caneca branca simples e Marilyn fez as letras cuidadosamente com estêncil, além de algumas estrelas coloridas. Então colocaram no forno e, como Sylvie disse, *voilà!* Era permanente.

Os lábios de Woody parecem se contorcer enquanto a examina. Marilyn nota que ele está se esforçando para não demonstrar nenhuma emoção.

— Bom — ele diz —, ficou muito legal. Legal mesmo, meninas. Quem diria? Meu primeiro presente de Natal em anos. Obrigado. Acho que já vou estrear — ele acrescenta, levantando para pegar café e adicionando uma dose de Baileys. Ninguém diz nada, mas ele vira para Sylvie na defensiva. — É feriado.

Ela só assente e diz para Marilyn:

— Pode me ajudar com a salada?

É uma "salada" de gelatina, que Sylvie faz todos os anos. Elas misturam abacaxi, cranberries e nozes no líquido quente e colocam na geladeira. Woody termina seu café com Baileys e serve outro, agora com uma dose (ou duas) de uísque. Marilyn olha para ele quando ouve o toque familiar da internet conectando, o que significa que vai começar a jogar.

— Woody... — Sylvie diz, com delicadeza. — É Natal. Tire o dia de folga.

— Mas se até minha caneca diz "Woody leva!"... Sinto que estou com sorte.

Ele sorri, mas Marilyn já notou o efeito da bebida nas vogais arrastadas.

Sylvie fecha os olhos e depois liga a tv. *O Natal de Charlie Brown* fica passando enquanto as duas terminam o almoço. Quando a mesa está posta, o presunto, as vagens e a gelatina servidos, Woody ainda encara a tela do computador.

—Vamos abrir nossos presentes antes de comer? — Sylvie pergunta.

Marilyn pega os pacotes embaixo da árvore. Um para a mãe e dois para si mesma. Ela abre o primeiro e vê que é uma coleção de amostras de perfume dentro de uma sacolinha do ck One. É o mesmo presente que recebe todos os anos, ou uma versão dele. (A marca da sacola muda.) Marilyn nem gosta de perfume, mas tem algo de familiar naquilo. Ela sente cada perfume e vai comentando de quais gosta mais. No fundo da sacola, há batons de amostra. Marilyn sabe que a mãe os consegue com as vendedoras de maquiagem e corta a ponta cuidadosamente para que pareçam novos. Marilyn quase não os usava, só quando a mãe a maquiava antes de um teste ou de uma reunião. Mas, nos últimos meses, desde James, ela começou a experimentar. Encontra um roxo escuro e passa. Sorri para a mãe.

— Gostou? — Marilyn pergunta.

Sylvie sorri.

—Você sabe que prefiro cores mais tradicionais, mas notei você se arriscando mais, então quem sou eu pra opinar? Estou velha.

— Claro que não!

Marilyn deixa uma marca roxa de beijo no rosto da mãe.

Ela também sabe o que é o outro presente. Abre o pacote cuidadosamente embrulhado com papel brilhante e vê três potes do famoso esfoliante de limão da mãe. Embora a receita seja simples, Sylvie só o faz uma vez por ano, talvez para que continue sendo especial. Ela o coloca em potes de vidro com uma etiqueta em que se lê MILAGRE DE LIMÃO DA SYLVIE. Ao sentir o cheiro de verão em pleno mês de dezembro, Marilyn deseja que a mãe consiga de fato sua casa na colina, ou pelo menos um imóvel próprio, além de dinheiro para comprar vestidos bonitos, comer em restaurantes com guardanapo de pano e preencher o buraco deixado por suas vontades.

— O cheiro está delicioso — Marilyn diz. — Agora abre o seu.

Sylvie desembrulha o pacotinho e vê um enfeite feito de fita e letras de Scrabble coladas, formando TE AMO, MÃE. Marilyn sabe que não é muito, não é nada, na verdade, mas sempre tenta pensar num presentinho novo a cada ano.

Sylvie se aproxima para abraçá-la, e Marilyn quase sente o nó na garganta da mãe quando ela sussurra:

— Obrigada, querida.

— O que é isso? — Woody pergunta, tirando os olhos do computador, sua voz tão tensa quanto um arco prestes a disparar uma flecha.

— Um presente. Marilyn fez para mim.

Woody vai até a mesa da cozinha, onde as duas estão.

— E onde foi que você conseguiu essas letras de Scrabble? — ele pergunta a Marilyn.

— Hum… Achei um jogo antigo no fundo do armário.

— *Meu* jogo.

— Desculpa, não achei que alguém fosse usar. Estava bem no fundo, atrás de um monte de coisa, coberto de poeira.

—Você é uma *convidada* nesta casa. Não tem o direito de pegar minhas coisas! — Woody explode.

Marilyn fecha os olhos, tentando escapar para o caminho de tijolos, as folhas de outono, a biblioteca de pedra, o dormitório em que imagina James no futuro, dormindo na cama dela, sem ninguém para incomodá-los.

— Devolva — Woody diz.

Marilyn olha para Sylvie e vê as lágrimas se acumulando em seus olhos.

— Por favor — a garota diz, com delicadeza. — Todo mundo… todo mundo ganhou um presente. Esse é o da minha mãe.

—Você não tinha o *direito*. Não sabe de onde o jogo veio, não sabe o que o jogo significava pra mim.

Sem dizer nada, Sylvie começa a desfazer o presente, soltando as pequenas letras de madeira. As lágrimas agora correm por seu rosto.

Ela levanta e vai até o armário. Marilyn ouve as letras caindo na caixa.

Sylvie volta para a sala.

—Vamos comer — diz, então vai para a cozinha e começa a fatiar o presunto.

Apenas o ruído dos talheres perturba o silêncio. Marilyn pega mais gelatina para agradar Sylvie, forçando a substância molenga garganta abaixo.

— Estava ótimo, mãe. Obrigada — ela sussurra.

— Hum-hum — Woody concorda. Ele serve uma dose de uísque, agora sem café, em sua caneca.

— Estava mesmo — Sylvie diz, forçando um sorriso enquanto levanta para tirar a mesa. — Mari, você ainda vai ao cinema com sua amiga?

Embora a mãe tivesse ficado chateada ontem quando Marilyn disse que tinha planos para a tarde de Natal, a garota sabe que Sylvie está lhe dando uma saída. Ela ajuda a lavar a louça e depois vai para o quarto, onde coloca algumas coisas na sacolinha de CK One.

Quando vai dar um beijo de despedida na mãe, Sylvie sussurra na orelha dela:

— Ano que vem vai ser melhor. Teremos nosso próprio Natal. Uma árvore de verdade. Com presentes de verdade.

Antes que Marilyn possa responder, Woody diz do outro lado da sala:

— Aquele jogo era do seu pai. Ele ganhou no aniversário de dez anos. A gente sempre jogava juntos.

Marilyn só assente, sentindo-se estilhaçar.

Ela sai para o sol brilhante das duas horas do dia de Natal em Los Angeles. Corre até James, que já está esperando no fim do quarteirão, atrás do volante do Dodge vermelho. Assim que abre a porta do passageiro, a visão de seu rosto parece uma lufada de ar fresco.

— Conseguiu escapar — ele comenta.

— Graças a Deus.

— Feliz Natal.

Ele pega uma fita do bolso da calça e entrega a ela.

Marilyn olha para a etiqueta: PARA A SRTA. MARI MACK. COM AMOR, JAMES.

Ela dá um beijo no canto da boca dele, que se abre num sorriso.

— Podemos ouvir? — ela pede.

"Try Me" começa a tocar quando eles saem, e o dia se transforma. Woody e sua bebedeira, a árvore artificial caindo aos pedaços, a dor nos olhos de Sylvie — tudo esvanece enquanto Marilyn observa James dirigir. Ele descansa uma mão nas pernas dela, que apoia a cabeça no ombro dele, sentindo a brisa fresca nas bochechas. As ruas estão tranquilas, e eles logo pegam a estrada na direção da praia, sob a luz dourada do inverno.

Quando chegam, Des'ree está cantando "I'm Kissing You"

e Marilyn se sente completamente tomada pela sensação de estar apaixonada. A praia está quase vazia e o céu, brando. Eles andam na areia, carregam sacolas e o som de James. Ele estende uma colcha velha enquanto Marilyn coloca a fita para tocar e Des'ree continua de onde parou, cantando diante da água turquesa cristalina.

— Roubei da minha avó — James diz ao pegar uma garrafa de vinho de morango da sacola. — Está juntando pó na prateleira há um tempão.

Ele pega duas canecas estampadas com árvores de Natal e serve.

Os dois brindam e o cheiro da água do mar se mistura com a doçura do vinho rosado. Depois de alguns goles, Marilyn começa a sentir as bochechas ficando vermelhas, e sente a suavidade da luz dourada e nebulosa, o céu de inverno na costa a preenchendo.

— De repente este virou o melhor Natal que já tive — ela diz. James sorri, com seus dentes brancos e perfeitos, e "Diggin' on You", do TLC, começa a tocar. Marilyn ri e canta junto. "*Baby bay-ooo-baby baby…*"

Com as canecas na mão, eles vão até a beira d'água, onde as ondas deixam marcas na areia que refletem as nuvens vagando acima.

— Olha! — James exclama.

Ele tira um pouco de areia delicadamente com o pé e revela milhares de conchinhas coloridas. Elas começam a afundar de novo quando as ondas vêm.

— Nossa. O que é?

— Conquilhas. Quando eu era pequeno, passava horas com a minha mãe tirando a areia e depois vendo elas se enterrarem de novo. Nem sempre tem. Só aparecem de vez em quando, normalmente no inverno. Então a gente ficava muito feliz quando encontrava.

James se agacha para pegar um punhado das pequenas conchas, depois as lava. Marilyn tira uma foto mental de seu corpo inclinado à beira-mar.

— É mágico — ela diz, ajoelhando ao lado dele para ver melhor as conchas de padrão intricado.

— Que nem você.

Marilyn ri.

— Está pronto pro seu presente?

— Claro. — James sorri.

Marilyn volta para onde estavam, amarra a colcha nos ombros e pega as sacolas.

— O que está fazendo? — ele pergunta.

— Vamos! — ela diz, pegando sua mão.

— Aonde?

— Você vai ver! — Marilyn grita, já correndo à frente dele.

Quando vão para debaixo do píer, ela guia James até o ponto secreto em que as tábuas de madeira fazem sombra. Ela estica a colcha na areia e liga a música. Ao som de K-Ci e JoJo cantando "All My Life", Marilyn sussurra:

— Vem aqui.

Ela ajoelha e James se aproxima, sem dizer nada.

Marilyn nunca fez isso, mas, encorajada pelos gemidos dele, vai ficando mais confiante. Ela sente um friozinho na barriga diante da evidência física do efeito que tem nele. Adora a vulnerabilidade e a aspereza na voz de James quando murmura:

— Caramba, Mari…

Ela sente o corpo dele estremecer quando a puxa mais para perto.

— É o melhor presente de Natal da história.

James sorri, voltando a si. Ele deita na colcha e Marilyn apoia a cabeça em seu peito, o som das ondas mais baixo que a voz de Aaliyah cantando *"At your best, you are love…"*

— Acho que a felicidade é isso — Marilyn sussurra.

— Concordo.

James sorri para ela e pega um presente embrulhado sem muita habilidade com papel kraft e uma fita vermelha.

— Como assim? Você já me deu um presente. Amei a fita.

— Abre — James diz.

Ela pega o pacote pesado nas mãos, abre e se depara com uma câmera.

Uma câmera de verdade.

Uma Canon de trinta e cinco milímetros com lentes maravilhosas e um filme novo.

— Meu Deus, James! Não acredito que fez isso. Como você… Onde conseguiu?

— Meu primo tem uma loja de penhores em Long Beach. Pedi que me avisasse se aparecesse uma. Peguei umas semanas atrás. Não tem ideia de como foi difícil esperar para te dar! Vou trabalhar pra ele por um tempo para pagar, cuidando da loja aos sábados.

— James, eu... não sei o que dizer — Marilyn gagueja. — Obrigada.

— Não é um gesto totalmente altruísta. Estou louco pra ver como seriam essas fotos que você está sempre tirando. Quero ver o que você vê. — Ele afasta os cabelos do rosto dela com delicadeza. — Queria poder entrar nessa sua cabecinha. Entrar de verdade. Mas, já que é impossível, pelo menos posso ver um pouquinho através dos seus olhos.

Marilyn já está colocando o filme na câmera.

CLIQUE. JAMES NO FIM DO PÍER, seu corpo pairando entre o céu e o mar.

Clique. O sol pela metade, mergulhando na água, seus dedos de luz se estendendo sobre o oceano.

Clique. James emergindo na noite, rodeado pela luz de um poste de rua.

Clique. Rose colocando uma travessa no forno enquanto o neto a observa da porta.

Clique. Duas adolescentes encostadas da parede do mercado; uma segurando uma lata de coca, a outra fumando.

Clique. James olhando através do vidro, com a mão na janela do carro.

Nos três dias desde que Marilyn ganhou a câmera, não foi a lugar nenhum sem ela. Olhar através das lentes faz com que se sinta totalmente desperta, cheia de possibilidades.

★

Clique. Justin sentado na frente do prédio tomando um picolé, seu olhar franco oscilando entre a inocência da infância e o princípio da vida adulta.

— Posso ver? — Justin pergunta quando Marilyn se aproxima. A música do caminhão de sorvete toca incessantemente no fundo. Ela acabou de voltar do mercado, onde comprou leite e cerveja para Woody. E é claro que levou a câmera junto.

— Pode — Marilyn diz. — Mas tem que terminar o sorvete e lavar as mãos antes!

Justin termina o picolé com uma única mordida e sai correndo. Pouco depois, reaparece, com as mãos limpas, mas os lábios ainda avermelhados. Ela destampa a lente e coloca a câmera no automático antes de entregar para ele.

— Vou tirar uma foto sua — Justin diz.

— Tá bom.

Marilyn sorri e lhe ensina como focar. Justin se afasta e seu rosto desaparece atrás da câmera. Pouco depois, ele a abaixa, balançando a cabeça. Ela observa enquanto Justin olha em volta. Finalmente, ele aponta para o caminhão de sorvete.

— Fica ali — Justin diz, e Marilyn obedece. — Agora encosta no caminhão. E olha pro nada. Tipo como se estivesse esperando alguém que não vai vir.

Marilyn segue suas instruções, impressionada. Ela ouve o clique, então Justin abaixa a câmera, com um sorriso no rosto. Ele não devolve a câmera de imediato.

— Quando vou poder ver a foto? — Justin pergunta.

—Vou imprimir eu mesma depois de revelar os negativos. O rolo está quase acabando, então não deve demorar. Deixei a câmera no automático pra você, mas tem outras coisas que dá para controlar. Quer aprender?

Ele assente, animado, e chega mais perto.

—Tem uma coisa que chamam de profundidade de campo — Marilyn começa. — Determina o quanto da imagem vai estar em foco.

Ela acha que seria mais fácil se pudesse mostrar isso com uma foto.

— Espera aí.

Esquecendo completamente as compras nos degraus, Marilyn corre para cima e pega algumas das réplicas que tem coladas nas paredes do quarto, mal notando Woody no computador. Então volta para Justin, que fica olhando sobre seu ombro enquanto ela passa pelas fotos.

— Que legal — ele diz. —Você coleciona fotos.

— É. — Marilyn sorri.

Justin aponta para a imagem de uma garota na frente de uma pequena casa no campo. Ela usa uma tiara e suas mãos estão mais ou menos em posição de reza sobre a boca, enquanto os olhos estão voltados para cima.

— Gosto dessa — ele diz, observando a garota como se pudesse descobrir alguma coisa em seu olhar.

— Eu também. É de um cara chamado Robert Frank.

Marilyn passa por uma foto de Gordon Parks, com um garoto deitado num campo, uma joaninha em sua testa. As plantas no primeiro plano e os arbustos crescendo logo atrás estão borrados, mas o rosto do menino está totalmente focado.

— Olha — ela diz, apontando para a foto —, essa foi tirada com uma profundidade de campo superficial, por isso só uma pequena parte da imagem vai estar em foco.

Ela passa para outra, de uma estrada no deserto que se estende como uma linha de luz, com um único carro passando.

— Aqui, tudo está focado, então a profundidade de campo é maior. Faz sentido?

Justin assente, totalmente absorvido por aquilo.

Marilyn mostra a parte de trás da câmera.

— A abertura é o que permite que a luz entre. Quanto maior ela for, menor a profundidade de campo, e vice-versa.

Ela mostra a ele como ajustar a abertura, a relação focal e medir a luz. Os conceitos são complicados — ou pelo menos ela achou ao começar as aulas de fotografia no ano passado —, mas Justin parece compreender tudo intuitivamente.

Ela o observa se debruçar sobre a câmera concentrado, levando a lente ao olho, mexendo nas funções.

— Estica a mão — ele diz. — Tipo, na minha direção. Como se estivesse esperando que alguém pegasse sua mão.

Marilyn ouve o clique quando ele tira a foto. Quando vira, depara com Woody no topo dos degraus, observando-os. Os olhos dos dois se encontram, e ele volta a entrar.

Marilyn olha para Justin ansiosa. As sobrancelhas dele se franzem sobre os olhos alertas.

— Desculpa, Jus, tenho que ir. Vejo você depois — ela diz, pegando a câmera e as compras.

Marilyn entra no apartamento, com o coração batendo alto nos ouvidos. Woody levanta o rosto, revelando os olhos semi-cerrados. Então o medo dela é eclipsado pela raiva. Como ele pode ter algo contra o garoto mais fofo do mundo? Marilyn pensa no que James lhe disse: a raiva pode ser um combustível. Então, com a mandíbula cerrada em determinação, ela guarda o leite e a cerveja na geladeira. Sem dizer nada, coloca a câmera no pescoço e volta lá para fora.

Marilyn fica em frente ao prédio e o enquadra. A silhueta de Woody é visível pela janela. Quando ouve o clique do obturador, sabe que a foto vai sair perfeita.

Uma mulher passa na frente da loja de penhores aberta vinte e quatro horas. Não pode ser muito mais velha que Marilyn e James — só o suficiente para ter cruzado em definitivo a barreira da vida adulta. Ela usa tênis com cadarços neon, uma saia jeans, brincos de pérolas falsas e o cabelo num coque bem preso no topo da cabeça. Tem a postura mais ereta que Marilyn já viu.

— Espera aí — Marilyn diz quando James abre a porta do carro. Ele volta a se acomodar no assento do motorista, observando enquanto ela pega a câmera. Marilyn foca na mulher sob a sombra da placa da loja, com o reflexo de uma palmeira no vidro entre elas. *Clique.*

— Bom dia — James diz para a mulher enquanto destranca a porta da loja.

—Você está atrasado — ela retruca, olhando para o relógio no pulso. — Achei que abrissem às nove. São nove e cinco.

James sorri.

— Desculpe — ele diz.

Ela o segue loja adentro e coloca uma aliança de noivado no balcão, um anel de ouro simples com um diamante.

Sem dizer nada, a mulher observa James avaliando a aliança com a lupa, como seu primo lhe ensinou a fazer. Ela muda o peso de um pé para o outro, mantendo os ombros abertos. Marilyn de repente lembra de olhar para o balcão de uma loja igualzinha àquela, provavelmente assim que chegou a Los Angeles pela primeira vez, e de Sylvie entregando a própria aliança. Agora visualiza isso com perfeição. Era de prata, com pequenos diamantes espalhados e uma pedra azul grande — talvez uma safira — no centro. Ela se lembra vagamente de segurar a mão da mãe, girando a pedra azul no dedo dela; de como amava seu brilho escuro, de como refletia a luz fraca do quarto.

Mas, acima de tudo, ela se lembra da expressão vazia no rosto da mãe quando pegou o dinheiro que o homem barbudo do outro lado do balcão ofereceu.

— Não deu certo? — o homem perguntou.

— Ele morreu — Sylvie respondeu, direta.

O homem lhe entregou seu cartão.

—Vamos sair um dia desses.

Sylvie aceitou o cartão com um sorriso educado, mas assim que saíram para o estacionamento do shopping, tomado pelo sol, lágrimas silenciosas começaram a rolar por seu rosto, deixando marcas na maquiagem. Ela jogou o cartão no lixo. Marilyn sentiu lágrimas quentes nas próprias bochechas. Quando voltaram para o Buick, Sylvie ligou o motor e virou para ela, enxugando os olhos e depois os da filha.

— Não chore, querida. Coisas melhores nos aguardam. Um dia, vamos poder ter centenas de anéis bonitos, se quiser.

— Posso pagar duzentos — James diz para a mulher.

Ela fica em silêncio por um momento, depois assente. Ele abre o caixa e conta o dinheiro antes de entregá-lo. Ela o pega e vai embora, fazendo o sino da porta tocar.

O resto da manhã é tranquilo, e eles podem se concentrar nas inscrições para as universidades. Marilyn ainda não está satisfeita com sua redação. Só consegue pensar em escrever sobre por que quer ir para a faculdade, mas, toda vez que relê suas próprias palavras, só consegue ver uma garota desesperada por uma fuga. Marilyn sabe que a faculdade significa mais que isso para ela, mas não consegue expressar.

— Não precisa ficar ansiosa — James aconselha, como já fez diversas vezes. — Ou não vai conseguir pensar direito.

Então ela pega *Slouching Towards Bethlehem* e começa a reler, em busca de inspiração. Um homem entra e compra uma furadeira. Marilyn sai para comprar tacos para o almoço, e eles comem dentro da loja, onde a temperatura é mais amena. O primo de James, Eric, chega, balançando os quadris de forma exagerada ao som de "Si Te Vas" no rádio. Marilyn não consegue conter o riso.

— E aí? — Eric diz em cumprimento.

— E aí? — James responde.

Eric vira para Marilyn.

—Você deve ser a fotógrafa que conquistou meu primo.

Ele levanta as sobrancelhas para ela.

— Estou tentando — ela diz, tímida. — Muito obrigada pela câmera...

— Não precisa agradecer. Seu garoto está pagando por ela.

Ele vira para James e pisca.

James conta a Eric como foi a manhã, então o primo diz:

— Os pombinhos podem ir.Vejo você na semana que vem.

Eles saem da loja para o sol da tarde de sábado.

***

Assim que James estaciona, Marilyn pula do carro e corre para pegar seu negativo. Ela se recompõe antes de entregar três dólares e vinte e cinco centavos ao homem com sotaque francês do outro lado do balcão e pegar o cilindro com o filme.

—Tudo certo? — James pergunta quando ela volta.

— Sim!

Marilyn sorri, e ele sai com o carro. Sem fôlego, ela abre o cilindro e segura o negativo contra a luz, observando cada quadradinho translúcido com uma foto estampada.Vê um a um atentamente, tentando adivinhar como vão ficar impressas, quais vai escolher. Parece mágico que os momentos daqueles dias fugazes tenham se tornado permanentes.

Eles já pensaram onde Marilyn pode imprimir as fotos, já que quer fazer isso ela própria: a escola de James tem uma câmara escura que de fato funciona, e seu amigo Noah vai ajudá-lo a botá-la para dentro sem que ninguém saiba. Como faz aula de fotografia, Noah pode usar a câmara escura nos fins de semana.

Quando eles estacionam, o garoto já está esperando, apoiado contra uma caminhonete que parece nova. Ele é negro e baixo, tem cabelo enrolado, usa tênis Adidas verde sem amarrar e uma camisa xadrez colorida.

— E aí? — ele cumprimenta quando os dois se aproximam.

Noah e James trocam um aperto de mão e ele vira para Marilyn.

—Você roubou meu amigo — ele diz com um sorriso no rosto —, mas acho que te perdoo. — Marilyn fica surpresa quando Noah a abraça. — Que cheiro gostoso.

Ele faz graça, cheirando o cabelo dela e fingindo estar interessado. Marilyn ri.

— Obrigada.

— Ela é bonita — ele diz para James por cima do ombro de Marilyn. — Branquela, mas bonita.

— Já chega vocês dois. — James dá um soco de brincadeira em Noah. — Larga ela.

— A gente costumava sair juntos atrás de garotas todo fim de semana, mas agora esse aí anda todo "Vou ficar com a Mari" — Noah reclama enquanto passam pelos bonitos prédios antigos de tijolos, pelo amplo gramado verdejante e pelas palmeiras.

Eles entram na câmara escura, e é ainda melhor que a de Orange County. Noah mostra onde estão os produtos e diz que ela pode usar o papel fotográfico dele.

— Muito, *muito* obrigada.

— Sem problemas. Em troca, você só tem que me emprestar James um pouco. Vamos dar uma volta no shopping.

— Só não deixa que ele conheça nenhuma garota pra me substituir — ela brinca.

— Não se preocupe, vou só dar uma mão pro Noah — James diz, sorrindo.

Eles vão embora e Marilyn começa a trabalhar, preparando as soluções e cortando os negativos em tiras de seis quadradinhos. Depois de um teste com uma tira, ela monta uma folha de contato. Espera, profunda e vorazmente, encontrar pelo menos uma imagem que pareça com suas fotos mentais, que haja pelo menos uma que deixe James orgulhoso, que seja o bastante para satisfazer o que quer que ele tenha imaginado quando disse que queria ver pelos olhos dela. Marilyn deixa os negativos em exposição por nove segundos, depois leva a folha de contato para revelar, observando as marcas deixadas pelos quadradinhos translúcidos. Seu coração quase para ao ver as miniaturas cheias de James, a textura de sua vida juntos. Depois da fixação e da lavagem, ela pendura a folha para secar e então marca com uma caneta as fotos que vai imprimir.

Marilyn fica obcecada com o tempo de exposição e o enquadramento, tentando deixar cada foto o mais cortante possível. Ela coloca a fita que James lhe deu para tocar no som que alguém deixou ali e ouve cada lado de novo e de novo, sabe-se lá quantas vezes. Erykah Badu está cantando *"You know that you got me…"* quando James entra.

— E aí, Mari Mack?

— Que susto!

—Você está aqui há quatro horas.

— Sério? Não tinha ideia! — Marilyn diz enquanto tira uma foto da solução.

— Noah teve que ir. Só pediu pra gente trancar quando sair.

James olha por cima do ombro dela.Vê a si mesmo na foto, no fim do píer, flutuando entre a água e o céu, quase como se pudesse caminhar no horizonte.

— Não olha ainda! — ela diz, mergulhando o papel na solução de interrupção.

— Não aguento esperar! — James brinca.

Ela empurra seu corpo contra a parede e o beija. A luz infravermelha ilumina seus rostos.

— Bom, sem muitas expectativas.Ainda estou aprendendo — ela diz, nervosa.

Marilyn leva o papel para a fixação, mergulhando-o na solução. Depois do enxágue, ela o coloca para secar com os outros.

Tem algo nas fotografias, ou pelo menos nas que importam — elas parecem preservar a memória, não de um único momento, mas de todos os momentos invisíveis que levaram àquilo. Marilyn olha para seu trabalho. James no píer. Justin chupando um picolé. James deitado no sofá, com os braços cruzados sobre o peito nu enquanto Justin mexe em seu tênis, com um olhar travesso para a câmera. A silhueta de James, parecendo engolir o sol se pondo sobre a água. A fachada do prédio: a laranjeira, a tinta rosa descascando, as pétalas espalhadas no chão, uma figura turva, impossível de identificar, atrás de uma janela do segundo andar.

— Certo — ela sussurra. — Pode olhar.

James se aproxima por trás dela e observa as fotos.

— O que acha? — Marilyn pergunta depois do que parece um silêncio épico.

— Acho que são lindas.

— Sério?

— Sério. — Ele vira para ela com um sorriso. — Quer dizer que sou assim?

— Sim e não.

— Por que não?

— Porque fotos são imóveis. E você está sempre em movimento.

— Mas é isso que eu amo nas suas fotos. Quer dizer, é uma das coisas que eu amo. Elas não parecem congeladas. Dá pra sentir o movimento, ou o que está por vir.

Marilyn sorri. Embora a versão tangível do filme seja imperfeita em comparação aos momentos que congelava mentalmente, pelo menos aquilo ela pode compartilhar. Aquilo *existe*.

— Só falta uma — Marilyn diz. — Então podemos ir.

★★★

Mais tarde, quando Marilyn entrega a impressão em preto e branco para Justin, parece que ele viu um unicórnio. Na foto, ela estica a mão para a câmera, a ponta de seus dedos totalmente focada, enquanto o rosto está levemente borrado atrás. As bochechas, os cílios, a mandíbula — tudo parece uma série de pinceladas.

— É a foto que eu tirei — Justin diz, como se precisasse confirmar.

Marilyn ri.

— Gostou?

— Gostei.

—Você tem muito talento, Justin. Tem um olho bom.

— Podemos tirar mais?

—Tenho que terminar as inscrições para a faculdade. Mas prometo que semana que vem tiramos.

— Talvez você também vire um fotógrafo — James diz para o irmão.

Justin olha para Marilyn, como se esperasse sua confirmação. Ela sorri.

— É verdade.

Ele assente, de repente sério.

— Como você decidiu que era isso que queria ser? — Justin pergunta.

E de repente Marilyn sabe o que escrever em sua redação.

Seis horas depois, mais de meia-noite, ela relê suas palavras, escritas e reescritas à mão, detalhando como sua experiência como atriz de comerciais e modelo a inspirou a ir para trás das câmeras. A princípio, Marilyn explica, tirar fotos lhe dava uma sensação inédita de ser o sujeito da ação, de estar no controle (como James havia dito na praia tanto tempo atrás).

Ela menciona suas inúmeras fotos mentais, descrevendo a imagem das palmeiras enfileiradas como soldados do outro lado da janela de seu quarto apertado; a dor no rosto da mãe, olhando para sua casa dos sonhos decorada para o Natal por outra família; o vizinho pendurando um bebedouro para os beija-flores, com uma tatuagem do pássaro no ombro e um beija-flor real parado no ar logo acima. Quando seus olhos se encontraram e Marilyn "tirou" a foto, foi sua própria versão de amor à primeira vista.

Ela escreve sobre como acredita que todas aquelas fotos invisíveis começaram a mudar a maneira como via — estar atrás da lente, mesmo que imaginária, pareceu trazer o mundo ao seu alcance. Agora que tem uma câmera, fica grata por saber como traduzir isso em algo concreto, tangível. *Sempre penso que fotografar*, ela escreve, *é como agarrar uma imagem das mãos do tempo, antes que seja perdida. Uma foto pode ser guardada, compartilhada, presenteada. Pode se renovar aos olhos de cada um que a vê.*

Marilyn não sabe se é a redação perfeita ou se será a chave para seu futuro. Mas sabe que é o que quer dizer.

NA VÉSPERA DO ANO-NOVO, Marilyn e James estão na biblioteca com uma pilha de envelopes de papel pardo e uma pilha de papéis à sua frente. Eles revisam cuidadosamente cada inscrição, procurando erros. Marilyn gosta de ver a caligrafia infantil de James em linhas retas, suas ideias sobre a importância da música e da corrida, as responsabilidades que tem como irmão mais velho. Ele encontra um erro de grafia em uma das respostas de Marilyn, então ela paga dez centavos para usar a máquina de xerox da biblioteca e tira cópias da página corrigida.

Juntos, eles colocam o destinatário nos dez envelopes. Marilyn insiste que guardem o melhor para o final, quando finalmente escrevem: *Universidade Columbia, Escritório de Admissões, Hamilton Hall 212, caixa postal 2807, Amsterdam Avenue 1130, Nova York, NY, 10027.*

Marilyn olha para James, que larga a caneta e a encara do outro lado da mesa.

— Então... Tudo pronto? — ele pergunta.

— Sim.

Na fila do correio, Marilyn beija cada envelope.

— Para dar sorte.

Ela sorri para James.

— Não vai sujar minhas inscrições de batom — ele brinca.

— Podem nem me considerar por desleixo.

Eles ainda estão rindo de nervoso quando o atendente os chama. Os dois ficam lado a lado ao entregar os envelopes.

— Aposto que os dois vão entrar — a moça diz enquanto James lhe entrega trinta dólares, parte de um pequeno empréstimo de Eric, que vai pagar trabalhando uma manhã a mais na loja.

Eles voltam para o carro e pegam o Olympic Boulevard. O céu está inacreditavelmente aberto, e o espaço antes preenchido pelas horas de trabalho árduo agora está vazio.

Marilyn pega a mão de James e a aperta.

— O que vamos fazer? — ele pergunta.

— Acho que deveríamos comemorar — Marilyn diz. — Afinal, é véspera de Ano-Novo.

— Tenho uma ideia — James diz pouco depois. Ele liga o rádio e a voz de Prince cantando "*Party like it's 1999*" sai dos alto-falantes. James aumenta o volume e eles dirigem para o futuro, um instante por vez.

★★★

O sol se põe à distância sobre o oceano, deixando traços de uma leve luz rosada no céu enquanto Marilyn e James sobem o Runyon Canyon, carregando hambúrgueres do In-N-Out e um pacote de cerveja que Marilyn roubou da geladeira de casa, com a intenção de repor no dia seguinte. Não era champanhe, "mas pelo menos tem bolhinhas!", ela disse a James.

Quando chegam ao topo, o céu já está quase escuro, e a cidade abaixo desperta numa onda de luzes. Os dois parecem flutuar — acima das preocupações dos pedestres, das esquinas, dos prédios, dos carros buzinando, das mansões espalhadas, das estrelas.

James abre duas cervejas em uma pedra. Eles brindam.

— A você — Marilyn diz.

— A você — ele retruca.

— A 1999 — ela acrescenta. E depois: — A Nova York.

— A Nova York — James repete, e os dois riem, continuando com a brincadeira. — Às suas fotos.

— A câmeras penhoradas e fotos do mar.

Ele a encara.

— À cor dos seus olhos.

— Ao seu sorriso perfeito.

— Ao melhor presente de Natal do mundo — James diz com um sorriso malicioso, e ela fica vermelha.

— A James Brown.

— A Joan Didion.

— Ao nosso auge.

— Ao amor.

— Ao amor.

Fogos de artifício estouram à distância, como se só estivessem esperando para celebrar a escuridão no céu. Então mais e mais aparecem, espalhados pela cidade.

— Não vou te deixar — ela diz.

— Como assim?

— No ano que vem. Não importa o que aconteça, a gente vai ficar junto.

James pega as mãos dela.

—Vamos esperar para ver, Mari. Não quero que desista de tudo pelo que tem trabalhado.

— E eu não quero desistir de *você* — ela insiste, levantando a voz.

—Tá bom, calma — ele diz, envolvendo-a com os braços.

— Estamos juntos nessa. Não importa o que aconteça, vamos dar um jeito.

Ela olha bem em seus olhos.

— Promete?

— Prometo.

James pega os hambúrgueres e acende uma vela branca que trouxe na mochila.

Marilyn sorri.

— Um piquenique romântico.

A chama sutil queima entre os dois enquanto comem, olhando para a explosão de luzes no horizonte, abrindo mais cervejas.

— Aos milagres humanos.

— Às conchinhas coloridas.

— Às bibliotecas.

— Aos picolés da pantera cor-de-rosa.

— A Romeu e Julieta.

— A garrafas quebradas.

Eles continuam brindando, celebrando os momentos, os objetos e os sentimentos que marcaram seus meses juntos.

— À noite em que me beijou pela primeira vez — Marilyn diz.

— Acho que foi você quem me beijou — ele diz, sorrindo.

— Acho que não, mas um brinde mesmo assim. — Ela ri.

Os dois bebem, e Marilyn começa a sentir a cabeça se enchendo de bolhas. Seu desejo aumenta de imediato; é algo que quase pode sentir latente, como o ar antes de uma tempestade. Ela encosta os lábios nos dele e sabe que vai ser aquela noite. Que aquilo é certo.

Pega a bolsa e tira uma única camisinha de dentro, que comprou na lojinha de conveniência, imaginando que aquele momento chegaria. Então a oferece a ele.

James a pega e levanta a sobrancelha para Marilyn, com um sorrisinho se abrindo em seu rosto.

Marilyn está de pé, apoiada contra a grade, vendo a Cidade dos Anjos aos seus pés, o calor do corpo de James atrás do seu. Sente o toque no ombro, puxando-a para mais perto, a mão dele apoiada delicadamente no pescoço dela.

— Você quer? — ele sussurra.

— Quero.

Marilyn abre os braços como se fossem asas, para senti-lo, aos poucos, depois tudo de uma vez. Ela se sente projetada para o horizonte, e dói. Seu corpo dói. Dói tanto quanto se envolver, se abrir para alguém.

—Tudo bem? — ele pergunta.

— Preciso ver seu rosto — Marilyn diz. E realmente precisa, com urgência. Ele a vira, pressionando suas costas contra a grade. Ela arfa quando James começa de novo, ouve um gemido do fundo da garganta dele, vê uma expressão que nunca viu em seu rosto, lúcida e concentrada, com as estrelas de pano de fundo. James olha para ela, olha para *dentro* dela.

Marilyn passa as mãos pelos músculos das costas deles, seus ombros, puxando seu corpo para mais perto, mais para dentro. O diamante em sua mente se multiplicou em milhares, e todos pertencem a ela e a James. O futuro não é mais uma única fonte de luz, mas o céu inteiro. Esparramado e disperso.

—Te amo.

—Te amo.

Pelo resto da vida, ela nunca vai ter uma história que não seja dele também.

— ME DÁ UM ABRAÇO DE URSO — James pede, e ela o aperta com toda a força.

— Me dá um abraço de leão — Marilyn sussurra de volta, e ele obedece, com seus braços firmes em volta do corpo dela.

— Grrr — James rosna.

— Grrr — ela retribui, passando a mão em seu peito.

— Agora um abraço de tiranossauro — James diz.

Marilyn ri.

— Tiranossauros têm bracinhos minúsculos!

— Que nem você!

— Meus braços não são minúsculos!

A luz do dia entra pela janela, batendo no cabelo de Marilyn, nas maçãs do rosto e nos olhos agora risonhos de James. Woody ainda não voltou do cassino e Sylvie está trabalhando. Quando acordou, ao meio-dia, Marilyn ligou para James e ele correu para o seu quarto, ainda ensonado.

Ele pega o bíceps dela.

— Rar — James avança, com o rosto numa careta brincalhona a centímetros do dela, então envolve sua cintura.

— Rar — Marilyn repete, em meio a risadinhas.

— Pelo menos é destemida. — James sorri.

Ela morde seu pescoço com delicadeza e ele fecha os olhos, deixando um gemido escapar da garganta, e a deita de costas. James dá beijinhos rápidos e brincalhões em sua barriga, parando quando chega à calcinha de algodão com estampa de cereja, um tanto velha. Ele olha para ela, e tudo parece ficar imóvel no quarto, o sol agora batendo no coração de Marilyn.

Ele descansa a cabeça na barriga dela, que ronca.

— Tem alguém aí? — James pergunta, rindo.

— Só minha fome.

— Então vamos alimentar você.

A barriga dela ronca de novo. James pega Coração Valente, o leão de pelúcia dela, e mexe sua cabeça como se falasse com a barriga de Marilyn.

— Rar! — James avança, com a voz alta.

Marilyn ri e olha para ele. Estar apaixonada por James Alan Bell no primeiro dia de 1999 é assim.

— Espera um segundo. Não se mexe — ela diz, levantando para pegar a câmera. Ela enquadra seu corpo envolto nos lençóis do Meu Querido Pônei, com o rosto levantando e a luz do sol brincando sobre sua pele.

Clique.

Então vem outro som. A porta da frente abrindo. O coração de Marilyn dispara em pânico. São os passos de Woody.

— Espera aqui — ela sussurra para James enquanto se veste rápido. Ele tenta pegar sua mão, mas Marilyn se solta e sai do quarto. Woody está na cozinha. Ela sabe por sua cara que a ida ao cassino não foi boa. Um leve cheiro de bebida emana de seu corpo quando ele se movimenta.

— Oi — ela diz.

— Acabou a cerveja.

Merda. Totalmente envolvida por James, ela se esqueceu de repor o pacote que pegou na noite anterior.

— Quer que eu vá comprar?

— Cadê o pacote que estava aqui? — ele pergunta, mas parece uma acusação.

— Não sei.

Woody dá um tapa no rosto dela. É tão repentino que seu cérebro demora para processar o que aconteceu.

— Não mente pra mim.

Marilyn leva a mão ao rosto, começando a sentir a dor.

— Você não paga aluguel e agora acha que pode pegar o que não é seu e ainda mentir? Você e sua mãe nunca vieram me visitar nesses oito anos, até que precisaram de um lugar para ficar. Se conseguirem comprar uma daquelas casas finas que ela quer, acha que vão me convidar? Vão desaparecer de novo, como se eu não fosse nada, ninguém. Vocês não gostam de mim. Não gostam. Não estão nem aí para mim, e agora vem mentir sobre roubar a porra da minha cerveja…

James entra correndo.

— Que porra é essa? — Woody explode. — O que está fazendo na minha casa?

James põe a mão no ombro de Marilyn para puxá-la para fora.

— Eu já estava saindo — ele diz, tranquilo, embora Marilyn consiga sentir o calor que emana de seu corpo.

— Se seu pai visse a vagabunda que você se tornou...

É a última coisa que Marilyn ouve antes de James fechar a porta.

Ele mantém o braço nos ombros dela, continua andando. Não vai deixar que desabe. James a guia escada abaixo. A laranjeira está carregada. O reflexo do sol na calçada a lembra do vidro ao luar, na noite das garrafas quebradas. Ele abre a porta do passageiro do Dodge estacionado ali em frente. Marilyn entra e sente o cheiro de couro, o aroma suave do corpo dele. Vê as gotas de chuva impressas no para-brisa sujo, um folheto de uma empresa que limpa carpete. Um copo descartável do In-N-Out, a caixinha da fita *Hard Knock Life*. Tenta focar nessas coisas, em cada uma delas.

James dá a partida, com o corpo ainda tenso, sua energia toda voltada para o autocontrole. Ele sai com o carro e leva Marilyn para longe dali.

★★★

Eles dirigem em silêncio. James pega a estrada. Mesmo sem perguntar, Marilyn sabe que estão indo para a praia.

Finalmente, ela vira para ele. Sua voz sai num sussurro:

— Desculpa.

— Pelo quê?

— Pelo meu tio. Por ter visto aquilo. Por ele ter falado com você daquele jeito... Eu devia saber que ele ia chegar logo. Devia ter tomado mais cuidado.

— Não é culpa sua se o cara é um filho da puta — James diz. Ele aperta o volante como se estivesse tentando enforcar alguém. — Mas você não pode morar com ele, Mari. Não posso deixar.

— Eu sei — ela diz. —Você está certo. Mas não sei o que fazer. Não temos para onde ir, e minha mãe vai botar panos quentes na situação. Vai dizer que ele é inconstante, que logo mais vamos embora, para nossa casa nova na colina.

James respira fundo, tentando se controlar.

— É só por mais uns meses. Só preciso aguentar esse tempo, então nós dois vamos para... outro lugar. — Ela faz carinho na mão dele. — Juntos. Começar nossa vida.

James respira fundo mais uma vez.

— Se acontecer de novo, vou matar esse cara.

Pelo olhar dele, Marilyn quase acredita que ele possa.

— Promete — James continua. — Promete que vai me dizer se ele fizer de novo.

—James...

— Promete.

—Tá.

★★★

Eles chegam à praia, e Marilyn tenta deixar o barulho das ondas acalmá-la, mas não consegue se livrar da velha sensação de que está em outro lugar, e não ali. Ela procura focar nos fatos: a água indo e voltando, os fragmentos iridescentes de conchas, os emaranhados de algas na areia, como se fossem corpos. Ao seu lado, James encara o horizonte, com as mãos cerradas.

Quando o céu começa a escurecer, ela levanta e leva James até debaixo do píer. Cercados pelo cheiro de madeira velha das tábuas e do sal marinho, Marilyn encosta seu corpo no dele.

— Não tenho nada comigo — James diz.

—Você pode tirar... — ela sugere num sussurro, já passando as mãos pelas costas dele.

Na escuridão salgada das cinco da tarde do dia de Ano--Novo, o sexo parece uma fogueira quente o bastante para transformar a raiva dela, a raiva dele, em outra coisa, algo quente também, mas limpo, sagrado. É a absolvição. A resposta.

—VOCÊ NÃO PODE SUBIR SOZINHA — James diz quando eles voltam para casa. — Janta com a gente. Pode passar a noite se quiser. Tenho certeza de que meus avós não vão se incomodar se você dormir no sofá. Ou pelo menos espera até sua mãe voltar.

Marilyn segue James até a porta dele. Ao ver o carro de Woody estacionado, ela se pergunta se ele está observando pela janela. O tapa deixou uma marca vermelha em sua bochecha, que Rose nota assim que eles entram.

— Querida, o que aconteceu com seu rosto? Está tudo bem?

— Estou bem — Marilyn diz, então olha de relance para James. — Peguei no sono na praia. Deve ter queimado.

Rose franze a testa, mas, talvez por causa de Justin, só assente. Pouco depois, ela pega a manta que cobre o sofá — macia e com franjas — e coloca nos ombros de Marilyn. O cheiro de rosas a lembra de quando era pequena e esmagava pétalas para fazer "perfume".

Ela senta à mesa da cozinha e começa a aparar as vagens, sentindo o cheiro de arroz e de frango que toma conta do lugar. Alan assiste ao seu programa de perguntas na televisão e fica gritando as respostas e batendo na própria perna sempre que acerta. James deita no sofá em silêncio, perto do avô, dando as respostas só quando Alan não sabe. Justin fica roubando comida na cozinha antes que Rose o impeça. Ele senta ao lado de Marilyn para contar sobre seu professor de matemática, que tem uma prótese no lugar da perna e dá balas para os alunos que acertam as perguntas. Ele corre para o quarto e volta carregando uma porção de pacotinhos na camiseta, exibindo-os com orgulho.

— E você ainda não comeu nenhum? — ela pergunta.

Justin sorri.

— Não.

— Estou impressionada.

Quando sentam à mesa para jantar, Marilyn ouve passos no apartamento de cima — da mãe, conclui, ao ouvir os saltos. Ela tenta se concentrar na comida, que está deliciosa. O clima na casa dos Bell é tão reconfortante, tão pleno, que ela só quer ficar ali com eles.

Então alguém bate na porta. Depressa e com insistência. James levanta para atender e depara com Sylvie, ainda com os saltos do trabalho, o cabelo escapando do coque e caindo sobre a nuca. Alan o segue até a porta.

— Oi, sra. Miller — James diz, educado, sem demonstrar qualquer emoção.

— Oi. Imagino que minha filha esteja aqui — ela comenta apertando os lábios, olhando de James para Alan e para o que pode ver do apartamento.

Marilyn levanta devagar.

— Oi, mãe.

—Vamos, amanhã as aulas voltam. Precisa do seu sono de beleza — Sylvie diz, forçando animação.

— Já subo — Marilyn responde.

Mas Sylvie não se move. Só fica esperando na porta.

— Estamos jantando — Alan diz. — Quer se juntar a nós?

— Ah, não. Precisamos ir.

Marilyn levanta para que as coisas não piorem mais ainda.

— Obrigada pelo jantar — ela diz para Rose, dando-lhe um abraço de boa-noite.

— Pelo menos leve um pouco de comida, querida — Rose diz, levantando abruptamente e lançando um olhar cortante para Sylvie antes de ir para a cozinha. Ela volta com um pote, e todos esperam em silêncio enquanto guarda a comida do prato quase cheio de Marilyn.

— Obrigada — a garota diz baixo, dando um beijo na bochecha dela.

Marilyn sente os olhos de James nela. Não quer que a toque na frente da mãe, mas ele a encara como se tentasse dizer: "Te amo. Vai ficar tudo bem".

— A gente se vê amanhã? — ela pergunta.

Ele assente, então Sylvie fecha a porta.

Marilyn sobe os degraus para o apartamento de Woody sem dizer nada quando sente a mão de Sylvie em seu braço.

— Pensei que a gente podia passar um tempo só nos duas.

— Achei que eu precisasse do meu "sono de beleza".

— Marilyn, por favor... — Ela aponta para o pote de comida de Rose. — Você não precisa disso. Vamos comprar alguma coisa gostosa.

Marilyn se agarra ao pote quando Sylvie tenta tirá-lo dela, mas segue a mãe até o carro. Elas vão ao Johnny Rockets — o que é uma surpresa, porque Sylvie mal deixa Marilyn comer uma refeição inteira, quanto mais hambúrguer e batata frita, desde que Ellen Claro entrou na vida delas.

Marilyn come uma batata atrás da outra da enorme porção enquanto a mãe beberica o chá gelado, olhando pelo vidro como se fosse uma bola de cristal.

— Fiquei sabendo o que aconteceu hoje — Sylvie diz, largando o copo.

— Ele me bateu, mãe.

Sylvie fica quieta por um bom tempo, com a boca curvada para baixo, as olheiras visíveis apesar da maquiagem.

— Sinto muito — ela diz finalmente. — Mas você não deveria ter deixado James entrar. Eu avisei.

O coração de Marilyn começa a bater forte em protesto.

— Olha — Sylvie continua, pegando a mão da filha, sentada do outro lado da mesa —, sei como é ter sua idade e achar que está apaixonada, mas... não quero que se acomode, como eu me acomodei.

Marilyn desvia o rosto e olha pela janela.

—Vocês... estão transando? — Sylvie pergunta

Marilyn come outra batata.

— Não.

—Tá — Sylvie diz. — Isso é bom.

Marilyn engole e volta a encarar a janela, tentando concentrar toda a raiva em uma bolinha na barriga. Ela vê um senhor de andador sendo ajudado por uma enfermeira rechonchuda. Uma jovem mãe batalhando com o carrinho de bebê e um cachorro filhote na coleira. Um trio de adolescentes encostados na parede do prédio ao lado, fumando.

— James — Sylvie continua — é um bom garoto. E bem bonito. Mas, Mari, você tem a vida inteira pela frente. Se esperar um pouco, prometo que terá o mundo aos seus pés. Vai chover na sua horta. — Sylvie se permite um sorrisinho. — Homens como os que vê na televisão. E que poderiam ser seus. Você é tão linda. Tão especial. Só precisa ter paciência, acreditar...

Marilyn abre a boca para falar, mas Sylvie continua:

— Não é que eu seja contra o fato de James ser... Bom, talvez eu nem devesse te dizer isso, mas dormi com um negro pouco antes de conhecer seu pai.

Marilyn fica enjoada de repente.

— Se é isso que você quer — Sylvie limpa a garganta —, espere um pouco pelo menos, e tenho certeza de que vai encontrar um mais... bom, mais adequado para uma jovem estrela em ascensão.

—Você está se ouvindo falar? Não consigo acreditar! EU AMO JAMES! *James*. Não tem nada a ver com querer ficar com alguém com determinada cor de pele, tem a ver com se apaixonar por uma *pessoa*. E não tem ninguém como ele no mundo inteiro, ninguém que seja melhor para mim. Você nem o conhece, nem um pouco. Não tem o menor direito de falar essas coisas. Você nem *me* conhece. Não sou uma jovem estrela em ascensão. Não sou uma escrava. Sou uma aluna de ensino médio que vai para a faculdade no ano que vem. Quero ser alguém, mas não por causa da minha aparência. Por causa de como *penso*. Você *nunca* respeitou isso. *Nunca* me encorajou nesse sentido. Ao contrário de James. Ele me conhece há seis meses e já sabe mais sobre como me sinto do que você, porque você não é capaz de me escutar. Nossa vida não tem nada a ver com o que eu quero ou o que é bom para mim. É tudo de acordo com o que *você* quer. Você me usa para atingir seus objetivos e nem percebe, o que é pior ainda.

Sylvie olha para Marilyn, de queixo caído. Ela finalmente move os lábios, como se fosse falar, mas não sai nada.

O garçom chega com dois cheesebúrgueres, e Marilyn se dá conta dos olhares furtivos das pessoas ao redor. Sylvie pede a conta, paga e levanta, deixando toda a comida na mesa. Ela não diz uma palavra à filha no caminho de volta.

★★★

Marilyn fica acordada na escuridão. É cedo demais para dormir, mas só consegue pensar em se afastar do mundo. Está literalmente tremendo desde que saíram do Johnny Rockets, como se o chão se movesse sob seus pés, como se seu corpo mudasse de forma. Por fim ela senta, pega o pote de Rose e come o frango frio, mas ainda gostoso. Marilyn ouve o telefone tocar na sala, depois a voz da mãe atendendo, mas não consegue entender o que diz. Pouco depois, Sylvie abre a porta.

—Você conseguiu — ela diz sem emoção. — Se é que quer.

— O quê?

— O comercial da Levi's.

— Consegui?

Sylvie só assente e fecha a porta.

Marilyn continua olhando para onde ela estava, brava consigo mesma por meio que esperar que Sylvie a envolvesse em seus braços como quando era pequena e a mãe lhe dera a notícia do comercial do Meu Querido Pônei no mesmo quarto.

Ela tenta se lembrar de como tudo parecia claro e cheio de esperança com James no dia anterior — mandando as inscrições para as universidades, a noite no Runyon, o céu explodindo com os fogos. Ela abre a janela, mesmo com o frio cortante da noite, e ouve a voz de Aaliyah, doce e limpa no ar de janeiro — *"Let me know, let me know…"*. A música termina e recomeça. Marilyn sabe que ele está tocando para ela.

Ela levanta e vai bater na porta do quarto de Sylvie. A mãe não responde, mas Marilyn pode ouvi-la lá dentro. Ela abre uma fresta e a encontra com sua camisola de cetim rosa, folheando a *US Weekly*. Quando levanta o rosto, Marilyn vê as lágrimas escorrendo por seu rosto.

— Mãe… — ela começa, respirando fundo antes de sentar na beirada da cama. — Olha, eu quero fazer a propaganda e quero que fique com metade do dinheiro, pra alugar uma casa ou usar como quiser. Mas quero reservar a outra metade para a faculdade. Tudo bem?

Marilyn faz seu melhor para dizer tudo numa voz tranquila, de quem já tomou sua decisão.

Sylvie olha para ela, parecendo uma menina que já está esperando os pais irem buscá-la na escola por tempo demais. Marilyn pensa em sua própria infância — os dias borrados condensados numa única tarde.

Ela não foi para a escola porque estava doente. Com uma compressa na testa (ela aprendera a apreciar a febre, para poder aproveitar o amor da mãe daquele jeito), comendo torrada com açúcar e canela, tomando refrigerante com seu canudinho em espiral, assistindo novelas com a cabeça no colo de Sylvie, que passava uma mão em seus cabelos e segurava um cigarro na outra. Marilyn ainda pode ouvir a voz que anunciava o início de *Days of Our Lives*. Naquelas tardes, a mãe conversava com ela como em nenhum outro momento. Enrolando um cacho do cabelo de Marilyn nos dedos, ela acendia um cigarro e olhava à distância enquanto contava histórias de sua infância em Bishop Hills, a cidadezinha empoeirada nas proximidades de Amarillo, com planícies de terra vermelha até onde se podia ver, ou era o que Sylvie dizia. Ela contava sobre como esperava a mãe, que deveria buscá-la na escola, observando as nuvens mudando de forma no céu muito azul. Sobre como alguns dias a mãe não aparecia, e Sylvie tinha que andar mais de três quilômetros até sua casa, com os sapatos velhos de couro envernizado fazendo bolhas nos pés. Quando chegava em casa, a mãe estava na cama com as cortinas fechadas, cheirando a bebida. Naqueles dias, Sylvie ligava a TV e escapava através das novelas de que tanto gosta, ou, melhor ainda, ia até o cinema da cidade, que tinha uma única sala, e entrava sem que a notassem depois que o filme tinha começado. Ela ficava escondida nos fundos a noite inteira, aproveitando os intervalos entre as sessões para pegar as sobras de pipoca ou balas que as pessoas deixavam, vendo e revendo o mesmo filme, decorando as falas que depois repetia aos sussurros quando não conseguia dormir à noite. Seu preferido era *E o vento levou*. Marilyn ainda consegue vê-la, soltando a fumaça do cigarro, repetindo as falas de sua infância, sua voz suave e feminina mesmo quando fazia a parte de Rhett. "É isso que tem de errado com você. Deveria ser beijada com mais frequência, e por alguém que sabe como fazer."

Sylvie também falava da época do ensino médio. Ela tinha sido uma ótima animadora de torcida, contava, com um sorriso melancólico. A julgar por seu antigo anuário, uma das poucas recordações que mantinha, tinha sido lindíssima. Seu amor infantil pelo cinema se transformou no sonho de seguir a carreira de atriz, ainda que talvez nem na época acreditasse que poderia se tornar realidade. Aquele tinha sido o problema, Sylvie dizia. É preciso acreditar em si mesmo. E se cercar de pessoas que também acreditam em você.

Ela contava sobre o pai de Marilyn. Eles tinham se conhecido quando Sylvie tinha dezessete anos e fora visitar Amarillo com as amigas. Ele era gerente do hotel em que ficava o bar de que elas gostavam, por causa do amendoim grátis e por não pedir identidade. Patrick ofereceu três rodadas de um drinque rosa naquela noite. Embora Sylvie não tivesse concordado em sair com ele no primeiro momento, aos poucos ele a conquistou. Ela tinha se interessado por alguns jogadores de futebol americano na escola, mas sabia que o reinado deles terminaria assim que se formassem. Patrick podia não ser o mais bonito, mas tampouco era feio. Era robusto, ambicioso (gerenciando um hotel aos vinte e três anos) e bem cuidado, sempre cheirando a detergente e Old Spice. Era o tipo de homem que não a deixaria, Sylvie pensou. Ele pagava os jantares, abria a porta e, o que era mais importante, parecia lhe prometer uma vida nova. O tipo de vida que costumava ver à sua volta, na televisão, no cinema e nas revistas — uma casa branca com gramado verde, roupas bonitas, um diamante no dedo e um bebê na barriga. Então ela fez o que julgou ser a escolha certa em termos de casamento. Optou por um homem que cuidasse dela. Até que ele morreu, deixando-a sem nada além de uma hipoteca para pagar, como ela repetia para desconhecidos na fila do mercado, segurando firme a mãozinha da filha.

Foram os programas de TV — os mesmos a que as duas assistiam quando Marilyn estava doente — que a reconfortaram nas longas tardes vazias depois da morte do marido, a solidão tão alta que era ensurdecedora, o sentimento repentino de falta de propósito. Sylvie queria que a filha tivesse mais, mais do que o deserto de onde vinham.

Sylvie batia o cigarro e beijava a bochecha quente de Marilyn.

— Então peguei você e viemos para a cidade em que os sonhos se tornam realidade.

Marilyn sentia a compressa refrescante, quase fria, quando ouvia Sylvie dizer:

— Acredito em você.

Agora Marilyn olha para a mãe de camisola — a renda se desfazendo nas beiradas, uma leve mancha marrom no peito, o cabelo loiro grudado no rosto — e tenta conjurar a imagem de quando era criança, em seus sapatos empoeirados de couro envernizado, sozinha nas estradas do Texas, repetindo falas de filmes. Ela pensa que aquela versão mais jovem de Sylvie não é tão diferente de si mesma, com as duas sonhando estar em outro lugar.

—Você vai me abandonar — Sylvie diz por fim, parecendo profundamente magoada. — Não posso fazer nada.

— Mãe — Marilyn arrisca —, só vou para a faculdade. É perfeitamente normal. Ainda vou ser sua filha.

— Sinto muito — Sylvie diz, olhando para o horizonte invisível. — Desculpe por não ter podido te dar mais.

Marilyn entende que não é só de dinheiro que ela está falando. Ela também queria lhe dar uma nova vida, aquela que imaginara que teriam. Talvez quisesse que Marilyn tivesse todas as coisas com que sempre sonhara — uma piscina, um castelo na montanha, um príncipe — porque acreditava que a fariam feliz também.

Sylvie volta a olhar para a revista aberta, derramando lágrimas sobre a foto de Tom Cruise e Nicole Kidman.

— O dinheiro é seu — Sylvie diz. — Você pode fazer o que quiser com ele.

MARILYN É UMA DAS TRÊS GAROTAS vestidas com calças jeans de cintura baixa e miniblusas idênticas. Seu cabelo comprido cai sobre os ombros e sua pele foi maquiada. Sob holofotes, ela recebe a instrução de caminhar: pegando uma escada rolante subindo, por um corredor, atravessando a rua. Para cá, para lá, ombros para trás, peito aberto, certo, mas mexa os quadris, não está ouvindo a música?

Nas gravações do comercial do Meu Querido Pônei, ela era chamada de "princesa", uma mulher sempre a acompanhava, fazendo com que se sentisse instantaneamente segura quando segurava sua mão, e Marilyn podia ir o tempo todo até o carrinho de lanche, onde lhe davam balas, sanduíches de manteiga de amendoim e chocolates. Mas agora o óbvio fica ainda mais óbvio: ela é um corpo, usado para vender um produto. É um suporte. Todos os órgãos que trabalham dentro de si — o coração que bate mais forte ao toque de James, o estômago que ronca quando está com fome, a bexiga que no momento está cheia — são invisíveis, irreais, desnecessários. Ela é achatada, tornando-se a imagem na tela.

É pela gente, por James e eu, Marilyn repete para si mesma quando pedem que balance os quadris (ou seja, mostre a bunda), quando gritam "Número três, para a esquerda!". É para o futuro deles — para os voos para Nova York, para os livros que vão precisar comprar, para os rolos de filme que vai poder revelar. E é por Sylvie — se não para comprar a casa na colina, para o que Marilyn espera que seja o prêmio de consolação: um apartamento próprio em que poderá assistir às suas novelas em paz, talvez até com uma piscina pequena, à beira da qual possa se deitar ao sol.

James continuou na loja de penhores, passando a ganhar um salário, ainda que baixo. Ele empresta a Marilyn os vinte e cinco dólares de que precisa para abrir uma conta no banco, onde vai receber o dinheiro da Levi's. Mas a liberdade tem seu preço. Desde que brigaram, Sylvie mudou. As taças de vinho ficaram maiores e seus olhos, mais ausentes. Às vezes não volta para casa depois do trabalho, e Marilyn a ouve entrar à uma ou às duas da manhã. Não sabe onde a mãe esteve, aonde vai. Marilyn suspeita que esteja saindo com alguém, mas não pergunta. A ferida continua aberta, e as palavras que trocam, não importa quão breves ou delicadas, ardem.

Desde o dia em que bateu nela, Woody só falou com Marilyn para pedir coisas. Indiferente por causa da bebida, Sylvie não se dá mais ao trabalho de atender as demandas dele, então manda a filha sair para fazer compras, preparar o jantar e limpar. Os surtos de raiva de Woody se tornam piores e mais frequentes. Na escuridão da casa, às vezes parece que está lutando boxe contra um fantasma. Com frequência, depois que ele pega no sono, ela entra em silêncio na sala para recolher os cacos de vidro.

★★★

O comercial da Levi's sai. Chove por dias a fio. O sol da Califórnia se esconde e as enchentes tomam conta das ruas. Na escola, os dias parecem sombrios, mas as tardes de janeiro se tornam lindas quando Marilyn está com James, o cinza do céu fazendo todas as cores da cidade parecerem saturadas: o verde das árvores mais profundo, o roxo das flores mais intenso. As gotas de chuva batendo de forma ritmada na janela deixam o apartamento dele ainda mais confortável. Ela com frequência janta lá. Já pensa na família dele como sua, sentindo que pertence àquele lugar.

O tempo melhora bem a tempo do aniversário de Justin, e os três passam o primeiro domingo de fevereiro na praia. As tempestades limparam o céu, deixando a luz da manhã mais incisiva. Justin quer tirar fotos coloridas, então Marilyn e James o observam do píer enquanto posiciona a câmera com todo o cuidado. Ele fotografa uma menininha na ponta dos pés diante do tubarão sorridente de madeira que determina quem é alto o bastante para ir na roda-gigante; um homem dormindo na areia; um garoto cujo sorvete acabou de cair da casquinha.

James compra salsichas e batatas para o almoço e eles cantam parabéns para Justin, sentados sobre as tábuas de madeira na beirada do píer, com os pés acima da água. Marilyn balança as pernas no ritmo da música, e um de seus mocassins marrons voa para o mar.

— Merda!

Justin morre de rir. É contagiante, e logo os três estão gargalhando. Justin insiste que ela não pode andar descalça.

— Vai entrar uma farpa — ele avisa. — Entrou uma no meu pé quando era bebê...

—Você já tinha quatro anos — James interrompe.

— Entrou tão fundo que tive que ir no médico tirar. Fiquei sem andar por um mês.

—Alguns dias — James corrige, mas Justin vence a discussão de qualquer jeito, e Marilyn pula num único pé, com um braço no ombro de cada um deles. (Justin já está quase com a altura dela. Como é possível? É como se tivesse crescido mais de trinta centímetros nos seis meses desde que o conheceu.) Os três vão rindo até a barraquinha que vende óculos escuros e chinelos com palmeiras e LOS ANGELES estampados. Marilyn pede a opinião de Justin quanto à cor e acaba levando um par vermelho. James paga enquanto ela experimenta óculos escuros gigantes.

— Fica parecendo a Joan Didion com eles — James diz. Ela sorri e devolve os óculos, mas pouco depois James aparece atrás dela e o coloca em seu rosto.

—Você comprou?

— Foi feito pra você. Não podia deixar.

Marilyn vira e o beija.

—Te amo — ela sussurra em seu ouvido.

Ele sorri, e Marilyn sorri de volta.

— Por aqui — Justin diz. Eles viram e se deparam com a câmera apontada em sua direção. *Clique.*

Marilyn pensa que devem parecer felizes na foto. Porque estão. E é só o começo: no ano seguinte, estarão juntos num terraço de Nova York, com a cidade se estendendo aos seus pés. Quando Justin for visitá-los, vão mostrar os neons da Times Square e os museus de arte. Os dois vão ficar até tarde estudando na biblioteca; vão ver as folhas amarelarem no Central Park; irão a bares ouvir música. Vão se formar, parecendo orgulhosos em suas becas. James vai escrever ensaios; ela vai tirar fotos; eles vão viajar e ver o mundo juntos. E, Marilyn espera, um dia terão uma filha chamada Angela.

Angie

ANGIE ACORDA SOZINHA NUMA CAMA que não reconhece, com a cabeça latejando e a luz forte demais. Ela olha para o mural de Cherry e aos poucos se lembra de onde está. Bem-vinda a Los Angeles.

Ela abre a mão e vê escrito na palma: 179 Sycamore.

Hoje é o dia em que vai bater na porta de Justin. Ela vai encontrar o tio, que vai lhe dizer onde seu pai está. Então por que sente como se algo dentro dela tivesse se perdido? O molde de seu corpo, sua própria forma lhe parecem retorcidos. Sua cabeça dói, e muito. Ela tenta repassar os eventos da noite anterior, mas é tudo um grande borrão. Tenta se lembrar do rosto de Justin, mas não consegue.

— Oi, dorminhoca. Acordou?

Ela rola devagar e vê Sam sentado na cama com uma caneca de café, lendo.

— O que é isso? — Angie pergunta.

Sam fecha o livro para mostrar a capa: *Citizen:An American Lyric*, de Claudia Rankine. Há uma foto de um capuz preto, sem o restante da blusa.

— É poesia. Meu pai vai usar na aula dele ano que vem.

— Ah.

— Ela escreve sobre racismo, tipo as microagressões que vão se somando.

— Ah.

— É bem bom, olha só. "O mundo está errado. Não se pode deixar o passado para trás. Está enterrado em você; transformou sua pele em seu armário…"

Angie assente.

— É bom mesmo.

— Como está se sentindo?

— Bem — ela diz, tentando reprimir a vergonha que sente e se transforma rapidamente em náusea. — Que horas são?

— Uma e meia.

— Cadê o Miguel e a Cherry?

— Pegaram um Uber para a casa da Cherry depois da festa.

— Ah.

— Quer café?

— Acho que um pouco de água.

Sam levanta e volta com um copo.

— A gente precisa conversar — ele diz quando Angie senta e dá um gole. Então ela nota, em pânico, que está só de calcinha e camiseta.

— A gente…?

— Não. Nada aconteceu. Você só... Só tirou a roupa da festa antes de deitar. Não tive nada a ver com isso.

— Ah.

— Mas você sabe que me beijou no outro dia, né?

— Sam, eu...

— Espera. Me deixa falar. Sem essa de "Sam, eu".

Angie olha para ele, com o coração batendo insistente contra o peito, como um visitante impaciente.

— Angie, você me ama? É verdade o que você disse?

— Quê? Eu... — O coração dela bate tão forte agora que poderia derrubar a porta. — Eu não... não consigo falar disso agora. Vai ficar tudo bem. Tudo vai melhorar.

Tudo vai melhorar. Ela vai conhecer Justin. Vai descobrir a verdade sobre o pai. O pai, que Angie espera que preencha a lacuna entre ela e o mundo.

Angie nota que o rosto de Sam se fecha, a esperança substituída pela desolação.

— O que eu sou pra você? — ele pergunta depois de um tempo, com a voz cortante.

— Você é... alguém com quem me importo. Meu amigo.

— Seu *amigo*? Porque às vezes parece que você não está nem aí pra mim. Como se achasse que pode entrar no meu coração quando for conveniente, sempre que precisar de alguma coisa. Mas não é assim que funciona, Angie. Você não é a única no mundo com problemas.

— Eu sei! *Sei* que não sou a única pessoa com problemas, sei que no esquema geral das coisas não importo...

— Não é nada disso! Talvez, se entrasse na sua cabeça que

você importa, começasse a agir com os outros como se eles importassem também.

— Olha, sinto muito se não estou pronta para... para falar sobre nosso relacionamento agora, mas, Sam, estou *tão perto*, mais perto do que nunca estive de encontrar meu pai e...

— Tá. Vai.

Sam levanta e pega a chave do carro no bolso da jaqueta, jogando-a para Angie.

Ela cai no chão, e Angie a pega. Veste o jeans. Vai até o banheiro e joga água no rosto. Suplica a seu coração que pare de bater tão forte contra o peito. Não vai abrir a porta e deixar que saia, não vai deixar que escape. Ela vai inteira encontrar seu pai.

Angie sai para o dia claro demais, com a chave de Sam na mão. Um carro buzina. Uma sirene à distância. Uma mulher empurrando um carrinho de bebê passa por ela na calçada. Angie não tem nenhuma lembrança de onde estacionaram na noite anterior e começa a vasculhar o quarteirão, mas só consegue dar alguns passos antes de se inclinar e vomitar na sarjeta. Duas crianças de skate passam por ela. Angie fecha os olhos e respira fundo. *Recomponha-se*, diz a si mesma.

Ela levanta e continua andando até encontrar o Jeep estacionado na esquina, em frente a uma casinha de estuque. Enquanto se dirige à porta, vê um beija-flor pousando na trepadeira que cresce sobre a cerca, e de repente está perdida em suas memórias.

Ela e a mãe estão desempacotando na cozinha da casa nova, quando Marilyn tem um sobressalto.

— Angie, vem aqui! — ela sussurra, olhando pela janela.

É um beija-flor, batendo as asas um milhão de vezes por minuto, olhando-as de volta. Marilyn aperta a mão da filha e diz:

— É um sinal. Estamos em casa.

Angie não sabe dizer se a mãe está triste, feliz ou uma mistura dos dois, mas Marilyn insiste em largar as caixas e ir até a loja de artigos para casa. Ela deixa Angie escolher um bebedouro de vidro azul decorado com flores vermelhas.

Recomponha-se, Angie repete agora para si mesma, abrindo a porta do carro. Ela pega o celular na bolsa e vê que só tem dez por cento de bateria. *Argh*. É claro que não o colocou para carregar na noite anterior. Ela digita o endereço de Justin no Google Maps: dezessete minutos de carro. Mas não pode ir assim.

O GPS a leva até a farmácia mais próxima, onde compra uma garrafa de água, escova e pasta de dente. Ela pede para usar o banheiro, espera pela chave e escova os dentes lá dentro.

Quando termina a garrafa, compra outra, além de gloss e rímel. De volta ao Jeep, ela se maquia usando o espelho do retrovisor, esperando que pareça melhor do que se sente. Ela segue as instruções até a Sycamore número 179, dirigindo com cuidado pelas ruas da cidade, fazendo seu melhor para não se assustar com os carros buzinando em volta dela. A fita dos pais toca no rádio. Ela adianta até "At Your Best", esperando que a voz de Aaliyah a acalme. No farol, olha para as folhas das palmeiras balançando ao vento, um outdoor em branco, o céu azul sem nuvens. Angie tenta imaginar sua mãe — a mãe da foto, a mãe com o sorriso brilhante — ouvindo essa música no carro com o pai. "*Stay at your best, baby…*"

Ela entra na Sycamore, estaciona e vai até a casa. Uma família de judeus ortodoxos com três crianças atravessa a rua, duas garotas negras com roupas de marca entram num Prius, um cara branco passa correndo por elas. Há um enorme eucalipto ao lado do número de Justin, suas raízes perfurando o cimento.

Angie bate na porta em que Justin entrou na noite anterior.

Ela espera. E espera.

Então bate de novo.

Angie olha para a janela no segundo andar, mas não consegue ver nada através da cortina.

Ela espera.

Mas ele não aparece.

Tudo bem, ela diz para si mesma. *Ele só saiu. Só não está em casa agora. Vai voltar.*

Angie volta para o Jeep, com as mãos tremendo. Ela bota a música para tocar desde o começo e fecha os olhos.

ANGIE ABRE OS OLHOS E VÊ O ÚLTIMO RAIO DE SOL deixando o céu. Merda. Por quanto tempo dormiu? Sua boca está seca. Ela vasculha o chão do Jeep e encontra uma garrafa de Gatorade roxo pela metade. Sam adora Gatorade roxo. *Sam.*

Ela o afasta da cabeça, virando a bebida. Então vê o Mustang preto de Justin estacionado do outro lado da rua. Angie sai e vai rapidamente até a porta do apartamento dele, ajeitando o jeans, enrolando os cachos, sentindo o cheiro de jasmim no ar morno da noite. A janela do segundo andar está aberta. A cortina continua fechada, mas a luz está acesa. A música escapa lá de dentro: "*I tried to dance it away…*".

"Cranes in the Sky", de Solange. Angie *ama* essa música. Só pode ser um sinal — um fio já a liga a Justin. Ao se aproximar da porta, consegue ouvir vozes lá dentro. Angie bate antes de poder pensar muito. É uma boa batida, forte. Ela expira, sem perceber que estava segurando o fôlego.

★

Pouco depois, a porta abre. É ele. Justin. Bem à sua frente.

Ele parece o pai de Angie nas fotos, tem os olhos que viu tantas vezes.

Angie fica lá absorvendo cada detalhe: a cerveja em sua mão, a caveira mexicana tatuada no dedo anelar, o boné que diz CAFÉ, o moletom cinza desbotado, o cheiro de maconha saindo do apartamento.

— E aí? — ele diz.

Mas a voz dela sumiu. Tinha assumido que Justin ia reconhecê-la. Estava esperando... o quê? Que ele ia abraçá-la e diria... o quê? "Minha nossa, seu pai vai ficar tão feliz de te ver"?

Justin aperta os olhos, voltando toda a sua atenção a ela.

—Você está bem? — ele pergunta.

— Sim — ela consegue dizer. — Desculpa. Oi. Sou a Angie...

Ele a observa, intrigado.

— Você me é familiar, mas não sei por quê. A gente se conhece?

— Acho que você talvez seja... bom, meu tio.

Quase em câmera lenta, seu rosto acusa o reconhecimento e depois o choque.

— Porra — Justin finalmente diz. — Caralho. Total... Você é tão... tão parecida com ele.

—Você também.

— Eu não tinha ideia — Justin diz. Angie nota que ele

está atordoado, pode vê-lo tentando se recompor, como se perseguisse folhas voando ao vento. — Não tinha ideia — ele repete. —Você... você é filha da Marilyn?

Angie assente em confirmação.

— Posso entrar?

— Claro, claro. Espera só um pouco.

Justin entra, deixando Angie sozinha sob o eucalipto, com o tronco descascando. Ela espia pela porta entreaberta e o pega no meio de um lance de escadas, com a cabeça apoiada na parede.

Pouco depois, ele desaparece. Angie o ouve dizendo:

— Ei! Apaga isso!

Justin volta e a deixa entrar.

— Desculpa, eu não estava esperando você... Bom, é óbvio — ele diz, tentando rir enquanto Angie sobe os degraus. —Tem um pessoal em casa, mas pode ficar com a gente. Está com fome? Podemos ir comprar alguma coisa ou...

Antes que Angie consiga responder, eles entram na sala, que cheira a baseado recém-apagado. Os tacos de madeira do piso rangem e o pé-direito é alto. Uma placa de ABERTO está pendurada na parede, assim como o pôster de um filme francês que ela não conhece, e um desenho de Basquiat. Tem um grupinho em volta da mesa — a garota de cabelo encaracolado da noite passada, um cara de dread e camisa, um cara branco de óculos e barba por fazer. Uma garota de cabelo rosa está sentada no colo de outra, com a cabeça raspada e brincos enormes. Eles param o jogo de pôquer para olhar para Angie.

— Esta é... Angie — Justin diz.

Um coro de "Oi", "E aí?", "Prazer", "Bem-vinda" se segue. Ela levanta a mão num aceno incerto.

— Quer alguma coisa? Está com fome? Já te perguntei isso? — Justin fica olhando para ela, que fica olhando para a sala. Será que seu pai também está ali, em algum outro lugar? Talvez no banheiro?

— Desculpa — Justin diz. — Isso é tão… surreal. Vem na cozinha comigo.

Ela o segue. A cozinha cheira vagamente a carne. Angie senta à mesa de madeira enquanto ele serve coca numa caneca grande de vidro e entrega a ela.

— Você mora aqui em Los Angeles?

— Não, eu… moro em Albuquerque… com a minha mãe. — Ela faz uma pausa, procurando qualquer sinal no rosto dele. Angie acha que vê uma leve careta antes que desapareça. — Estou aqui com um amigo. Passeando. Vi o clipe de "Some Dreamers" — ela continua. — Reconheci seu nome e… e soube de imediato que era você. Adorei. Simplesmente adorei.

Ele sorri.

— Obrigado.

— Então… no que você está trabalhando agora? — Angie pergunta, enxugando as mãos úmidas na calça, tentando procurar alguma normalidade ali, como se fossem apenas duas pessoas conversando.

— Um monte de coisas diferentes. Estou editando um clipe novo dos Fly Boys. E trabalhando na pré-produção de um filme que vou fazer no outono.

— Ah, legal.

— É...

A palavra fica no ar, então um silêncio repentino cai sobre eles.

— Desculpa — Justin diz. — Não sei exatamente qual é o protocolo. Nossa. Queria ter sabido de você antes.

— Eu também — Angie diz, baixo.

— E a sua mãe? — ele pergunta pouco depois. — Como ela está?

— Hum... bem.

Angie pega na bolsa a foto dos pais na praia. Ela a oferece para o tio, esperando que crie uma ponte para tudo aquilo que tem medo de perguntar.

— Minha nossa. Uau. Que viagem. Fui eu quem tirei essa foto.

— Sério?

— Era meu aniversário de doze anos... Nunca ia imaginar que um dia a filha deles estaria olhando para ela. — Os olhos dele buscam os de Angie. — Foi por causa da sua mãe que me interessei por fotografia, naquela época. Não a vejo desde que... é. Eu era uma criança. Acho que ela também, na verdade.

— Justin...

— Oi?

— Então meu pai... está aqui também? Em Los Angeles?

— Como?

Angie começa a falar depressa.

— Achei que ele tivesse morrido num acidente de carro,

mas minha mãe disse que o mesmo tinha acontecido com você, por isso pensei... Tipo, se ela mentiu sobre você, talvez tenha mentido sobre meu pai também.

Ela olha para as próprias mãos, apoiadas nas pernas, sem conseguir encarar Justin.

— Ah, Angie. Ele morreu. Antes de você nascer. Acho que nunca soube... que ia ter uma filha.

De repente, Angie se sente na casa de um estranho — a frigideira de ferro fundido deixada sobre o fogão, o cheiro fraco de maconha, as risadas vindas da sala, a lâmpada hipster pendurada sobre sua cabeça. O que ela está fazendo? Por que está ali? Angie olha para Justin, que parece com seu pai, que parece com ela, mas que também parece um estranho.

— Desculpa — ela sussurra, com medo de sua voz falhar se falar mais alto. — Não sei o que estava pensando. Tenho que ir.

Angie levanta da cadeira.

— Angie, espera. — Justin a segue para fora da sala. — Vamos... Quer falar sobre isso?

— Não, obrigada.

— Mas... como você chegou aqui?

— De carro. Desculpa incomodar — ela murmura.

Ela desce os degraus correndo sem nem olhar, adentrando a noite densa. Assim que pisa na calçada, começa a correr. Não pode voltar ao carro. Não pode voltar para a casa de Miguel, não pode encarar Sam, não agora. Ela corre, batendo as sapatilhas contra o chão. Corre às cegas pelas ruas escuras da vizinhança, pelo cheiro de flores e cigarro, lixo e churrasco, o ar pesado com a umidade do mar lá longe. Ela corre pelas raízes que perfuram a calçada, pelas placas de PARE, sem parar. Chegou tão perto. Foi tão longe. Mas, no fim da estrada, confirmou aquilo que soubera a vida inteira. *Ele está morto.* Los Angeles é só uma cidade, uma única cidade no planeta todo, onde seu pai morreu mais de dezessete anos antes. *Ele é só um em cento e sete bilhões,* Angie diz para si mesma. *Ele é só um em cento e sete bilhões. Morreu antes de eu nascer. Somos os dois apenas gotas no oceano da humanidade, a Terra é só um planetinha num vasto sistema solar, que por sua vez é um entre inúmeros sistemas solares, num universo que provavelmente é só mais um em um mar de universos...*

— Angie! — A voz profunda vem do Mustang estacionando um pouco à sua frente. — Angie, para!

Ela não obedece. Continua correndo. Passa pelo carro.

— Porra, Angie!

Ela não quer ver Justin, o irmão do pai morto. Não consegue encarar a vergonha de ter sido tão inocente, como uma criança, e ter se deixado acreditar que de alguma maneira encontraria o fantasma do pai vivo, andando pelas ruas da Cidade dos Anjos.

Então ela ouve os passos logo atrás e os braços que a seguram, puxando seus ombros, segurando seu ritmo. Braços fortes.

Como os de um pai.

Justin a segura, e o choro sai de uma vez.

— Calma, vem aqui. Está tudo bem.

Ele a abraça. É como estar nos braços do pai. Justin a deixa chorar.

— Onde você aprendeu a correr assim, hein? — ele pergunta por fim. —Você é rápida pra cacete.

Angie levanta os olhos e ri por entre as lágrimas.

— Eu não ia deixar a sobrinha que acabei de conhecer simplesmente ir embora, mas nem a pau ia conseguir te acompanhar a pé!

—Você não devia fumar maconha — Angie diz. — Teria mais fôlego.

Justin ri.

—Tá, sinto muito que tenha visto. Se soubesse que ia vir, é claro que teria… feito as coisas diferentes. *Você* não deveria fumar maconha, porque ainda é criança, mas sou adulto e tenho permissão médica. Então…

Angie ergue as sobrancelhas para ele.

— Olha, não sei você, mas depois dessa corrida estou morrendo de fome. Já foi no In-N-Out?

— Não.

— Então vamos. Posso não ser seu pai, mas me parece que sou a coisa mais próxima de um guardião, legal ou não, que você tem agora, então estou no comando. E garanto que o melhor remédio para você agora é um cheesebúrguer duplo.

—Tá — ela diz. — Mas só porque seu carro é legal.

Angie abre a porta antes que Justin o faça por ela.

Lembrando-se de sua promessa para a mãe, Angie pega o celular. *Estou bem*, ela digita. E, talvez pela primeira vez desde que chegou à cidade, sente que pode ser verdade.

ANGIE ENTRA NO BANCO DO PASSAGEIRO DO MUSTANG estacionado na lanchonete. Ela tem no colo batatas fritas com molho, queijo e cebola grelhada, um milk-shake napolitano e um cheesebúrguer duplo, no qual dá a última mordida.

— Agora me conta sobre você — Justin diz, pegando o segundo sanduíche. — Do que gosta?

Angie dá de ombros.

— Sou meio sem graça.

— É nada. Ninguém é. Todo mundo tem um universo inteiro dentro de si.

— Bom, eu… gosto de correr.

O comentário o faz rir.

— Obviamente.

— E de jogar futebol. E de música. E… e não sei o que vou fazer da vida. E essa é a primeira vez que saio do Novo México.

— E ano que vem? Vai fazer faculdade?

— Não sei.

Justin levanta as sobrancelhas.

—Você não parece muito animada.

— Acho que me parece meio sem sentido. Tem mais de sete bilhões de pessoas no mundo. Andamos por aí como se fôssemos importantes, mas somos só uma fração invisível da humanidade.

—Você pensa muito nisso?

— Penso — Angie admite. — De qualquer forma, mesmo quem *sabe* o que quer fazer da vida, mesmo quem tem um sonho, como minha mãe tinha... não há nenhuma garantia de que vai se concretizar. Quer dizer, ela achava que ia ser fotógrafa, mas acabou trabalhando como garçonete e depois no banco.

— E tendo você — Justin acrescenta. — Não se esqueça disso.

—Talvez ela estivesse melhor se eu não tivesse nascido — Angie solta.

— Como assim?

— Sei que fui um acidente. Ninguém fica grávida aos dezessete de propósito. Ela sempre diz que sou sua maior alegria. Mas talvez tivesse outras alegrias sem mim... Se meu pai não tivesse morrido, talvez ela não se visse na obrigação de me ter. — Angie olha pela janela. — Se ele não tivesse morrido, talvez eu não existisse.

Justin olha para ela por um longo momento.

— Olha, acho que todo mundo é fruto do acaso. E talvez você esteja certa: se James não tivesse morrido, talvez você não existisse. Mas você está aqui, neste instante. Pode ser só uma em sete bilhões de pessoas, só que ele também era. Isso significa que a vida de James não importou? Você acha que não importa que ele tenha morrido tão cedo?

— Não. É claro que não acho.

— Mas ele não era só uma fração invisível da humanidade? — Justin insiste.

Angie olha para ele.

— É, mas...

— É uma questão de perspectiva, não acha?

— É. — Angie faz uma pausa. — Se você olha para o mundo de longe, pensando numa pessoa em sete bilhões, ele parece pequeno. Mas, de perto, para as pessoas que o amam... sua vida significava tudo.

Justin assente.

— E nunca vamos saber o que ele poderia ter feito, ou o impacto que causaria nos outros...

— É — Angie concorda, imaginando o que ela mesma poderia vir a fazer no futuro.

— Olha, é legal, é até impressionante, que uma garota da sua idade consiga ver as coisas assim de fora, o quadro geral... Mas você não pode perder a capacidade de olhar para as coisas de perto também. Muitas das coisas mais importantes estão nos detalhes. O lance é ser capaz de sustentar diversos pontos de vista ao mesmo tempo. Ver como a vida de cada um é pequena e gigantesca ao mesmo tempo. Entendeu?

— Entendi.

— Vou ser honesto com você. Passei boa parte da vida

sentindo que nunca poderia fazer o bastante para compensar tudo o que James não conseguiu viver. E passei um tempão furioso com o que aconteceu. Depois de foder com tudo e quase largar a escola, depois de todas as drogas, todas as garotas e de todas as coisas que eu usava para me anestesiar, me dei conta de que a gente nunca vai esquecer. Algumas feridas nunca vão fechar, nunca vamos aceitar algumas perdas. Mas é preciso deixar que isso tudo seja a força que te motiva, não uma desculpa pra não fazer nada. Meu irmão morreu, mas eu continuo vivo. Não posso desperdiçar minha chance.

Angie olha para o tio.

— Posso perguntar uma coisa?

— Manda.

— O que aconteceu com ele?

Uma expressão de dor toma conta do rosto de Justin.

— Ele não morreu num acidente de carro. Não sei por que sua mãe mentiu pra você, Angie, mas isso é entre vocês duas. Vai ter que falar com ela…

— Mas…

Ela sente o peito queimar.

— Ei — Justin diz. — Respira fundo.

— Por que não me conta a verdade?

— Estou contando. A verdade é que sua mãe mentiu. Isso me deixa puto também. Acho que ela cometeu um grande erro mantendo você afastada. Mas a verdade também é que não sei como é ter um filho. A verdade é que não acho que caiba a mim contar. A verdade é que sinto muito que tenha crescido sem um pai, e sinto muito por não ter entrado na sua vida antes e que haja partes da sua origem que você ainda não conhece. Mas você vai conhecer, tá?

Angie o encara.

— Tá? — ele repete.

— Tá.

— Desconfio que você é uma garota acostumada a esconder muito do que sente, mas, se vou ser seu tio, você tem que prometer que vai ser honesta comigo. E eu prometo que vou ser honesto com você.

— Tá bom.

— Promete?

— Prometo.

— Tudo bem pirar. E pode ficar puta comigo. Mas não foge.

— Tá. Eu prometo.

— Vou trabalhar no meu estúdio amanhã, se quiser dar uma olhada como é.

— Adoraria.

Justin sai do estacionamento da lanchonete, passando pelas músicas do celular até que "DNA" começa. Ele olha para Angie e sorri. Ela sorri de volta e apoia o braço na janela, recostando a cabeça no encosto enquanto o vento morno bate em seu rosto... Ela olha para as palmeiras no escuro, deixa que os pensamentos se esvaiam e que o luto pela perda do pai ocupe seu espaço, se movimente, mude de forma dentro dela.

QUANDO ANGIE CHEGA À CASA DE MIGUEL, está tudo apagado. A única luz na sala vem do brilho tênue da cidade lá fora. Sam está dormindo no chão, ao lado do sofá-cama. Seu corpo se move, mas ele não diz nada. Angie tira o tênis e deita de costas na cama, tentando manter a respiração controlada, como se pudesse apagar os problemas dos dois com o silêncio.

Na manhã seguinte, Angie acorda com o barulho de Miguel fazendo o café da manhã. Ela senta, então Cherry aparece vestindo uma camiseta e uma samba-canção.

— Café?

— Não, obrigada — Angie responde, incerta. — E o Sam?

— Foi correr. Vem aqui comigo.

Angie vai para a pequena sacada, onde Cherry acende um cigarro.

— Olha, ele perguntou se você podia ficar na minha casa o resto da semana. O que por mim tudo bem.

— Ah, é?

— Acho que Sam precisa... de espaço. E acho que você também. Talvez você tenha que encarar essa coisa toda da sua família sozinha. Não é justo arrastar o cara pra isso, a menos que esteja pronta para se comprometer.

— Comprometer?

— Ele é um garoto legal, Angie. Merece alguém que o respeite, que o trate como merece. Como uma pessoa inteira, com um coração batendo. Um universo todo particular.

Antes que possa pensar no que responder, o celular de Angie toca. É uma mensagem de Justin.

E aí, sobrinha? Quer passar no estúdio hoje? Posso te pegar ou nos encontramos lá.

Angie olha para Cherry, seu cabelo vermelho brilhando à luz da manhã, o delineador da noite passada ainda nas pálpebras pálidas. Ela sente as entranhas vacilarem, como se estivesse na corda bamba.

— Tá — Angie diz. — Vou ficar na sua casa, se não tiver problema. Obrigada.

— Imagina. — Cherry apaga o cigarro, ainda pela metade. — Quase nunca estou lá, então vai ter o lugar só pra você. Sam disse que pode ficar com o carro.

Angie assente e pega a chave de Cherry, que tem um desenho de borboleta. Ela volta para dentro e recolhe suas coisas, recusando os ovos mexidos que Miguel oferece. Então se despede, agradece e sai para o sol matinal, mandando uma mensagem para o tio no caminho até o carro.

Me fala onde é e te encontro lá.

Quando ela levanta o rosto, Sam está correndo na calçada, com o rosto vermelho, brilhando de suor. Ele a vê e diminui o ritmo, ainda a meio quarteirão de distância. Angie acena. Ele assente. Eles se encontram no meio do caminho, quando não têm opção.

— Oi — ele diz.

— Oi.

Angie olha para ele, procurando por alguma familiaridade, por uma rachadura no muro entre os dois. Mas ele lhe é tão estranho quanto ela mesma no momento. Quando se tornou uma pessoa que foge?

— Encontrei Justin — ela desabafa. — Quer dizer, falei com ele.

— Legal. Gostou dele? — Sam pergunta, e Angie percebe suas palavras se abrandando de leve.

— Gostei. Muito. Mas meu pai morreu mesmo.

Ele só assente. Angie desvia o rosto. Do outro lado da rua, há uma barraca de frutas. Uma mulher com argolas douradas compra manga para a filha no carrinho. Algo em seus movimentos, em seu sorriso, faz com que se lembre de Marilyn.

—Vou tomar um banho — Sam diz. —Tome cuidado, tá?

—Tá. Pode deixar.

— Até mais.

Enquanto observa Sam se afastando, ela se dá conta, com arrependimento, de que tratou o relacionamento deles como se fosse um cômodo do qual podia simplesmente entrar e sair quando quisesse. Mas o espaço particular em que se vive com alguém é um espaço que precisa ser mantido aberto. Angie sente que não lhe restam forças; que não tem como impedir a porta de fechar.

O celular toca. É uma mensagem de Justin.

Pico Blvd 984.

Angie volta a caminhar, afastando-se de Sam, na direção de uma versão de família que ela ainda não compreende.

Depois de conferir duas vezes o endereço que Justin passou, Angie estaciona na frente do que parece ser um velho armazém. Quando ela entra, puxando nervosa a barra da camiseta, vê que lá dentro é tudo muito arrumado: pé-direito alto, uma claraboia, paredes brancas com quadros enormes de rostos rascunhados em pinceladas grossas.

— Posso ajudar? — a garota na recepção pergunta. Ela tem o cabelo encaracolado e usa um collant roxo. Não pode ser muito mais velha que Angie.

—Vim falar com Justin. Justin Bell. Sou sobrinha dele.

Angie gosta de como aquilo soa. *Sou sobrinha dele.*

A garota sorri.

— Ah, sim, ele disse que você viria. Vou avisar que chegou.

Ela levanta e desaparece pelo corredor, batendo os saltos baixos no piso brilhante de cimento queimado.

Angie vai até a parede examinar as enormes telas.

— São legais, né? — Justin comenta, surgindo atrás dela.

— São, sim.

— Foi um amigo meu da faculdade que fez. Nós dois e mais alguns caras montamos este lugar juntos. Funciona como um escritório, mas também é meio que um centro cultural. Fazemos leituras, shows, esse tipo de coisa.

— Isso é muito legal — Angie diz.

—Vem, quero te mostrar uma coisa — Justin diz, e a leva até uma sala menor. Tem uma coleção de fotos na parede, contrastando com o fundo preto: Justin sentado na praia com um capuz cobrindo a cabeça, Justin fazendo uma trilha, Justin bebendo cerveja a uma mesa, Justin boiando de costas na piscina, Justin apoiado contra um poste. Estão todas perfeitamente iluminadas e são encantadoras, mas em todas a silhueta de outra pessoa foi cortada. Algo na simplicidade crua da ausência torna aquilo cortante, como um buraco no centro de um momento que de outra maneira seria como qualquer outro.

— Uau — Angie diz. — São incríveis.

Justin sorri, e ela percebe que sua opinião importa para ele.

— Obrigado. Fiz essa série há muito tempo, no último ano da faculdade. Chama *Irmão*.

Ele mostra o restante do espaço a Angie, incluindo o escritório onde está trabalhando no storyboard do seu filme e um jardim bem bonito nos fundos. Então Justin declara que é hora de comer, e os dois percorrem alguns quarteirões das ruas lotadas de Los Angeles, com seus prédios altos, trânsito, lojinhas baratas e alguns restaurantes refinados perdidos no meio da confusão.

— Falei com a minha vó ontem à noite e contei sobre você — Justin diz. — Ela ficou tão feliz que quase teve um ataque... Falei que vamos almoçar lá amanhã para te apresentar. Está livre?

— Claro! — Angie diz. — Tem mais alguém pra conhecer?

— Minha mãe morreu quando eu ainda era bebê, e meu avô se foi alguns anos atrás. Meu pai mora no Texas. Vocês podem se conhecer um dia. Mas garanto que vai amar minha vó.

Angie nunca teve uma avó. Mas se sente ligeiramente culpada por ficar tão animada com a ideia de ter uma família maior que apenas ela e a mãe.

Eles chegam ao Grand Central Market, um espaço ao ar livre cheirando a comida chinesa, mexicana, churrasco e pizza. As pessoas sentam às mesinhas para almoçar, perto das bancas de frutas, verduras, legumes e temperos. Eles sentam no balcão do lugar preferido de Justin, e pedem dois hambúrgueres.

— É delicioso — Angie diz, com a boca cheia.

— Eles cantam para as vacas antes que sejam mortas, sussurram no ouvido delas e tudo mais. Por isso a carne é tão gostosa.

Angie cai na gargalhada.

— Cara, você me lembra dele — Justin diz. — A risada é igual. É muito esquisito.

Isso a faz parar de rir.

— Você acredita em céu ou algo do tipo? — ela pergunta depois de um momento, em meio ao barulho da multidão.

— Acho que há muito mais do que compreendemos. Se o céu existe, não acho que seja como imaginamos. Mas acredito que as pessoas que perdemos de alguma forma fazem parte de tudo: do ar, do céu, do caminho até as estrelas. E que um dia eu e James faremos parte da mesma coisa...

Angie sorri.

— Gosto disso.

— James costumava dizer que a mamãe estava nos observando. Sempre que um beija-flor se aproximava da janela, dizia que era ela que o tinha mandado para tomar conta de nós. Ele adorava beija-flores. Sempre trocava a água do bebedouro e tal.

Angie pensa no dia em que o beija-flor apareceu, quando estavam mudando para a casa nova. Ainda pode ouvir a mãe dizendo: "É um sinal".

— Acho que acredito em fantasmas — ela diz. — Não tipo assombrações, mas a ideia de que todos os que morreram ainda fazem parte do nosso mundo, quase como uma onda de energia. Quer dizer, herdamos tudo. A linguagem, o país, até o DNA... Mas também falo das coisas mais difíceis de nomear. Acho que todos carregamos os fantasmas das pessoas que vieram antes de nós.

Justin a estuda por um momento.

— Você é uma garota esperta. É difícil acreditar que tenha só dezessete.

Ela sorri para o prato.

— Obrigada.

— Talvez você não saiba o que quer fazer, mas está no caminho certo. O que está me dizendo é que a história importa. Por que não fazer disso um projeto, descobrir tudo o que puder do que herdou deste país, dos seus antepassados, dos séculos e séculos de humanidade? Torne as coisas invisíveis visíveis. Conte as histórias dos fantasmas. Precisamos delas.

— Como você faz com seu trabalho.

— É, quer dizer, acho que é isso que eu tento fazer.

— É fácil falar com você — Angie diz. Na verdade, ela nunca conseguiu falar com ninguém da maneira como fala com o tio.

— Com você também — Justin diz. — Há coisas horrorosas demais nesse mundo para que eu acredite que tudo acontece por um motivo. Mas, se fosse o caso, acharia que você veio para cá porque era pra gente se conhecer.

Angie sorri.

— De qualquer forma — ele continua —, era o que seu pai queria fazer. Na faculdade.

— História? Sério?

— É. Podemos dar uma passada na minha casa. Tem alguns livros que eu quero te emprestar.

— Legal.

— Onde você está ficando, aliás? — ele pergunta.

— Hum, eu estava com um ex-namorado na casa do primo dele, mas tivemos uma briga, e hoje vou dormir na casa da namorada desse primo.

— Claro que não. Por que faria isso? Pode ficar comigo.

— Sério?

— Claro, sua boba. Você é da família.

— VOCÊ DEVIA MESMO LER TA-NEHISI COATES — Justin diz a Angie enquanto eles se aproximam do prédio dele. — O cara faz um trabalho muito legal mostrando como a história é importante para entender o presente. Ele publicou há alguns anos um artigo chamado "Em defesa da restauração". É sobre como um país pode se curar, finalmente encarando a verdade da biografia coletiva. Não só a escravidão, mas Jim Crow, a prática de recusar serviços...

Angie para de repente. Justin vira e depara com ela olhando mais adiante na rua.

É Marilyn, sentada no capô do carro dela, estacionado debaixo de um plátano, observando-os. Está com a camiseta da escola de Angie e jeans, o longo cabelo loiro preso num rabo de cavalo juvenil. Fora de contexto, parece jovem, vulnerável. Quase como uma garota que não sabe para onde ir no primeiro dia de aula.

— Mãe? — Angie nota que a palavra sai vacilante. — O que está fazendo aqui?

—Vim atrás de você — Marilyn diz.

Então ela abraça a filha, forte demais. Angie reconhece o cheiro de xampu, roupa lavada, Páscoa, Quatro de Julho, noites de filmes, caminhadas antes de o sol nascer. A criança nela quer se enterrar na mãe; mas a outra metade quer afastá-la, quer ser Angie nesse novo mundo, Angie em Los Angeles.

Quando Marilyn finalmente a solta, Angie vira para Justin, que as observa. O olhar dele encontra o de Marilyn. É como se nuvens carregadas se formassem, mal podendo conter a chuva.

— Se não é a srta. Mari Mack.

—Jus... Você... você cresceu.

—Você também.

—Você parece... exatamente o que ele teria... — Marilyn estende a mão, como se fosse passá-la em seu rosto, mas então a afasta e dá um passo para trás. — Penso em você todos os dias — ela sussurra.

Ele só a encara.

— Sinto muito — Marilyn diz. — Eu só... tinha que ir embora.

— Quem sou eu para julgar? Enfim, você criou uma garota incrível. Deve ter feito alguma coisa certo.

A voz dele é como um arco que não chega a disparar a flecha, mas a mantém lá. Ele inclina a cabeça para Angie, depois vira e vai embora.

O coração dela acelera em protesto. Sua respiração fica mais curta quando ele entra no apartamento. Ela quer correr atrás dele, implorar que não vá embora. Justin é *dela*, é seu tio. E se a mãe o tiver assustado?

Ela olha para Marilyn, parada ali na calçada, o rosto um livro aberto, voltado para onde Justin estava.

— Como me encontrou? — Angie pergunta.

— Seu celular estava desligado, então liguei para Sam. Ele me passou o endereço.

— Ah.

— Vem. Vamos para o carro.

— Estou com o carro de Sam. Sei que deve estar brava comigo, mas ainda não estou pronta para ir embora de Los Angeles. Não posso fazer isso.

— Entra no carro. Não é um pedido.

Angie não se lembra de ter ouvido a mãe falar naquele tom, pelo menos não desde que era menina e se recusava a ir para a cama.

— Você não pode me dizer o que fazer. Não depois de ter passado minha vida inteira mentindo — ela diz.

— Por favor, Angie. Isso não é fácil pra mim.

— Então por que veio?

— Por que você é minha filha e eu te amo. Não queria que tivesse que fazer isso sozinha.

— Eu não estava sozinha. Estava com Justin. Meu tio. Aquele que você me disse que tinha morrido, lembra?

Marilyn faz uma pausa.

— Foi uma longa viagem, atravessando o deserto, pensando na melhor maneira… Pensei em levar você para um lugar de que seu pai gostava. Pensei…

— Tá. Vamos.

Angie entra no carro e bate a porta.

Marilyn a segue, dá a partida e dirige em silêncio.

Quando pegam o trânsito da La Brea, Angie olha através da janela para os cafés, as lojas de tênis, os estúdios de ioga e os restaurantes em que jovens se reúnem para tomar vinho.

— A cidade mudou — Marilyn diz, como se fossem ter uma conversa normal. — Mudou e não mudou. Tem algo na luz aqui. Sempre vejo essas palmeiras nos meus sonhos…

Angie olha para a mãe e percebe que está segurando o volante com força demais.

— Quando você foi embora, fiquei com raiva e com medo. Morri de saudades… Fui procurar as fotos na minha gaveta e vi que não estavam mais lá. Quando vi as cobranças do White Pages no seu cartão, juntei tudo e concluí que tinha vindo procurar Justin. Só queria que tivesse me dito a verdade. Por que não fez isso?

— Por que você acha? Não confio em você.

Marilyn breca de repente quando um Audi vira à esquerda, cortando-as.

— Sei que talvez seja difícil entender, mas… eu estava tentando te proteger — Marilyn diz.

— *Do quê?* Não acha que teria sido bom para mim conhecer outra pessoa negra da minha família? Não acha que teria sido bom para mim ter alguém que pudesse ser uma figura paterna ou coisa do tipo, já que não tenho pai? Eu podia ter crescido em contato com Justin.

Marilyn mantém os olhos na estrada. Alguém buzina, e ela passa para a pista da direita.

— Angie, eu…

— Você *mentiu*! Sobre uma das coisas mais importantes da minha vida!

— Posso não ser perfeita, mas fiz o meu melhor. Estou fazendo!

Marilyn para no acostamento. Os carros passam a toda, e ela enxuga as lágrimas.

— Não posso perguntar nada sobre coisa nenhuma que você já começa a chorar — Angie explode.

Marilyn olha pelo para-brisa por um longo momento, com as lágrimas ainda rolando pelo rosto.

— Queria construir um mundo em que você se sentisse segura, longe dos horrores da vida. Não queria que crescesse com a dor que eu senti, a raiva. Achei que poderia suportar todo o peso por você.

Angie precisa saber a verdade, ou vai ficar perseguindo fantasmas pelo resto da vida.

— O que aconteceu? — ela pergunta, e as palavras parecem quentes em sua língua. — Como meu pai morreu?

★★★

Acho que é uma boa ideia ficar em bons termos com a pessoa que costumávamos ser, quer a consideremos boa companhia ou não. Caso contrário, ela aparece sem avisar e nos pega de surpresa, batendo na porta da mente às quatro da manhã de uma noite ruim exigindo saber quem a abandonou, quem a traiu, quem vai ressarci-la.

Sentada atrás do volante na estrada que costumava pegar para ir para a praia com James, Marilyn se lembra da citação do livro de Joan Didion que adorava. Na época, essas palavras a levaram a abrir as portas para si mesma e, eventualmente, a deixá-lo entrar.

A garota de dezessete anos, a garota que se apaixonou por James Alan Bell, que tirava fotos com a câmera dada por ele, que perdeu a virgindade no topo do Runyon Canyon, que planejou um futuro juntos, está batendo na porta de seu coração desde que a deixou em Los Angeles e saiu dirigindo pelo deserto.

Marilyn olha para o rosto da filha e pela primeira vez a vê nele — a garota que deixou para trás. Pela primeira vez, enxerga que, para compreender Angie, precisa compreender a si mesma. Marilyn vai ter que deixar aquela garota entrar, seu próprio eu aos dezessete anos, ainda que destroçada pela dor, afogada na culpa; vai ter que reaprender a amar aquela garota da mesma maneira que ama sua filha, ou perderá Angie com ela.

Então ela começa a falar. E conta a Angie a história que nunca contou a ninguém, desde a noite que a destruiu tantos anos atrás.

Marilyn

JAMES E JUSTIN CANTAM "ROSA PARKS", que está tocando no rádio, quando viram na Gramercy Place, no caminho de volta da praia. A música é contagiante, e Marilyn começa a mover o corpo junto com eles, soltando-se, iluminando-se, quase levitando. Mas, quando estacionam, ela vê Woody saindo da caminhonete do outro lado da rua e afunda de novo. James põe a mão em sua perna e olha em seus olhos. *Está tudo bem*, ele diz, sem recorrer a palavras. Justin salta do carro sem nem perceber que tem algo errado.

Marilyn se lembra de que não importa o que Woody pensa. Ela só tem mais uns meses ali, de qualquer maneira. O que ele pode fazer? Ela pega a câmera, com algumas poucas fotos sobrando depois dos cliques de Justin, e segue James até a porta da casa dele.

— Aonde você pensa que vai?

Woody surge atrás de Marilyn e segura seu braço, o rosto

vermelho de fúria, embriaguez ou provavelmente ambos. Ela odeia o fato de que não consegue responder.

—Vamos jantar. É aniversário do meu irmão — James diz. Marilyn vê os músculos dele se tensionando, a briga juntando forças em seu corpo. Por sorte, Justin já entrou.

— Quero que limpe o apartamento — Woody diz para a sobrinha. —Vamos.

— Ela não vai agora. — James dá um passo à frente. — E, se bater nela de novo — ele diz, baixando a voz —, não vai viver pra contar.

Marilyn vê uma fúria selvagem brilhando nos olhos de Woody, mas se refugia na assertividade da voz de James. Ele importa; o amor deles importa; Woody não importa. Antes que o tio possa responder, Marilyn puxa o braço e segue James apartamento adentro.

Ela se força a respirar, prometendo a si mesma que não vai deixar o incidente atrapalhar o aniversário de Justin. James mantém a mão em suas costas, guiando-a até o sofá, depois vai buscar um copo d'água. Ela sente o cheiro do bolo de chocolate recém-saído do forno. Eles comem macarrão com queijo, o prato preferido de Justin. Cantam "Parabéns pra você" e ele apaga as velas e abre os presentes. Marilyn fez um álbum especialmente para ele, com cópias de suas fotos favoritas e espaço para que Justin acrescente as dele. Ela ouve os passos da mãe no apartamento de cima e conclui que voltou do trabalho. Mas sabe que Sylvie não vai buscá-la, não mais. Ela tem agido como se Marilyn fosse apenas uma sombra, uma dublê que está ali apenas para lembrá-la da filha perdida. Quando é hora de ir para casa, James pergunta se pode acompanhá-la, mas Marilyn não quer irritar Woody ainda mais, ou ouvir o que Sylvie tenha a dizer a respeito, com os dentes cerrados. De qualquer maneira, ela tem esperanças de que os dois estejam dormindo de tanto beber.

O apartamento está escuro, sem nenhuma luz acesa. Marilyn espera os olhos se ajustarem, alívio a percorrendo enquanto caminha até o quarto. É só depois que está debaixo das cobertas, quase pegando no sono, que ouve a porta abrir. E lá está Woody, indo — não, cambaleando — em sua direção.

— Como ousa me envergonhar desse jeito, depois de tudo o que fiz pra você?

Marilyn tenta levantar, mas o tio a empurra com força, o que ela não estava esperando. É a expressão em seu rosto que mais a assusta: como se, de alguma forma, tudo o que ele era incapaz de controlar tivesse se concentrado no corpo dela.

— Mãe! — Marilyn grita, sem obter resposta. — Mãe! — ela grita mais alto. Sylvie não aparece. Por que não? Está bêbada demais, dormindo muito profundamente para acordar, ou talvez tenha saído de novo, como anda fazendo. Talvez nem esteja lá.

— James! — ela grita para a noite escura, pela janela fechada, o tipo de grito que abre o peito, antes que Woody pressione o travesseiro com a fronha do Meu Querido Pônei contra seu rosto. Ela tenta dar uma joelhada, mas é em vão. Então enfia as unhas na pele do tio, pronta para arrancar sangue.

— Você não vai sair dessa. A farra acabou. Vou disciplinar você eu mesmo.

Ele solta o travesseiro e Marilyn consegue respirar rapidamente antes que ele o force de novo contra seu rosto. Ela se obriga a ficar dentro do próprio corpo, mas está à deriva, sumindo na noite.

A batida na porta da frente a puxa de volta. Ela ouve a voz de James gritando:

— Mari!

Marilyn finalmente consegue dar uma joelhada em Woody. Quando ele cai para trás, ela levanta, corre para a porta e abre.

— Está tudo bem? — ele pergunta, puxando-a para perto.

Mas Woody já está ao lado dela, agarrando seu cabelo.

James dá um soco no rosto dele, fazendo com que largue Marilyn. Ela corre para o telefone e liga para a polícia. É puro instinto; a única atitude que uma pessoa consegue tomar diante do desastre, marcada pelo treinamento da infância. Ela fala depressa:

— Gramercy, 1814, número 2, andar de cima. Por favor, venham o mais rápido que puderem.

Quando desliga e vira, vê James lutando para segurar Woody e depois o prendendo num mata-leão. Com a mão livre, Woody tira um canivete do bolso e o enfia na barriga de James.

— Solta ele! — Marilyn grita, correndo na direção deles.

—Você se deu mal, garoto — Woody diz para James, cortante. — Esta casa é minha.

James o solta e o empurra para longe, tirando a faca do próprio corpo. Woody parte para cima de Marilyn.

James o impede, jogando-o no chão. Ele tenta segurar Woody, que sacode o canivete no ar, numa tentativa desesperada de recuperar o controle. Marilyn ouve sirenes à distância. *Rápido*, ela reza.

James finalmente consegue tirar o canivete das mãos de Woody.

Então os policiais, dois deles, entram pela porta, com armas na mão. Marilyn vira para James — o suor em seu rosto perfeito brilhando à meia-luz, a respiração irregular, a raiva, a adrenalina ainda no sangue, o canivete em suas mãos.

Ele nem chega a registrar a presença deles.

O som do tiro parte o mundo, e parte de novo. Marilyn se joga sobre o corpo de James, caído no chão. Ela o abraça e o puxa mais para perto. James não se ergue. Não faz nenhum som. Seu corpo é como o peso morto que, brincando, ele fazia ela tentar tirar do sofá.

— James!

Ela grita alto demais, mas não alto o bastante. Ele morreu.

Angie

ANGIE SENTE O PÂNICO DA MÃE, o medo que a destrói, a sensação de não ser capaz de puxar ar o suficiente. Ela vê Marilyn jogar o corpo para a frente, apoiando a cabeça no volante, com a respiração rápida e superficial.

— Mãe — Angie diz, soando como uma criança. Ela segura a mão de Marilyn, enlaça seus dedos, desesperada para segurá-la, para trazê-la de volta.

Marilyn puxa o ar de novo, dessa vez por mais tempo. Então o solta, e Angie sente sua pegada apertar.

— Sinto tanto, Angie. Tanto, tanto. Não acredito que chamei a polícia.

O peso do que a mãe contou cai sobre Angie como uma pedra que não cede, insistindo na gravidade absoluta.

— Mãe — Angie repete, sem saber o que mais dizer.

Do outro lado da rua, um homem abastece uma Range Rover verde no posto. Há uma fila de carros no drive-thru do Carl's Jr. Um homem na esquina segura um cartão que diz: SEM-TETO E FAMINTO. QUALQUER COISA AJUDA. DEUS ABENÇOE.

Saber a verdade sobre a morte do pai não muda o fato de que Angie nunca vai conhecer a sensação da barba dele em seu rosto, ir a um restaurante chinês com ele, correr ao seu lado, sentir sua mão na dele, reconhecer o formato de seus próprios olhos ao encará-lo. Ouvi-lo dizer "te amo".

Os fatos continuam os mesmos. Ele está morto.

E Angie continua sem saber como a história começou. Começou com os antepassados invisíveis, com os fantasmas que não consegue ver? Com uma história de amor em Los Angeles, entre o garoto e a garota na fotografia? Com um assassinato. Com uma mãe solteira, trabalhando mais horas do que humanamente possível, cantando até a filha adormecer. Com um gesto, um sonho, um sussurro.

Angie pensa no poema que Sam leu — o que dizia? *Não se pode deixar o passado para trás. Está enterrado em você; transformou sua pele em seu armário...*

É a verdade, não é? A vida do pai, a história que leva à morte dele — está guardada dentro dela.

É um lugar para começar. Com raiva, devastada, com o coração partido. Mas pelo menos é real.

Marilyn

Seu corpo compreende antes de seu cérebro. Ela se sente enjoada, tonta, fraca, mas tenta ouvir a música dele, espera que volte para casa. Não importa se está numa cama de hotel e os únicos sons que ouve são dos carros na estrada ou da máquina de gelo. Faz três semanas.

Sylvie tinha recolhido as coisas delas e ido para o Motel 6, em Orange County, como se pudessem voltar no tempo, simplesmente apagando os sete meses desde que tinham deixado a cidade. Trata Marilyn como se fosse de porcelana, como se pudesse se estilhaçar (mas ela já se estilhaçou, será que a mãe não vê?), dando-lhe travesseiros, passando a mão em seu rosto, deixando-a sozinha apenas quando vai trabalhar ou, nos dias de folga, procurar um apartamento. Quando volta, conta animada sobre os lugares que viu, descrevendo a piscina, as paredes amarelo-claro, a ilha na cozinha.

Nem Sylvie nem Marilyn pensam na possibilidade de que

ela volte para a escola; embora faltem apenas três meses de aula, a formatura parece irrelevante. Marilyn queria ter morrido com James. O luto é insuportável; não há palavras para a dor.

Ela deu seu depoimento aos investigadores em meio às lágrimas:

— James não estava fazendo nada. Só tinha o canivete na mão porque estava tentando me proteger do meu tio. Não era uma ameaça.

Mas o policial que atirou nele só recebeu três semanas de suspensão e voltou à ativa. Woody tinha sido acusado de violência doméstica, até onde ela sabia; estava proibido de se aproximar dela ou entrar em contato. Sylvie não tinha ligado para os Bell para perguntar sobre o enterro; nem Marilyn, porque não se sentia capaz de encará-los. A culpa pesa mais do que ela; não consegue se manter à tona.

Durante o dia, o som das novelas de sua infância passando na televisão preenche o silêncio no quarto à meia-luz. Talvez Sylvie espere que seja um antídoto para o desespero da filha, como tinha sido para ela própria. Mas Marilyn só encara as imagens, sem compreender.

Ela vomita pela manhã, à tarde, à noite. O som da voz de James está em toda parte, já distante, como um eco que esvanece e se abranda, retornando diferente. Ela não nota quando a menstruação não vem, pelo menos não de imediato, mas, algumas semanas depois, tem uma intuição. Quando a mãe sai para trabalhar, ela se veste e sai do quarto.

O sol está claro demais, o que a deixa furiosa. Por que

deveria brilhar, indiferente, como se nada tivesse acontecido? Ela atravessa dois estacionamentos até encontrar uma farmácia, onde compra um teste de gravidez, sem se importar com os olhares das outras pessoas na fila.

— Sete e oitenta e cinco — o caixa diz.

Marilyn tem vontade de chorar. *Ele morreu.*

O caixa olha para ela.

— Querida?

Marilyn entrega o dinheiro sem dizer nada e volta para o hotel com o teste nas mãos.

O resultado é positivo.

Ela não tinha considerado se queria que desse positivo ou negativo, mas a visão da segunda listra desperta uma fagulha em seu peito — como a luz perfurando uma nuvem densa.

Quando Sylvie volta à noite, Marilyn comunica sem pestanejar:

— Estou grávida.

A mãe fica imóvel por um momento — com os lábios entreabertos, os olhos arregalados. Marilyn espera que grite, mas ela se recompõe, senta ao lado da filha na cama e passa a mão em seu cabelo.

— Tudo bem, querida. Vamos cuidar disso. Vai ficar tudo bem.

A mandíbula de Marilyn se cerra. Pela primeira vez desde a morte de James, o desejo de brigar volta ao seu corpo; agora ela tem algo a proteger.

Sylvie nota a expressão em seu rosto.

— Ah, Marilyn, você não pode estar... Não pode ter esse

bebê, querida. Não pode. Sei que está magoada, mas vai deixar tudo isso para trás. Não é tarde demais.

— Quero ter o bebê, mãe.

Os olhos de Sylvie se movimentam freneticamente.

— Marilyn, meu bem, não queria dizer até que estivesse se sentindo melhor, mas falei com Ellen e estão todos muito empolgados com você, depois do comercial da Levi's. Um monte de oportunidades surgiu. Você é jovem, tem a vida toda pela frente. O futuro que sempre quisemos está bem aqui. Você vai ficar bem.

Marilyn vira e deita no travesseiro.

— Se você tivesse me escutado... — Sylvie diz. — Se tivesse me ouvido e ficado longe... tudo isso poderia ter sido evitado. Mas me ouça agora, querida. Você não está em condições de fazer esse tipo de escolha agora.

Marilyn fecha os olhos e permite que sua mente, a mil por hora, deixe o quarto. O que vai fazer? Para onde vai? Não pode ficar com a mãe, isso está claro. Não, não pode ficar em nenhum lugar na cidade. Vai ter que começar de novo. Com o bebê.

Marilyn tranquiliza a mãe deixando que marque uma consulta. No dia seguinte, quando Sylvie está no trabalho, a garota pergunta ao gerente do hotel — um homem de cabelo grisalho que a devora com os olhos — onde fica o banco mais próximo. Ela anda dois quilômetros e meio. O dinheiro da Levi's tinha sido depositado na conta que ela abrira, os royalties ainda a cair. Ela preenche um cheque administrativo com metade do valor no nome de Sylvie. A metade de Marilyn vai ser suficiente para tirá-la dali, para permitir que sobreviva até conseguir um trabalho.

Na volta para o hotel, ela vê um Dodge velho com um cartaz de VENDE-SE na janela de trás, não vermelho como o de James, mas branco. Mesmo assim, encara como um sinal. Uma hora depois, compra-o em dinheiro de um simpático casal de idosos mexicanos. Ela dirige até o mercado, agradecendo mentalmente pelas aulas com James.

Marilyn deixa o rolo de filme do aniversário de Justin, paga os cinco dólares a mais pela revelação em uma hora e passeia pelos corredores frios graças ao ar-condicionado, esperando o tempo passar. No carro, ela abre o envelope e dá uma olhada. Finalmente, chega à foto dela com James, sua cabeça no ombro dele, o braço dele à sua volta, os dois sorrindo.

Ela explode em soluços cortantes.

Um pássaro voa do alto dos fios elétricos. Uma palmeira balança ao vento. O sol dourado reflete no para-brisa. Uma mulher sai do mercado de mãos dadas com a filha. O mundo parece ao mesmo tempo vazio e cheio demais, tudo exageradamente brilhante, absurdamente próximo. Quando consegue respirar de novo, põe a mão sobre a barriga com toda a delicadeza. Ela está grávida dele. O bebê é a única parte de James que vai continuar viva.

Ela olha os negativos e encontra o da foto deles. Entra de novo no mercado e pede à mulher do outro lado do balcão de revelação que faça mais uma cópia, então a enfia na bolsa. Imagina que vai guardá-la para o futuro, quando poderá encará-la.

★★★

No dia seguinte, quando Sylvie vai trabalhar, Marilyn coloca todas as suas coisas no Dodge branco em meio à névoa da manhãzinha. Ela deixa o cheque sobre a penteadeira com um bilhete: *Sinto muito, mas não posso ficar. Por favor, deixe seu endereço na recepção quando encontrar um lugar para morar. Vou ligar. Vou escrever. Te amo. Marilyn.*

Marilyn pega a estrada e dirige na direção dos apartamentos na Gramercy, com a luz do sol perfurando a camada de nuvens. Ela pega uma saída e vira à esquerda na Washington. Alguém buzina. Sua mão começa a tremer. Ela vira no quarteirão deles. Mas como as ruas, a cidade, o céu podem ser os mesmos sem ele?

Marilyn apoia a mão na barriga para se lembrar de seu propósito. Ela corre até a porta dos Bell com um pacote contendo a câmera, as fotos de Justin e um bilhete.

Justin, nem sei como dizer o quanto sinto. A câmera é sua agora — continue tirando fotos, por favor. Tenho que ir, e sinto muito por isso também. Talvez um dia eu veja suas fotos em alguma revista, ou leia a seu respeito em alguma exposição. Vou ficar muito orgulhosa. Já estou. Sei que seu irmão também está.

Com amor,
Marilyn

Ela deixa tudo embaixo da caixa de correio. E é então que ela vê, quase caindo para fora. Um envelope da Columbia. Grande, grosso. Do tipo que significa que a pessoa foi aceita. Ele entrou. Marilyn sente o coração batendo na cabeça, e corre para a caixa de Woody, onde tem o equivalente a semanas de correspondência empilhada, e encontra um envelope parecido no nome dela. Marilyn o toca — a passagem para o futuro que pertencia aos dois. O futuro que teriam vivido juntos.

A devastação toma conta dela. Ela volta correndo para o carro, dá a partida e vai embora. Ela atravessa o labirinto da cidade, passando pelos shoppings e pelas palmeiras, pela extensão do deserto partido de sua infância.

Angie

Justin abre a porta para Angie e Marilyn.

— Parece que tiveram uma tarde difícil.

Elas só assentem.

—Você contou? — ele pergunta a Marilyn, que confirma com a cabeça. — Estão com fome? Estava pensando em preparar alguma coisa.

A voz dele parece mais rouca que o normal.

— Seria ótimo, muito obrigada — Marilyn diz, quase num sussurro. Angie segue a mãe, que sobe cuidadosamente os degraus para o apartamento, andando na ponta dos pés no piso de madeira rangente, como se não tivesse peso, como se não quisesse atrapalhar.

Elas não chegaram a ir aonde quer que Marilyn pretendia levá-la. Em vez disso, Angie tinha mandado uma mensagem a Justin dizendo que precisava de ajuda e perguntando se a mãe podia passar a noite com eles.

As duas sentam à mesa de madeira enquanto Justin tira bifes, cebolas, pimentões e batatas-doces da geladeira. Pouco depois, Marilyn vai até ele, ainda pisando de leve. Ela toca seu ombro.

— Posso ajudar?

— Claro. — Ele abre espaço, deixando-a com os legumes e a tábua, e vai para outro cômodo. Quando volta, a voz de James Brown o segue. Marilyn levanta o rosto e olha pela janela, além do pequeno cacto no parapeito, além dos fios se intercruzando, para o letreiro de Hollywood, à distância, nas montanhas de Santa Monica. Justin acende o fogão, pega outra tábua para Angie e pede que corte as batatas. O ar começa a esquentar, saturado pelo cheiro de comida e pela música: "*Try me, try me…*". Angie reconhece a música da fita; ela olha para a mãe, que ainda está em outro lugar.

★★★

De onde está agora, de pé na cozinha de Justin, com lágrimas nos olhos por causa das cebolas, Marilyn mal consegue se lembrar do Motel 6, onde ela e a mãe ficaram, do supermercado, do casal que lhe vendeu o Dodge branco. O que ela recorda, clara como a água, é a sensação da criança dentro de si, que nunca teria um pai.

Então pensa no jeito como Sylvie havia dito "Se você tivesse me escutado", como se a culpa fosse dela. Ela se lembra de como essas palavras ficaram na cabeça dela enquanto atravessava o deserto. Lembra de pensar que, se James não a tivesse conhecido, seus avós ainda teriam dois netos, Justin ainda teria um irmão. Ele ainda estaria vivo.

Marilyn se lembra de como o peso da injustiça, da culpa e da dor se tornou algo que acreditava ter de suportar sozinha.

★★★

Mas Angie herdou seu próprio legado de injustiça, de brutalidade, de filhos sem pais, de pais roubados pela violência. Marilyn não queria passar isso a ela, queria protegê-la, mas é o direito de Angie. Ela entende agora, mesmo que não saiba o que dizer, mesmo que se sinta perdida.

Dentro de um saco de dormir no sofá da sala de Justin, ela começa a contar as folhas da árvore do outro lado da janela — um velho truque que a ajuda a dormir.

Marilyn senta no colchão de ar ao lado e começa a revirar a mala. Ela pega um exemplar estropiado de *O álbum branco*, e tira uma folha dobrada de dentro.

— Quero que fique com isso.

Angie reconhece a letra da mãe, ainda que ligeiramente mais redonda e infantil. É um bilhete escrito no bloco de notas do Motel 6. Ela lê ao luar:

Você não tem nome ou sexo. É do tamanho de uma framboesa, move os bracinhos e as perninhas, está desenvolvendo as papilas gustativas. É a única coisa que permanece viva em mim, dentro desse corpo quebrado.

Às vezes, quando acordo de manhã, há uma fração de segun-

do em que esqueço, quando o sol é apenas o sol sobre a minha pele, quando eu sei, sem nem pensar, que ele está dormindo no apartamento de baixo. Nesse momento, ele ainda está aqui, ainda estamos apaixonados e ainda vamos para a faculdade juntos.

E então a realidade, esse golpe impossível, cai de repente sobre mim.

Meus olhos se enchem de lágrimas. Corro para o banheiro para vomitar, enjoada por causa da gravidez ou do luto, nem sei.

Você é a parte dele que vai sobreviver. Vou cuidar de você. Vamos deixar para trás tudo o que é inominável, a areia movediça em que estou afundando; vamos nos renovar. Tanto eu como você. Juntos. Amanhã, vou te levar para um lugar que está guardado na minha memória, onde fui criança. Vou percorrer novamente as estradas do deserto e levá-la à cidade onde nasci. Seremos só nós, mas prometo que vai ser como um lar; juntos, seremos uma família. Prometo ensinar o máximo que posso, sobre o que ainda há de bom no mundo, o que ainda é bonito. Prometo te amar intensamente, com tudo de mim.

Ele queria ter uma filha um dia. Queria dar o nome da mãe a ela. Se você for uma menina, vou te chamar de Angela.

As pessoas acham que os fantasmas saem à noite, mas os mortos nos assombram mesmo nos dias de verão. É a sensação que Angie tem enquanto olha pela janela de trás do Mustang de Justin ao entrarem na Gramercy Place. As palmeiras se erguem à distância, balançando ao vento enquanto Justin estaciona no fim do quarteirão, em frente ao número 1814. Angie reconhece os degraus que aparecem na fotografia da mãe. Há uma laranjeira no jardim, com um triciclo ao lado, lançando sua sombra na grama seca. Cento e sete bilhões de pessoas passaram pela terra, e há traços dos mortos em toda parte, ainda que invisíveis aos vivos.

— Aqui estamos — Justin diz.

Quando saem do carro para o ar abafado, os olhos de Marilyn estão arregalados e seu rosto parece pálido.

— Morávamos em cima — ela murmura conforme caminha. — Eu conseguia ouvir seu pai. Ouvia as músicas dele à noite.

Quando chegam à porta, Angie olha para trás e vê a mãe com o olhar fixo no bebedouro para beija-flores que está pendurado num gancho sob a calha. A flor vermelha desbotada à espera.

Justin bate e a porta abre. Os olhos de Angie se ajustam ao passar da luz brilhante do sol para aquela sala, e ela vê um rosto marcado por rugas, com olhos animados e o cabelo trançado. A mulher usa um vestido florido sobre o corpo magro e argolas douradas e grandes.

— Oi, vó — Justin cumprimenta, dando um beijo nela. — Tenho uma surpresa.

Ele vira para Angie, fazendo um floreio com a mão.

— Oi — Angie diz. Antes que a palavra termine de sair, Rose já a puxou num abraço. Seus braços são surpreendentemente fortes. Ela cheira a água de rosas e vagamente a azeite, alho e tomilho.

— Minha menina. Você veio. — Ela segura a mão de Angie e observa seu rosto. — É tão parecida com ele.

Angie vira para Marilyn, que está um passo atrás, só observando. Ela sabe que o lugar é assombrado, que ali a mãe não vê apenas o fantasma do seu pai, mas também o da garota que foi um dia.

— Oi, Rose — Marilyn sussurra, provavelmente sem intenção, mas descobrindo que as palavras ficaram presas em algum lugar no caminho.

Rose não olha para ela, focando num ponto invisível à distância.

— Bom, vamos entrar — ela finalmente diz, sem encarar Marilyn.

Elas entram atrás de Rose no apartamento, onde Justin se acomoda no sofá. Angie nota a parede cheia de fotos, os belos abajures, as cortinas floridas, o cheiro de frango assado. Pode quase sentir o peso da memória contida naquele espaço, como se fosse seu.

— Está igualzinho... — Marilyn diz.

— Ela se recusa a se mudar — Justin explica. — Tentei, mas é muito teimosa, não é, vó?

Rose franze a testa em resposta antes de desaparecer na cozinha.

Angie segue a mãe, que vai olhar a foto na parede, de Justin ainda bebê, seu pai um garoto com um sorriso lindo no rosto e uma mulher com o mesmo sorriso, radiante num vestido vermelho.

— Essa é sua avó — Marilyn diz a Angie.

A garota olha para a mulher de vermelho. Lembra-se de ter preenchido os nomes de Angela e Rose no site Ancestry.com pouco tempo antes. Desejara saber quem eram, mas pareciam ficcionais, presas a um passado que não tinha como contatar. E agora ali estavam: Rose se aproximando com limonada e Angela a encarando da fotografia — uma filha, uma mãe, a avó de Angie. Alguém em quem consegue se ver.

—Você tem mais fotos? — ela pergunta a Rose.

A expressão da mulher se abre com um sorriso.

—Você não sabe com quem está falando…

Ela sai e volta com uma pilha de álbuns que quase passa da sua cabeça.

Marilyn observa enquanto Angie se acomoda entre Rose e Justin no sofá, revirando os álbuns. Ali está o pai dela, uma criança nos braços da mãe. Vestido de Tartaruga Ninja para o Halloween, assim como o irmão.

Os álbuns voltam no tempo. Logo eles estão olhando para uma foto desbotada de Angela quando garota, descalça, do lado de fora de uma casa na área rural da Carolina do Norte. Angela no colo de Alan. Em um retrato da escola, com tranças no cabelo, o dente da frente faltando.

Rose e Alan no dia de seu casamento. Rose como uma adolescente bonita em preto e branco. E então como uma garotinha com a família: mãe, pai e três irmãos, amontoados na sacada de madeira.

— São incríveis — Angie diz. — Quero ouvir tudo sobre onde cresceu…

A bisavó dá uma batidinha em sua perna.

—Vou contar tudo o que quiser saber, querida. Mas, agora, vamos comer.

Rose se movimenta devagar pela cozinha, recusando a ajuda de Justin para servir os pratos com frango e arroz.

— Está uma delícia, Rose — Marilyn diz. — É… é exatamente como eu lembrava.

A mulher só assente.

— Está ótimo mesmo — Angie diz, preenchendo o silêncio. — Obrigada.

Rose sorri para a garota.

— De nada, querida.

Na verdade, o gosto é o mesmo da comida da mãe. Elas jantavam isso — frango com arroz — com muita frequência quando Angie era menina.

— Foi sua bisavó quem me ensinou a cozinhar — Marilyn comenta. Ela sorri para Rose, que não retribui.

Do apartamento de cima vem o som dos pezinhos de uma criança, e a risada abafada de um garotinho.

— Tem umas crianças muito fofas morando lá em cima agora — Justin diz.

Marilyn assente.

— E… e Alan? — ela se arrisca a perguntar.

— Ele morreu — Justin conta. — Faz dois anos. Ataque cardíaco.

— Ah, não.

— É uma pena — Rose comenta, com um olhar cortante para Marilyn —, que não tenha conhecido a bisneta.

— Sinto muito — Marilyn desabafa, com a voz trêmula. Ela levanta e se vira para enxugar os olhos. Angie está prestes a segui-la, mas a mãe volta a sentar e encara Rose. — Sinto muito — ela repete. — Eu devia ter criado coragem para contar há muito tempo. É só que…

— Eles mataram meu neto. E você simplesmente desapareceu. Como se não tivesse sido nada. Como se nós não fôssemos nada. E agora descobrimos que escondeu a filha dele de nós.

— Vocês eram tudo pra mim. Mas eu não conseguia

encarar vocês depois do que eu fiz. Sabia que deviam me odiar...

— Não estou brava com você porque ele morreu, Marilyn. Mas perdemos tudo quando perdemos James. Como pôde nos deixar também?

Por um momento, Marilyn retribui seu olhar surpresa.

— Eu não devia ter feito isso. Mas a dor era demais — ela diz baixinho. — Achei que fosse me engolir.

— Era demais para todos nós.

— Achei que o único jeito de me manter forte o bastante para criar o bebê era recomeçar...

— Ignorar algo não faz com que desapareça. E mentir para uma criança sobre o mundo em que ela vive não faz bem nenhum. Ela também é filha de James. Eu o vejo em seu sorriso. Ouço na sua voz. Devia ter crescido conhecendo a família dele. Devia ter deixado que a amássemos. Devia ter permitido que ajudássemos.

— É verdade, mãe — Angie diz.

Marilyn vira para a filha e seu rosto se quebra.

— Não quer dizer que você não seja uma mãe incrível... mas queria que tivesse me contado essas coisas. Que não tivesse me mantido afastada.

Marilyn respira com dificuldade e olha para o céu, talvez tentando sobreviver a um terremoto interno.

— Todos esses anos — ela diz, quando seus olhos voltam para Angie —, eu sabia que você estava vivendo num mundo que levou seu pai, que nunca pagou pela injustiça da morte dele. De alguma maneira, queria te proteger da realidade. Achei mesmo que estava te protegendo, mas agora vejo que também estava *me* protegendo. Do sofrimento, do sentimento de culpa. — Marilyn vira para Rose. — Sei que você tem todo o direito de estar brava. Mas, mesmo que não possa me perdoar, vim pedir sua ajuda, e a de Justin também. Para terminarmos de criar minha filha. Talvez eu não mereça isso, mas peço que me deixem entrar de novo na família.

Por baixo da mesa, Angie enlaça os dedos da mãe, torcendo para que a bisavó diga sim, por seu próprio bem e pelo de Marilyn.

— Eu topo — Justin diz, rompendo o silêncio. Ele dá um apertão no ombro de Angie. — Não quero perder mais nada da vida da minha sobrinha.

— Está bem — Rose finalmente diz. — Venha aqui.

Marilyn obedece e a abraça, timidamente a princípio, mas então se segurando nela como se fosse um bote salva-vidas. Angie observa a mãe voltando a ser criança, chorando nos braços de sua bisavó, e sabe que essas lágrimas não são como as outras: são uma libertação.

★★★

Uma hora depois, os quatro estão sentados na varanda, vendo o filho dos vizinhos circular o gramado em seu triciclo enquanto Rose conta como conheceu Alan na adolescência. Ele trabalhava como caixa numa mercearia e costumava acrescentar balas em suas compras toda semana.

— Olha! — Angie exclama de repente. Um beija-flor se aproxima do bebedouro, parecendo observá-los, as asas batendo tão rápido que se tornam um borrão. O rosto de Marilyn se ilumina quando o pássaro voa até eles, inclina a cabeça e desaparece no céu.

ANGIE ACORDA NO SOFÁ DE JUSTIN e vê que o colchão de ar da mãe já foi esvaziado. Ela sente o cheiro de ovos e café vindo da cozinha e ouve as vozes dela e do tio. Quando vai até eles, vê Justin entregando uma câmera de trinta e cinco milímetros para Marilyn.

A mãe a leva ao rosto devagar e olha através das lentes.

— Foi um presente de Natal — ela explica para Angie. — Do seu pai.

— Sua mãe deixou comigo anos atrás — Justin acrescenta. Ele estuda Marilyn por um momento, então prossegue: — Só fui usar seis anos depois. Fiquei furioso com a morte de James por muito tempo. Com você, por ter me deixado. Com seu tio e com o policial que atirou num garoto inocente. Tinha tanta raiva que poderia ter me engolido. Quase engoliu.

Marilyn olha bem em seus olhos e assente.

— Passei por maus bocados. Quase larguei a escola. Uma

parte de mim pensava que, se James não pôde fazer faculdade, eu tampouco deveria. No meu aniversário de dezoito anos, estava deprimido pra caralho na casa da minha vó. Pensei no último aniversário que me lembrava de ter estado feliz, todos aqueles anos antes. O dia na praia com você e James, só tirando fotos. Então, do nada, olhei embaixo da cama, além das camisetas velhas, e encontrei a câmera. Assim que olhei através das lentes senti... como se pudesse respirar de novo. Comecei a fotografar tanto quanto podia e a visitar museus todos os dias. Me inscrevi para estudar artes no ano seguinte e entrei em Rhode Island.

— Eu me lembro de ficar observando você no píer, com tanto orgulho. E agora, olha só... Vi seu clipe. É lindo, Jus. Tão bom quanto eu esperava. Melhor ainda, na verdade.

— Ainda tenho muito o que aprender. Mas o negócio é que, mesmo que aquele menino de doze anos que ficou bravo com você por ter ido embora ainda seja parte de mim, a câmera salvou minha vida, e sou grato por isso. Mas estou pronto para devolver a você. E a garota que eu conhecia, aquela que estava sempre tirando fotos imaginárias, aquela que conseguia ver tanta coisa... tenho certeza que ainda está aí dentro, esperando para sair.

— Obrigada — Marilyn diz. Angie observa a mãe guardar a câmera com cuidado na mochila e tenta ver a garota que Justin vê.

— Vai se trocar — Marilyn diz a ela. — Temos um dia cheio pela frente.

***

Na biblioteca, Marilyn mostra a mesa em que costumava estudar com James, o banco do lado de fora onde sentavam à noite para ler Joan Didion. Elas vão à barraca de tacos favorita de James e fazem um piquenique no Elysian Park. O que começa a dar a Angie uma nova perspectiva sobre o pai não são os detalhes da sua morte, mas os da sua vida, as histórias que Marilyn conta sobre seu tempo juntos.

Nos dias que se seguem, elas também visitam universidades. USC, UCLA e a preferida de Angie, a Occidental. Ela consegue se imaginar lá, entre os prédios brancos com tijolos espanhóis, as palmeiras e as flores roxas nas árvores, a onda de estudantes que vai encher o campus com a volta às aulas em outubro. Ela poderia visitar Justin nos fins de semana; estaria a meros trinta minutos de distância. Poderia ir jantar com Rose. Do lado de fora de um dos muitos cafés do campus, mãe e filha concordam em acrescentar a Occidental na lista de faculdades em que Angie vai se inscrever.

Enquanto sobem o Runyon Canyon, Angie pensa na viagem que fez com a mãe quando estava no primeiro ano — aquela em que enfiou a cabeça pela janela e cantou a plenos pulmões com o CD de músicas infantis. Elas tinham passado os dias explorando a floresta e as noites dormindo ao ar livre, fazendo um desejo a cada estrela cadente. Agora ela lembra que não voltaram ao apartamento depois da viagem, tendo se mudado para um lugar menor. Recorda que Marilyn havia dito que iam iniciar uma aventura, com o carro tão lotado que a mãe brincara que tinham tudo de que poderiam precisar para sobreviver na natureza.

— Lembra aquela vez que fomos para Sangre de Cristos? — Angie pergunta agora.

— Lembro.

— Foi porque a gente precisava sair do apartamento?

— Foi.

— Eu não sabia. Quer dizer, só percebi agora.

— Foi Manny quem encontrou o apartamento novo quando voltamos. Um amigo dele era dono do prédio. Eu não tinha ideia do que íamos fazer.

—Você deve ter sentido tanto medo… e eu nem percebi. Lembro dessa viagem como um momento feliz — Angie diz.

— Eu estava mesmo com medo — Marilyn diz. — Mas, de alguma maneira, também guardo como uma coisa boa. Você era tão animada. Tão maravilhada. Era contagioso.

—Você já… — Angie começa, então faz uma pausa. — Já desejou não ter tido uma filha?

— Não, Angie! Por que pensaria isso? Ter tido você é a única decisão de que nunca vou me arrepender.

— Mas você nunca pôde ir para a Columbia, se tornar fotógrafa ou conhecer alguém. Não pôde fazer nada do que deveria fazer.

— Bom, ainda tenho tempo. — Marilyn sorri. — E não trocaria você por nada nesse universo. Nem pela vida inteira na Columbia, por minhas fotografias em um milhão de galerias, por Idris Elba na minha cama.

Angie ri.

— Afe, mãe!

Marilyn para no meio da trilha e vira para a filha.

— Havia uma parte de mim, uma parte importante, que não acreditava que eu merecia viver depois que seu pai morreu. Acho que, de alguma maneira, sobrevivi por você, pela nossa menina. E não é... Acho que só agora entendi como isso foi um fardo pesado pra você. Sinto muito.

Angie assente. A tensão familiar no peito parece se abrandar.

Elas chegam ao topo bem a tempo de ver o pôr do sol. Angie vai até a beirada e estende os braços, abrindo-se para a cidade abaixo. Ela se lembra da primeira vez que viu Los Angeles, no carro com Sam, e do sentimento de esperança que a invadiu. Talvez seu pai estivesse ali o tempo todo, escondido sob as luzes, como ela havia imaginado.

Quando vira, depara com a mãe com a câmera no rosto.

Clique.

— É como se você estivesse se preparando para voar — Marilyn diz, baixo. Ela brilha sob o céu rosado da noite. — Houve noites aqui em que eu senti que também podia...

Angie olha para a Cidade dos Anjos e se recorda do que Sam lhe disse. *Se seu pai estivesse aqui, quer dizer, se pudesse falar com você, não acha que diria que o amor vale a pena, não importa quanto dure?* Agora Angie acredita que sim, ele diria isso.

Marilyn vai para o seu lado e as duas ficam assim, juntas, cada uma no seu próprio limite.

Marilyn e Justin seguem Angie até a casa de Miguel. O carro de Justin está lotado de coisas para um dia na praia. Os dois dizem que vão esperá-la no parque, então Angie bate sozinha na porta.

Pouco depois, Cherry aparece.

— Oi — Angie diz. — Aqui está sua chave. Muito obrigada por ter oferecido sua casa.

— Imagina.

— Sam está?

— Está, mas… não acho que queira ver você, pra ser honesta.

— Eu só… — Angie gagueja. — Preciso me desculpar com ele, pessoalmente. Você… pode pedir que venha?

Sam não respondeu a nenhuma das muitas mensagens que ela mandou nos últimos três dias.

Cherry parece pensar por um momento.

— Claro — ela diz, então desaparece dentro da casa.

Angie senta nos degraus enquanto espera. Parece que faz séculos que chegou àquela rua com Sam, em sua primeira noite em Los Angeles, apesar de apenas uma semana ter passado. Ela conta as palmeiras que aparecem por entre as construções para distrair o coração ansioso.

— E aí? — Sam diz ao abrir a porta.

Angie levanta para encará-lo.

— Trouxe seu carro de volta. Muito obrigada por me deixar usar. Minha mãe está aqui. Ela precisa voltar ao trabalho, então vamos para Albuquerque amanhã.

— Tá.

— Sinto muito, Sam.

— Tudo bem — ele diz, seco, e vira para ir embora.

— Espera — Angie diz. — Eu estava pensando… o que está fazendo agora? Quer dizer, não quer ir pra praia com a gente? Venice? Minha mãe e Justin vão também.

— Hum… acho que não.

Angie respira fundo. Até agora, a conversa não parece em nada com a que tinha planejado.

— Sam, sei que… que tenho sido muito egoísta. Aconteceu alguma coisa na noite em que encontrei a foto dos meus pais. De repente, foi como se ele fosse real, e queria muito saber dele. Sentia tanta saudade dessa pessoa que nunca conheceria, parecia que havia um buraco dentro de mim. E isso levantou uma série de questões. Eu mesma não me entendia, então não tinha como compartilhar nada daquilo com você, o que me fez fugir, acho. Eu tinha a sensação de que tinha algo errado, de que alguma coisa horrível estava me esperando ali na esquina. Mas agora que sei o que é, ainda que seja pior do que eu imaginava, pelo menos posso começar a entender como olhar para isso... Conhecer Justin ajudou. E falar com a minha mãe, mais ainda. Ela me contou. Meu pai levou um tiro de policiais que apareceram em meio a uma briga com meu tio. Eles nem perguntaram o que estava acontecendo. Simplesmente o mataram.

— Nossa, Angie. Sinto muito.

— Ainda tem muita coisa que não entendo. Mas você é o melhor amigo que eu já tive. E a verdade é que te amo. Eu te amo — ela repete —, mas não sabia como dizer isso.

Sam a encara por um longo momento.

— Vem aqui — ele finalmente diz, e a puxa num abraço. Angie não tem certeza de quanto tempo ficam assim, nos braços um do outro, com os carros buzinando, as sirenes à distância, o som dos rádios passando.

— Espera um segundo — Sam diz. — Vou me trocar. E ver se Miguel e Cherry querem ir também.

Quando ele desaparece lá dentro, Angie sente como se tivesse mergulhado numa piscina gelada num dia quente de verão — em parte em choque e tremendo, mas desperta, viva, confiando no sol para aquecê-la.

O Mustang de Justin segue para o oeste. Quando ele pega a saída e começa a descer a colina, a extensão infinita de água azul aparece, brilhando. Angie sai do carro e é atingida pelo cheiro do mar e o som das ondas, que com tanta frequência imaginava ao olhar para a foto dos pais.

Ela observa a mãe, tentando identificar a garota sorridente com cabelos dourados. Marilyn respira fundo e olha para o horizonte. No calçadão paralelo à água, uma menininha anda de patinete à frente do pai, que a segue com um carrinho. Alguém passa de bicicleta, ouvindo "Ultralight Beam". Angie ouve um trecho da música: "*Deliver us loving…*". Duas senhoras estão sentadas num banco, fazendo exercícios para os braços enquanto observam a água.

Angie vê a mãe se inclinar para tirar as sapatilhas velhas. Um buraco está prestes a se formar na ponta do dedão. Os sapatos são uma coisa tão familiar — Angie fica momentaneamente surpresa ao vê-los nesse contexto, atingida por uma onda de ternura por eles. Ela desamarra o tênis e os três vão para a areia.

Angie finalmente está aqui, na praia onde seus pais ficaram juntos tantos anos atrás.

Justin monta o guarda-sol e estende cobertores no chão. Alguns minutos depois, Sam chega com Miguel e Cherry.

— Lembra quando seu sapato caiu na água? — Justin pergunta a Marilyn, que ri.

— Claro. Ainda tenho os chinelos vermelhos que James comprou pra mim.

— A gente se divertia muito.

— É verdade.

Enquanto os outros vão jogar futebol, Marilyn começa a ler *O ano do pensamento mágico*, de Joan Didion, enquanto Angie pega *Da próxima vez, o fogo*, de James Baldwin, um dos muitos livros que Justin lhe deu.

Quando ela vira, vê a mãe sorrindo ao mandar uma mensagem no celular.

— Com quem está falando? — Angie pergunta.

— Manny — Marilyn diz. — Depois que você foi embora, eu fiquei muito mal. Não sabia a quem recorrer. E ele sempre foi um ótimo amigo.

Angie ergue as sobrancelhas.

— Só queria avisar que está tudo bem. Vamos jantar essa semana. — Ela se estica para puxar o dedão de Angie. — Vamos dar uma volta?

— Tá — Angie diz, e deixa a mãe guiar o caminho, com o sol mergulhando na água, as cores do céu refletidas na areia molhada. Elas passam por crianças construindo castelos de areia, famílias jogando frisbee, uma mulher com um biquíni dourado minúsculo, um menininho fugindo das ondas, pessoas de todas as idades entrando e saindo do mar.

Quando chegam ao píer, Angie pensa que vão subir nele, mas em vez disso Marilyn entra embaixo das tábuas de madeira. A escuridão da sombra faz a água parecer ainda mais brilhante. Mesmo num dia de praia cheia como aquele, parece um lugar reservado, quase secreto. Angie sente o cheiro de madeira velha misturada ao sal marinho.

— Esse era um dos lugares favoritos do seu pai. Foi sua avó quem mostrou a ele. — Marilyn faz uma pausa. — Era aqui que a gente vinha conversar, sonhar, ficar juntos...

Angie abraça a mãe.

— Você sente saudade dele, né?

Marilyn assente.

— Sempre. — Ela apoia a cabeça na de Angie. — Ele teria tanto orgulho de você.

A garota se pergunta se o que a mãe disse é verdade. Precisou de coragem para fazer a viagem; na verdade, é a primeira vez que se sente orgulhosa de si mesma. Angie ainda não tem certeza do que vai "ser" — talvez jornalista, anda pensando, ou professora, ou advogada, ou documentarista —, mas sabe que não quer se sentir pequena demais para fazer a diferença.

Na volta, Marilyn sugere que elas parem para comprar espetinhos de salsicha. Angie lembra que sempre comiam isso na praça de alimentação do shopping, identificando a origem da paixão da mãe. A barraquinha em frente à praia, outra descoberta que fez com James, ainda é a mesma, Marilyn conta. Elas pegam tantas salsichas e copos de limonada quanto conseguem segurar e voltam para os outros.

— Vou entrar na água — Sam diz depois de comer sua salsicha em três mordidas. Ele olha para Angie. — Topa?

Ela sorri e levanta num pulo.

Angie entra timidamente, com as ondas quebrando e a espuma batendo em sua barriga. Sam a convence a mergulhar.

Agora Angie se dá conta de que não tem como compreender a maravilha do mar até que se nade nele. Ela e Sam boiam de costas, no azul infinito da água e do céu.

Quantas das sete bilhões de pessoas no mundo têm dezessete anos? Quantas estão grávidas, quantas ainda se sentem crianças? Quantas estão olhando para o mesmo sol? Quantas estão boiando no mar? Quantas estão lamentando um amor perdido, quantas estão se apaixonando pela primeira vez?

Enquanto voltam para a areia, Angie se estica, tímida, para pegar a mão de Sam. Ele a aceita. Ela pensa no que Justin disse: é tudo uma questão de perspectiva. Ela e Sam são duas gotinhas de água, mas ali, juntos, de repente são todo o mar. Talvez seja verdade que não existam finais felizes. Mas, agora, Angie fica grata de estar no que parece ser um começo.

Dezessete anos é muito pouco para compreender a linha do tempo do universo, do planeta, da espécie humana. Mas é o tempo que o pai de Angie teve na terra. Ela não sabe quanto tempo vai ter, mas, agora, está aqui, entre os vivos. Consciente e respirando. Desperta, num mundo violento e marcado por horrores inimagináveis, crueldade e bondade, maravilhas e muito amor.

EPÍLOGO

MARILYN ESTÁ INDO PARA AMARILLO, a cidade em que nasceu. Está viajando há dez horas, com paradas apenas para ir ao banheiro, abastecer e comprar comida no posto. Mas, às seis e meia, a estrada à frente começa a embaçar, e ela está morrendo de fome. Então sai da estrada em Albuquerque — a saída para a Central Avenue parece uma boa ideia. Ela para num hotel barato, faz o check-in e pergunta ao recepcionista — um garoto simpático com o rosto cheio de espinhas, que não pode ser muito mais velho que ela — onde pode jantar. Ele recomenda a 66 Diner, pouco adiante, e ela anda até lá para esticar as pernas. Marilyn gosta dos predinhos marrons, do céu épico, das montanhas surgindo do nada. Gosta da tranquilidade, dos espaços amplos. O calor do deserto começa a abrandar com a chegada da noite, e o ar parece limpo, cheirando a lembranças.

Quando entra na lanchonete, uma garota bonita de vestido azul a cumprimenta e guia até a mesa, com bancos de vinil brilhantes. Marilyn de repente se sente tão cansada que poderia dormir ali mesmo. Ela pergunta para a garota o que recomenda, e pouco depois recebe um cheesebúrguer com pimenta verde e um milk-shake de menta com chocolate. *É a melhor refeição que já fiz*, Marilyn pensa. Ela come tudo, até a última batata frita. "My Girl" está tocando no jukebox. O garotinho devorando um sundae no balcão, acompanhado da mãe, sorri para ela. Um jovem casal assente no caminho para a porta. A bondade de estranhos é tudo para Marilyn no momento.

Manny, o gerente-júnior (como diz o crachá), deve estar na faixa dos vinte. Ela paga para ele no caixa e nota que há um cartaz indicando que precisam de garçom ao lado dos anúncios vintage da Coca, atrás do vidro de chicletes no balcão.

— Tenha uma boa noite.

Manny sorri, e é um sorriso lindo, do tipo que só alguém que acredita na bondade do mundo pode dar.

Quando ela sai, o céu está uma confusão de cores improvável: roxos em que seria possível nadar, laranjas que daria para comer, rosas luminosos. O pôr do sol é a primeira coisa linda que ela viu — viu de verdade, absorveu — desde a morte de James. Ela sente o coração se abrir, compelida a deixar tal beleza entrar nela. É doloroso. É necessário.

Marilyn leva a mão à barriga e jura que pode sentir o bebê se mexendo, o que nunca aconteceu. Talvez seja um sinal, ela pensa, virando para voltar à lanchonete. Manny ainda está atrás da registradora.

— Esqueceu alguma coisa? — ele pergunta.

— Hum, não. Eu só... notei que estão precisando de ajuda. Posso me candidatar?

Ela enxuga as mãos suadas no jeans.

A lanchonete começa a encher com o pessoal que chega para jantar. Um homem com duas crianças pequenas espera atrás dela.

— Me espera no balcão um minuto — Manny diz. — Já vou falar com você.

Marilyn fica girando de leve na banqueta até que ele aparece.

— Tem experiência como garçonete? — ele pergunta.

— Não, mas prometo trabalhar duro. Minha média na escola é alta e... — Ela se sente boba antes mesmo de terminar. Quem se importa com suas notas? — Bom, já trabalhei.

— Com o quê?

As bochechas de Marilyn ficam vermelhas. Sem perceber, ela põe a mão na barriga.

— Fui modelo. Fiz alguns comerciais. Estou vindo de Los Angeles.

Assim que as palavras deixam sua boca, ela se dá conta de que poderia ter mentido. Por que não disse que havia trabalhado numa loja de roupas?

Manny a avalia.

— Você pode começar como hostess — ele diz, finalmente. — Pagamos cinco e quinze a hora, mais gorjetas. Pode voltar amanhã ao meio-dia?

— Claro! — Marilyn diz. — Muito obrigada.

É o primeiro trabalho de verdade dela, e agora está por conta própria.

Quando ela sai para a rua e volta para o hotel, vê as montanhas brilhando num rosa impossível, as cores do pôr do sol mais brandas, mas ainda lá, uma luz quente piscando à frente. O ar parece elétrico e cheio de promessas. Ela faz um desejo: que o bebê dela e de James tenha uma vida cheia de belezas daquele tipo.

AGRADECIMENTOS

À minha editora, Joy Peskin, que sempre me motivou e confiou em mim, por sua sensibilidade e suas ideias, por seus olhos atentos e sua mente afiada. *Aos dezessete anos* não seria o mesmo sem você. Obrigada a Richard Florest, meu agente maravilhoso, por me ajudar a criar o espaço necessário para trazer este livro ao mundo, e por ver as garotas do oeste ensolarado com tanta clareza. E um agradecimento enorme a Nicholas Henderson, Molly Ellis, Lauren Festa, Brittany Pearlman, Kristin Dulaney e à incrível equipe da Macmillan: tenho muita sorte de poder trabalhar com pessoas tão gentis, inteligentes e apaixonadas.

Sou grata por ter amigos maravilhosos que me apoiaram de diferentes maneiras durante o processo de escrita. Muito obrigada a todos. Especialmente a Heather Quinn, que sabe como alimentar histórias recém-nascidas, e a Hannah Davey, cuja mente brilhante me ajudou a moldar este livro do princípio ao fim. Obrigada a Stephen Chbosky, que sugeriu que eu escrevesse meu primeiro romance e tem me apoiado enormemente desde então. A Lianne Halfon, que vê tudo de forma poética e incisiva. Muito obrigada por sempre ler cada frase minha. A Khamil Riley, leitora e escritora de enorme talento, que emprestou sua sabedoria a esta história.

Um obrigada gigante à minha família, que é parte deste livro de maneiras visíveis e invisíveis. Ao meu pai, Tom Dellaira, pela autobiografia que me deu uma visão tão pungente do passado e do amor que compartilhava com minha mãe antes mesmo que existíssemos. Obrigada por ler, por escutar, pelos conselhos e pelo encorajamento. Laura, minha linda e brilhante irmãzinha, minha melhor amiga, minha querida, obrigada pelas ideias e, como sempre, pelo amor e apoio. Obrigada a Denise Hope Hall, minha cunhada, obrigada por *Citizen*, por Christine and the Queens e principalmente por *você*, que é uma inspiração para mim de inúmeras maneiras. Obrigada à minha madrasta, Jamie Wells, pelo amor e carinho. A Tammi e Gloria, agradeço por me receber em sua família de braços abertos desde o começo. Foi muita sorte ter ganhado uma nova mãe e uma nova avó maravilhosas.

Agradeço à minha mãe, Mary, que me mostrou o que o amor de uma mãe pode significar. Que me ensinou a correr atrás dos meus sonhos. Que se dedicou a mim e à minha irmã. Eu daria tudo para conhecer seu eu aos dezessete anos. Sinto sua falta todos os dias.

Obrigada ao meu marido, Doug, por mais do que posso dizer. Não sabia que o amor existia até encontrar você.

Finalmente, um humilde obrigada aos inúmeros autores que admiro profundamente e cujo brilhante trabalho me ensinou e me inspirou enquanto estava escrevendo este livro: a Ta-Nehisi Coates, por seu trabalho jornalístico incisivo na *Atlantic*, a Joan Didion por *Slouching Towards Bethlehem* e *O álbum branco*, a Claudia Rankine por *Citizen*, a James Baldwin por *Da próxima vez, o fogo* e a Jesmyn Ward e os escritores que contribuíram com a coletânea *The Fire This Time*. Obrigada a Wesley Stephenson, que escreveu um artigo para a *BBC News* intitulado "Os mortos são mais numerosos que os vivos?", publicado em 4 de fevereiro de 2012, que serviu de inspiração para os fantasmas de Angie.

Em apoio à luta constante pela justiça racial, uma parte dos rendimentos da autora com este livro será doada diretamente para o Fundo Educacional e de Defesa Legal da Associação Nacional para o Progresso das Pessoas de Cor (NAACP, da sigla em inglês).

1ª EDIÇÃO [2018] 1 reimpressão

ESTA OBRA FOI COMPOSTA PELA VERBA EDITORIAL EM BEMBO
E IMPRESSA PELA GRÁFICA BARTIRA EM OFSETE SOBRE PAPEL PÓLEN SOFT DA
SUZANO S.A PARA A EDITORA SCHWARCZ EM ABRIL DE 2022

A marca FSC® é a garantia de que a madeira utilizada na fabricação do papel deste livro provém de florestas que foram gerenciadas de maneira ambientalmente correta, socialmente justa e economicamente viável, além de outras fontes de origem controlada.